그리움을 요리하는 심야식당

그리움을 요리하는 심야식당

나카무라 사츠키 지음
남소현 옮김

BOOK PLAZA

그리움을 요리하는 심야식당
메뉴

메뉴

첫 번째 메뉴

치킨난반

치킨난반(チキン南蛮): 튀긴 닭고기를 간장과 식초로 만든 소스에 적셔서
타르타르 소스를 올려 먹는 일본 미야자키현의 대표 음식

설탕과 간장, 식초를 넣은 냄비에 고추를 송송 썰어 넣는다.

냄비를 약불에서 끓이자 갈색 액체가 가장자리부터 보글보글 끓기 시작하면서 새콤한 냄새가 코를 찌른다.

바로 옆에 놓인 웍에서 튀기던 닭다리살을 꺼내 기름기를 가볍게 털어낸 후 소스 냄비에 투하한다.

지글지글 맛있는 소리가 나면서 튀김옷에 소스가 배어든다. 옅은 갈색이었던 튀김옷이 소스를 흡수해 순식간에 진한 갈색으로 변한다.

맛이 한쪽에만 배지 않도록 튀김을 한 차례 뒤집어 준 다음 함께 곁들일 양배추 손질에 들어간다.

낱장으로 분리한 양배추 사이에 깨끗하게 씻은 차조기잎을 끼워 넣고 먹기 좋은 두께로 채를 썰어 준비한다.

타악기를 두드리는 듯한 규칙적인 손놀림을 따라 나무 도마가 탕탕탕 경쾌한 리듬을 연주한다.

빠르다. 그리고 정확하다.

연초록과 진초록이 조화롭게 섞인 채썰기의 결과물이 실시간으로 쌓여가는 광경을 보며 나도 모르게 침을 꿀꺽 삼켰다.

리드미컬하게 움직이는 부엌칼을 잡고 있는 것도 내 손이고, 소스가 충분히 밴 닭다리살을 적절한 타이밍에 건져 올리고 있는 것도 역시 내 손이지만.

(후훗, 싸고 빠르고 맛있게 만드는 건 프랜차이즈 패스트푸드의 전매특허가 아니라고요. 자, 다음은 타르타르 소스! 삶은 계란을 으깨야 하는데 믹싱볼은 어디 있죠?)

넋 놓고 쳐다보고 있는데 갑자기 머릿속에서 중년 아줌마의 목소리가 쩌렁쩌렁 울렸다.

"아, 네, 죄송합니다!"

나는 허둥지둥 대답하며 일단 내 몸의 주도권을 되찾아와서 믹싱볼이 놓여 있는 주방 선반을 향해 손을 뻗었다. 카운터석에 앉은 손님이 혼자서 중얼거리는 나를 이상한 눈으로 쳐다보길래 애써 모른 척했다.

그렇다.

지금 내 몸은 내 것인 동시에 아줌마 것이기도 하다.

어째서 내가 아줌마와 몸을 나눠 쓰면서 함께 요리를 하고 있는 것인지.

이 상황을 설명하기 위해서는 지금으로부터 1시간 전으로 거슬러 올라갈 필요가 있다.

"엣취!"

1시간 전, 나는 코트도 걸치지 않은 채 긴팔 티셔츠와 청바지 차림으로 차가운 돌바닥을 걷고 있었다. 찬바람이 낡은 싸구려 운동화의 얇은 밑창을 그대로 뚫고 들어와 발가락이 얼어붙을 것만 같았다.

"으으, 추워라…."

나는 코를 훌쩍이며 추위를 조금이라도 막아보고자 팔짱을 꼈다.

한밤중의 신사.

낮에도 찾아오는 사람이 거의 없는 이 작고 소박한 신사에는 조용히 제자리를 지키고 서 있는 나무들과 나뿐이다.

나는 입에서 새어나오는 하얀 입김을 눈으로 좇으며 원망스러운 말투로 중얼거렸다.

"젠장, 시호… 이 피도 눈물도 없는 녀석 같으니라고. 그러니까 남자친구가 안 생기지…."

움츠린 어깨 사이로 얼굴을 파묻고 낮은 소리로 꿍얼대는 내 모습은 누가 봐도 한심해 보일 것이다. 나도 알고는 있지만 여동생을 향한 원망과 푸념을 멈출 수가 없었다.

나, 코사카 테츠시에게는 다섯 살 아래인 여동생이 있다. 전문대 졸업을 앞둔 여동생 시호는 외모만 놓고 보면 그럭저럭 괜찮은 편이지만 고집이 세고 성격도 드세다. 무엇보다 오빠를 존중할 줄 모른다는 것이 가장 큰 문제다. 내가 지금 이렇게 인적이 끊긴 어두운 신사에서 머리를 식히고 있는 것도 지금으로부터 약 10분 전에 그 녀석이 나에게 바보라고 욕하며 앞치마를 집어던졌기 때문이다.

"그러면서 하는 말이 뭐 '채썰기도 제대로 못하는 한심한 오빠'라고? 한심하다니! 그게 가족을 위해 멀쩡한 직장을 내팽개치고 달려온 초특급 울트라 슈퍼 엑설런트한 오빠한테 할 말이냐고!"

흥분해서 나도 모르게 쏟아낸 말이 고요한 경내에 쩌렁쩌렁 울려 퍼졌다. 나는 화들짝 놀라 입을 다물었다. 이것이 나의 솔직한 심정이기는 하지만 초특급 울트라 슈퍼 어쩌고 하는 게 다 큰 어른한테 어울리는 어휘는 아니니까.

"…너무하잖아. 사람이 기껏 잘해보려고 노력하고 있는데."

볼륨을 낮춘 혼잣말은 욕이라기보다는 푸념이나 한탄에 가까웠다.

중견 기업에서 3년간 엔지니어로 근무하던 내가 얼마 전 회사에 휴직계를 내고 본가로 돌아온 것은 시호, 그러니까 가족을 위해서였다.

우리 집은 지극히 평범한 회사원 가정이었다. 그런데 5년 전 아버지가 무슨 생각에서인지 갑자기 잘 다니던 회사를 나와서 정식집을 차렸다. 낮에는 열 종류 정도 되는 정식을 팔고 밤에는 술과 안주도 파는, 어디서나 흔히 볼 수 있는 식당이었다.

내 자식에게 먹인다는 마음으로 정성껏 요리한다는 의미를 담은 정식집 '테시오야'는 내 예상과는 달리 비교적 순조롭게 자리를 잡았다. 특히 점심시간에는 자리가 없어서 기다려야 할 정도였다. 가게는 역에서 도보 5분 거리에 있는데 최근 역 가까이에 대기업이 들어서면서 그곳 직원들이 많이들 점심을 먹으러 오는 듯했다.

시호는 고등학생 때부터 가게 일을 돕다가 본격적으로 조리사인지 영양사인지 자격증을 따겠다며 전문대로 진학했고, 그렇게 나를 제외한 가족 셋이서 화기애애하게 전형적인 지역 밀착형 식당을 꾸려나가고 있었다.

그런 일상이 무너진 것은 두 달 전이었다.

아버지와 어머니는 오랜만에 가게 문을 닫고 여행길에 올랐다. 그리고 두 분이 탄 관광버스의 운전기사가 졸음운전으로 사고를 내는 바람에 그대로 영영 돌아오지 못할 길을 떠나고 말았다.

언제나 곁에 있을 거라고 생각했던 부모님이 갑자기 돌아가셨다는 연락을 받고 아무 생각도 할 수 없었다. 망연자실한 상태에서 장례를 치르고 화장을 하고 사십구재를 지냈다.

그래도 대학생 때부터 자취를 시작해 가족과 따로 살던 나는 그나마 괜찮은 편이었다. 부모님과 한집에 살면서 매일 가게 일을 돕던 시호가 받은 충격은 훨씬 더 컸다. 매서운 눈초리와 험한 말투가 트레이드 마크였던 시호가 부모님이 돌아가시고부터는 말도 안 하고 멍하니 허공만 쳐다보고 있었다. 언론에서 졸음운전 사고 관련 기사를 내보내고 한동안 그 일로 세간이 떠들썩했다가 시간이 지남에 따라 점차 흥분이 사그라들고 이윽고 모두의 관심이 다음 사건으로 넘어간 후에도 시호의 상태는 변함이 없었다.

그러던 시호가 오랜만에 입을 연 것은 사십구재를 올린 날 밤이었다.

"…오빠. 가게는 내가 이어받을 거야."

'이어받고 싶다'도 아니고 '이어받아도 될까'도 아니고 '이어받겠다'.

그 말을 들은 순간 이 녀석은 이미 결심을 굳혔다는 사실을 깨달았다.

상식적으로 생각해서 나는 그때 시호를 말렸어야 했다.

갓 스물이 된 어린 여자애 혼자서 식당을 꾸려나갈 수 있을 리가 없으니까.

사회 경험도 없고, 각종 행정 절차 같은 것도 전혀 모르면서.

식당 일의 중심은 '음식을 만들어서 제공하는 것'이라고 생각하기 쉽지만 실제로는 '가게를 경영하는 것'이라고 봐야 한다.

식재료는 어디서 조달할 것인지, 회계 처리는 어떻게 할 것인지, 음식이 남았을 경우에는 어떻게 처리할 것인지, 그런 운영적인 측면까지 정말로 다 제대로 이해하고 있는 거냐고 시호에게 물어볼 생각이었다.

하지만.

"그러니까 오빠가 좀 도와줘…."

시호가 커다란 눈에 눈물을 글썽이며 그렇게 부탁하는 바람에.

소매 아래로 꽉 움켜쥔 작은 두 주먹이 눈에 들어오는 바람에.

옛날부터 평소에는 강한 척하지만 결정적인 순간에는 항상 도움을 요청하는 여동생의 이런 눈물에 약한 나는 그만 "알았어, 도와줄게" 하고 고개를 끄덕이고 말았다.

이 정도면 신에게 따져 묻고 싶어질 만도 하지 않은가.

신이시여, 당신은 어째서 안 그래도 말발이 세고 고집도 센 여자라는 존재에게 눈물이라는 비장의 무기까지 부여해버린 겁니까, 라고.

거기서부터는 모든 일이 일사천리로 진행되었다.

나는 한 달에 야근을 100시간씩 하던 생활에 종지부를 찍고 우리 회사 인사부에서 최근 새로 내놓은 제도인 워크 라이프 밸런스 휴가, 소위 워라밸 휴가를 신청했다. 워라밸 휴가는 근로기준법 위반 및 열악한 노동 조건 때문에 조만간 노동국에서 조사가 들어올 것 같다는 소문이 돌자 회사 측에서 위기를 모면하기 위해 서둘러 마련한 제도로, 근속연수 3년 이상인 직원이라면 누구나 자기계발이나 휴양 목적으로 최대 1년까지 무급 휴가를 취득할 수 있다는 내용이었다.

어차피 아무도 신청하지 않을 거라고 생각했는지 신청 기준도 굉장히 느슨했다. 회사 입장에서는 면피용으로 대충 만들어 놓은 제도였는데 이제껏 불평 한마디 없이 얌전히 일만 하던 내가 어느 날 갑자기 이 제도를 이용하겠다고 신청하는 바람에 인사부에서는 한바탕 소란이 일었다나 뭐라나.

아무튼 이리하여 '휴직중'이라는 신분과 '1년'이라는 시간을 손에 넣은 나는 폭주하는 여동생을 도우러 나서게 된 것이다. 여기까지가 지난주에 있었던 일이다.

"앞뒤 가리지 않고 일단 저지르고 보는 무모한 여동생을 돕기 위해 만사 제쳐두고 가업부터 챙기는 남자라니 완전 멋있잖아! 요즘 세상에 보기 드문 미담이라고. 난 정말 좋은 오빠라니까."

아무도 칭찬해주지 않아서 혼자 주저리주저리 자화자찬을 늘어놓았다.

다만 이 화려한 전직에는 내가 미처 생각하지 못한 두 가지 문제점이 있었다.

"…가게 문을 다시 열기 전까지는 좋았단 말이지. 식당 운영에 필요한 자격 같은 것도 열심히 알아보고, 초기 비용도 대신 내주고. 시호 그 녀석도 '오빠 진짜 대단하다!'라고 감탄할 정도였는데…."

우선 하나는 '내 동생은 내가 지킨다!'며 기세등등하게 팔을 걷어붙이고 나선 것까지는 좋았지만 의외로 시호가 장사의 흐름이라든지 운영 노하우를 빠삭하게 꿰고 있어서—아무래도 녀석에게는 지난 5년간 쌓아온 경험이 있으니까—딱히 내 도움을 필요로 하지 않았다는 점.

그리고 다른 하나는.

"애초에 남자한테 부엌칼을 쥐게 하는 것 자체가 잘못이라고. 이 몸은 마우스를 클릭하는 것 외의 육체노동은 해본 적이 없단 말이다."

내가 요리는 젬병이라 주방 보조 역할도 제대로 하지 못한다는 사실이었다.

그래서 아예 처음부터 요리는 못 도와준다고 못을 박아두었다. 시호 역시 그런 건 기대도 안 한다며 콧방귀를 뀌었다.

문제는 식당 경력 5년 차 시호의 '기대하지 않는다'와 하루 삼시 세끼를 전부 편의점 도시락으로 때우는 나의 '기대하지 않는다' 사이에는 마리아나 해구만큼이나 깊은 간극이 존재했다는 점이다.

생각해보라.

'재료를 눌러두라'는 말을 '재료 위에 뚜껑을 가볍게 얹어놓으라'는 뜻으로 알아듣는 남자가 과연 얼마나 있을까. '다지기'의 적당한 크기가 어느 정도인지 아는 남자는 또 얼마나 될까. 그런 건 몰라도 살아가는 데 아무런 지장이 없다.

"그쪽 냄비에서 끓고 있는 것 좀 눌러봐 줘!"라고 외치는 소리를 듣고 냄비 안에 든 재료를 압착하듯 꾹 눌렀다가 등짝을 두드려맞고, 양파를 다져달라기에 눈물을 주룩주룩 흘려가며 열심히 다져놓았더니 "다져달라고 했지 산산조각을 내라고 한

게 아니잖아!"라며 호통이 날아든다. 매사가 그런 식이다 보니 나는 잔뜩 주눅이 들어서 실의에 찬 나날을 보내고 있었다.

그러던 와중에 오늘은 우리 가게 대표 메뉴인 치킨난반 정식에 곁들여 낼 채 썬 양배추가 다 떨어졌다며 시호가 난리를 떨길래 내가 도와줄 요량으로 적당히 손으로 잘게 자른 양배추를 내밀었더니 "지금 장난해?"라며 얼굴이 시뻘게져서 대낮부터 욕을 퍼부어댔다. 물론 손님들에게는 들리지 않도록 목소리를 낮춰서.

장난이라니. 나는 시종일관 진지했다. 색감이나 전체적인 균형을 고려했을 때 양배추를 곁들이는 편이 더 낫겠다고 판단해서 곁들였고, 양배추잎을 통째로 내면 먹기 힘들 테니까 먹기 좋은 크기로 잘게 찢었다.

대체 뭐가 문제인지 오히려 내 쪽에서 따져 묻고 싶을 지경이었다.

하지만 나는 인내심 강한 오빠이고 여동생이 히스테리를 부릴 때마다 일일이 반응하는 것도 피곤한 일인지라 일단은 꾹 참았다.

그런데 시호는 밤에 가게 문을 닫은 후에도 여전히 퉁퉁 부어서는—아무래도 양배추 사건 외에도 몇 개 더 지뢰를 밟은 것 같은데 워낙 화를 잘 내는 녀석이다 보니 정확히 무엇이 원인이었는지는 잘 모르겠다—하루 종일 서 있느라 녹초가 된 나에게 양배추 한 통을 쑥 내밀었다.

"오빠, 다시 한번 묻겠는데 아까 왜 양배추를 안 썰고 그냥 낸 거야?"

"아니, 그러니까… 미안하다고."

아예 내지 않는 것보다는 손으로 찢은 양배추라도 내는 편이 더 나을 거라고 생각했다. 그때부터 양배추를 썰기 시작하면 손님을 너무 기다리게 만들 것 같았다 등등 변명은 얼마든지 할 수 있지만 구구절절 설명하기도 귀찮아서 적당히 사과했다. 딱히 여동생에게 잡혀 산다거나 그런 게 아니라 어디까지나 불필요한 말다툼을 피하기 위한 합리적인 선택이었다.

하지만 시호는 내 성의 없는 사과를 듣더니 두 눈을 더욱 매섭게 치켜떴다.

"그야 양배추가 곁들임 메뉴인 건 사실이지만 그냥 곁들이기만 한다고 되는 게 아니란 말이야. 다른 반찬도 마찬가지야. 오빠한테는 그때그때 있는 반찬을 적당히 담아서 내는 것처럼 보일지 모르겠지만 그런 게 아니라고! 어느 메뉴에 어떤 반찬을 곁들일지, 어떤 모양으로 어느 그릇에 담아서 낼지, 그런 걸 전부 엄마랑 아빠가 열심히 고민해서 정한 거란 말이야. 그게 바로 테시오야의 정식이라고! 알겠어?"

엄마랑 아빠가 열심히 고민해서 정한 것. 테시오야의 정식.

이것이 최근 시호의 입버릇이었다.

시호는 나만 구박하는 것이 아니라 자기 자신도 한계까지 몰아붙이고 있었다. 그건 나도 잘 안다.

하지만 나 역시 체력적으로도 정신적으로도 많이 지쳐 있었다.

스물다섯. 대학을 졸업하고 사회에 나오기는 했지만 아직 충분히 제 몫을 해내고 있다고 보기는 어려운 나이다.

평범한 병아리 회사원이던 내가 어느 날 갑자기 부모를 잃고, 스스로의 의지였다고는 하지만 전혀 다른 분야로 방향을 틀어 컴퓨터 모니터 대신 나무 도마를 마주하는 삶을 살게 된 것이다. 하루 종일 서서 일하느라 다리는 퉁퉁 붓고, 여동생에게 구박받으며 어색하기만 한 접객용 미소를 강요당하는 나날들.

"…아무래도 상관없잖아."

그런 상황에서 이런 말이 나오는 건 어쩔 수 없지 않나 하고 스스로를 변호해본다.

"뭐?"

"정식집에서 메인 메뉴인 고기나 생선도 아니고 곁들여 내는 양배추를 채 썰어서 내든 손으로 잘라서 내든 누가 신경이나 쓰겠냐고. 먹을 수만 있는 크기로 내면 되는 거 아냐? 채 썬 양배추가 한입 크기로 바뀐다고 해서 누가 죽는 것도 아니고 매상이 떨어지는 것도 아닌데."

내 생각에는 도무지 잘못된 곳을 찾아낼 수 없는 지극히 논리적인 주장이었다.

하지만 내가 기름이 튄 운동화를 내려다보며 이렇게 투덜거린 순간, 시호의 하나로 묶은 머리가 크게 원을 그렸다.

"이… 채썰기도 제대로 못 하는 백수가!"

시호가 강속구 투수 저리 가라 할 완벽한 폼으로 집어던진 앞치마가 내게 날아들었다.

"윽!"

"바보야, 피하지 마!"

"너야말로 던지지 마!"

자기가 던진 앞치마를 제대로 맞지 않고 피했다고 욕을 하니 억지도 이런 억지가 없었다. 참고로 나라는 목표물을 벗어난 앞치마는 팡! 하는 경쾌한 소리와 함께 바닥에 내리꽂혔다. 이건 무슨 결투를 신청하는 기사도 아니고.

"한심해! 오빠는 진짜 바보야! 너무 싫어! 오빠 같은 사람은 양배추 채 써는 방법도 모르고, 식당을 운영하는 사람이 가져야 할 기본적인 마음가짐도 모르고, 여자 마음도 모르는 채 평생 그렇게 살다가 쓸쓸하게 죽을 거야!"

"얼마 전에 여자친구랑 헤어진 것까지 은근슬쩍 끼워 넣지 마, 이 납작 가슴아!"

"납작하지 않아!"

거기서부터는 어린 시절을 방불케 하는 유치한 공방이 이어졌다.

그래 봤자 여자라는 무시무시한 속성을 가진 여동생에게 내가 말로 대적할 수 있을 리 없었지만.

결국 나는 그 자리를 박차고 뛰어나왔다. 밖으로 나오기는 했지만 그대로 여동생과 함께 살고 있는 집으로 돌아가기도 싫고 사람 많은 큰길로 나가기도 싫어서 하릴없이 서성이다보니 어느샌가 집으로 돌아가는 길목에 있는 신사에 들어와 있더라, 뭐 대충 그렇게 된 거다.

"으… 어느 날 갑자기 요리 실력이 확 좋아진다거나 그럴 일은 없으려나…."

나는 조금이라도 추위를 막아보려고 팔짱을 낀 채 아무도 없는 본당을 쳐다보며 중얼거렸다.

시호 앞에서는 아닌 척했지만 사실 내가 양배추를 채 썰지 않고 그냥 손으로 잘라서 낸 데에는 요리에 자신이 없어서 가능하면 부엌칼을 잡고 싶지 않다는 심리가 깔려 있었다. 그렇게 몸을 사리는 내 태도가 '요리는 곧 부모님'이라고 생각하는 여동생의 신경을 건드린 것이리라.

"프로그래밍 익히는 데에도 3년이 걸렸는데 그렇게 하루아침에 요리 실력이 늘겠냐고…."

입 밖으로 낸 말은 이내 하얀 입김이 되어 공기 중에 흩어졌다.

헛헛한 마음에 새전함* 위에 드리워진 끈을 흔들어보았다.

끈에 달린 방울이 딸랑거리는 소리가 주위에 낮게 울려 퍼졌다.

"신령님, 뭔가 좋은 방법이 없을까요?"

내가 매달릴 상대는 신밖에 없었다.

새전함에 돈도 넣지 않고 부탁만 하는 건 너무 염치없는 것

---

* 일본 신사에서 신에게 소원을 빌기 전에 돈을 던져 넣는 상자

같아서 주섬주섬 변명을 덧붙였다.

"제 딴에는 열심히 해보겠다고 나름대로 요리책도 많이 읽어 봤어요. 하지만 재료가 열 개가 넘어가는 요리 같은 건 재료 리스트만 봐도 머리가 지끈거린다고요. 게다가 '적당량'이라느니 '조금'이라느니 적혀 있는 걸 보면 결국에는 감으로 하라는 거 아니냐는 생각밖에 안 들잖아요. 그렇다고 일일이 저울로 재서 무게를 맞추려고 하면 행동이 굼뜨다고 구박을 받으니⋯."

으음, 이건 신에게 부탁을 하는 게 아니라 그냥 푸념을 늘어놓고 있는 것 같은데⋯.

딸랑딸랑.

나는 신에게 최대한 건설적인 제안을 해보기로 했다.

"뭐랄까 요리는 아무튼 경험이 중요하잖아요. 재료의 양이라든지 불 조절이라든지 그런 건 책을 들여다본다고 익힐 수 있는 게 아니란 말이죠. 그러니까 그런 요리 비결을 직접 몸으로 배울 수 있는 좋은 방법이 뭐 없을까요?"

직접 몸으로.

내 입으로 말하면서 스스로가 원하던 게 바로 이거라는 생각에 무릎을 탁 쳤다.

프로그래밍의 세계에서는 후배가 만든 프로그램에 버그가 있는 경우, 내 쪽에서 모니터 조작 권한을 넘겨받아 소스를 덮어쓸 수 있다. 매뉴얼을 다시 읽어보라고 하는 것보다 화면을 통해 실제로 프로그래밍하는 과정을 보여주는 편이 훨씬 더 효과적이다. 요리는 왜 그렇게 할 수 없는 걸까.

"이쪽 업계에도 그런 친절한 시스템이 있으면 좋잖아요. 와, 그럼 진짜 좋겠다. 유능한 선배가 옆에 딱 붙어서 지도해주면서 내가 허둥대면 대신 해주기도 하고 그러면…."

그리고 가능하면 그 선배는 가슴이 빵빵한 미녀인 데다가 내게 호감이 있다는 설정으로….

거기까지 말하려고 했지만 안타깝게도 뒷부분은 실제로 입밖으로 내지는 못했다.

신에게 부탁하는 내용으로는 적절하지 않다고 자제했기 때문이 아니다.

갑자기 본당 안에서 우웅 하고 신비로운 울림을 동반한 목소리가 들려왔기 때문이다.

— 오냐, 알겠다.

"네?"

나도 모르게 입이 딱 벌어졌다.

그리고 이어서 '이게 대체 무슨…' 같은 말을 하기도 전에.

번쩍!

"우왁!"

이번에는 본당에서 섬광이 번쩍였다. 나는 두 팔을 들어 눈을 가리며 비틀대다가 쿵 하고 엉덩방아를 찧었다.

— 네 소원을 들어주마.

남자 같기도 하고 여자 같기도 한 목소리의 주인이 담담하게 말했다.

큰 소리를 내는 것도 아닌데 듣고 있는 내 몸 전체를 뒤흔드는 듯한 기묘한 목소리였다.

설마…. 이마에 식은땀이 배어나왔다.

한밤중의 신사. 아무도 없는 곳에서 들려온 목소리. 갑자기 환한 빛을 내뿜은 본당.

"신…?"

— 그러하다.

입가를 부들부들 떨며 간신히 내뱉은 나의 한마디는 맥이 빠질 정도로 쉽게 받아들여졌다.

"거, 거짓말…."

땅을 짚고 있는 손바닥과 엉덩이를 통해 차가운 돌바닥의 감촉이 느껴졌다. 이렇게 생생하게 느껴지는 것을 보면 꿈은 아닌 것 같은데 그럼 이게 현실이라고?

신은 얼빠진 미물의 감정 따위에는 관심이 없다는 듯 내 반응은 전혀 개의치 않고 말을 이어나갔다.

— 요리를 직접 몸으로 배우고 싶단 말이지.

"네…."

— 딱 붙어서 지도해주면 좋겠다는 건 네 녀석 몸에 빙의해

달라는 말이렸다?

"자… 잠깐만요. 그건 그런 의미가 아니라…."

― 기술을 익히기 위해 자기 몸까지 내놓겠다니 그 열의가 참으로 가상하구나.

"아니, 잠시만요. 잠깐만 좀 기다려주세요!"
나는 필사적으로 막아섰다. 일이 돌아가는 모양새가 아무래도 심상치 않았기 때문이다.
허겁지겁 자리에서 일어나 신사에서 도망치려고 몸을 틀었다.
하지만 내가 한 걸음 내딛기도 전에 무언가 희뿌연 안개 같은 것이 내 앞을 가로막았다.
"으악?!"
안개는 이리저리 모양을 바꾸며 점차 사람의 형태에 가까워져 갔다. 전체적인 실루엣을 보아하니 여자인 듯했다.

― 처음은 이 정도가 딱 좋을 것이다. 약간 오지랖이 넓은 경향이 있기는 하지만 그만큼 친절한 영혼이다. 직접 몸으로 보여주며, 친절하게, 딱 달라붙어서. 너의 소원은 모두 들어주었다. 감사하게 생각할지어다.

안개는 이윽고 완벽한 인간의 형상을 갖추더니 움직임을 멈추었다. 희미하게 빛나는 윤곽이 실제 육체가 아닌 영혼임을 나타내고 있었다.

살짝 펌을 넣은 머리와 통통한 볼살. 여기까지는 괜찮다.

하지만 선명하게 새겨진 눈가의 주름과 섹시함보다는 편안함이 느껴지는 풍만한 가슴. 옆으로 평퍼짐하게 퍼진 몸매. 지금 눈앞에 있는 여성은 내가 원한 가슴 빵빵한 미녀가 아니라….

"평범한 아줌마잖아!"

어째서 그 부분만 그냥 넘어가버린 거냐고!

아줌마는 절규하는 나를 향해 『아유, 청년도 참』 하고 싱긋 웃어보였다.

『토키에 씨라고 불러요.』

아줌마의 목소리는 메아리처럼 웅웅 울렸고, 자기 딴에는 윙크를 하려고 한 것 같은데 두 눈이 동시에 감겼다.

『어쩌다보니 갑자기 이렇게 신세를 지게 됐네요. 몸을 빌려주겠다니 고맙기도 하지. 내가 잘 쓰고 돌려줄게요.』

"어, 어… 네?"

『젊은 청년이랑 합체라니 좀 부끄럽네. 청년도 그렇죠? 그래도 여자친구한테는 아줌마가 비밀로 해줄 테니까 걱정 말아요.』

"네?"

『아무튼 지금은 시간이 없으니까 일단 들어가볼게요.』

토키에 씨는 말을 마치기가 무섭게 성난 투우처럼 이쪽을 향해 돌진해왔다.

합체. 몸을 빌려주다.

아줌마의 목적이 내 몸이라는 것은 누가 봐도 명백한 사실이었다.

"윽…!"

퐁.

충돌음치고는 부드럽기 그지없는 소리와 함께.

(아, 다행이다. 잘 들어온 것 같네요. 키가 많이 큰 편이네요?)

머릿속에서 아줌마의 목소리가 울렸다.

"으으…."

(자, 시간 없으니까 어서 갑시다. 부엌은 어디죠?)

내 의사와 상관없이 몸이 멋대로 돌아갔다.

"말도 안 돼!"

이리하여 나는 내 몸을 아줌마와 나눠 쓰게 된 것이다.

····◆····

사사이 토키에라고 자신을 소개한 아줌마의 영혼은 내가 안내하는 대로 내 몸을 테시오야로 끌고 가면서 전후 사정을 자세히 설명해주었다. 그야말로 친절한 직장 선배 같은 느낌이었다.

아줌마는 우리 옆 동네에 살았는데 두 달 전 교통사고를 당해서 죽었다고 했다.

(친한 친구랑 둘이서 관광버스를 타고 여행을 갔는데 버스 운전기사가 사고를 낸 거예요. 다행히 친구는 목숨을 건졌는데 나는 그대로 세상과 작별한 거죠. 뉴스에서도 꽤 크게 다룬 것 같던데 혹시 본 적 없어요?)

"그 사고라면… 잘 알고 있습니다."

얄궂은 인연이다.

아줌마가 내게 빙의한 것은 어쩌면 그 사고와 관련이 있는 게 아닐까 싶은 생각이 들었지만 처음 본 사람에게 돌아가신 부모님 이야기를 꺼내기도 그래서 결국 아무 말도 하지 않았다.

(그런데 너무 갑작스럽게 당한 일이다 보니 아무래도 미련 없이 떠나지를 못하겠더라고요. 남편이야 뭐 알아서 한다고 쳐도 앞으로 나 없이 살아갈 아이들이 눈에 밟히고, 매주 챙겨보던 드라마 마지막 회도 보고 싶고, 조만간 노래자랑 대회에 나갈 예정이었는데 거기 못 나가게 된 것도 아쉽고…. 아무튼 그래서 이대로는 도저히 못 가겠다, 일단 여기 조금만 더 있어 보자 하고 버티던 참이었죠.)

"그러니까 결국…."

지박령이 되기 일보 직전이었다는 말 아닌가?

하지만 이 호탕한 아줌마를 영이라든지 원혼이라고 표현하는 건 아무래도 어울리지 않는 것 같아서 나는 이번에도 침묵을 지켰다.

토키에 씨는 개의치 않고 계속해서 떠들어댔다.

토키에 씨에게는 아이가 둘 있었다. 이미 결혼해서 출가한 딸은 야무진 성격이라 알아서 잘해나가겠지만, 취업에 실패하고 집에만 틀어박혀 있는 아들이 걱정이라고 했다.

엄마의 죽음으로 충격을 받아 우울증이 더 심해진 아들이

다시 기운을 차릴 수 있도록 도와주고 싶은데 마음을 전할 길이 없어서 답답해하고 있었다고.

일이 이렇게 된 이상 신에게 매달려보는 수밖에 없겠다 싶어서 집 근처에 있는 사찰을 하나씩 돌아다니던 차에 마침 여기 적당한 육신이 마련되어 있다는 말을 듣고 오게 된 것이라고 했다.

(신령님은 이렇게 말씀하셨어요. 만나고 싶은 사람을 만나게 해주겠다고 말이에요. 대신 청년한테 빙의해서 요리를 하라고 하시더군요. 요리가 완성될 때쯤 만나고 싶은 상대를 가게로 보내줄 테니 둘이서 좋은 시간 보내고 하루빨리 성불하라고요.)

"아…."

죽은 영혼이 사찰에 가서 소원을 빈다는 게 말이 되나? 신사에서 성불이라는 단어를 사용해도 되는 건가? 둘이서 좋은 시간 보내라니 무슨 맞선 자리 주선하는 중매쟁이도 아니고…. 이상한 점이 한둘이 아니었지만 그중에서도 가장 의문스러운 것은 신의 얌체 같은 일 처리 방식이었다.

그야 신사에서 돈도 내지 않고 소원을 빈 내 잘못도 있긴 하지만, 신은 마치 자기가 내 소원을 들어주는 척하면서 사실은 이승을 떠돌던 영혼의 성불을 은근슬쩍 나한테 떠넘긴 것이 아니냔 말이다.

하지만 곧 아무래도 상관없다는 생각이 들었다.

아무튼 이대로 식당에 가서 토키에 씨와 함께 요리를 하고,

그 음식을 신이 데려다주는 사람한테 먹이면 토키에 씨는 성불할 수 있다는 말인 것 같으니까.

나는 평생 이렇게 지내야 하는 건 아니라는 사실에 안도의 한숨을 내쉬었다. 애초에 요리를 직접 몸으로 가르쳐달라는 것은 내가 바란 바이기도 하고, 만든 음식을 누군가에게 제공하는 것은 원래 정식집에서 당연히 하는 일이니 딱히 문제 될 건 없었다. 아마도.

이 상황을 받아들이기로 마음먹은 나는—솔직히 말해서 받아들이지 않을 방도가 없었다—이렇게 된 이상 주부의 요리 실력을 완벽하게 마스터해보자고 의욕을 불태우며 테시오야의 문을 열고 안으로 들어갔다.

L자형 통나무로 된 바 카운터와 2인용 테이블 네 개. 거친 흙의 감촉을 그대로 살려서 마감한 벽에는 손으로 쓴 메뉴판이 걸려 있었다. 바 카운터 위에는 소금과 간장, 테이블 위에는 메뉴가 적힌 스탠드. 영업시간 중에는 여기에 더해서 손님을 기다리는 젓가락들이 일정한 간격을 두고 가지런하게 놓인다. 이것이 테시오야의 기본 상태였다.

오늘 영업은 끝난 상태였기 때문에 주방과 주방 맞은편 카운터석의 조명만 켰다. 그러자 연극 무대처럼 어둠 속에서 그 일대만 밝게 떠올랐다.

비어 있던 가게 안은 썰렁했다.

(여기군요! 와, 멋진 식당이네요. 이 동네에 이런 가게가 있는

줄은 몰랐는데.)

"정확히 말하자면 제 가게는 아니고 부모님이 하시던 가게였습니다. 현재 실질적으로 이 가게를 꾸려나가고 있는 사람은 제 여동생이고요."

머릿속으로 아줌마의 목소리를 듣고 혼잣말로 대답하는 방식에는 금방 익숙해졌다. 나는 토키에 씨에게 가족이 힘을 합쳐 운영해온 이 식당에 대해 설명했다. 부모님께 물려받은 가게인데 내 요리 실력이 너무 형편없어서 곤란해하던 참이라고.

(와, 가스레인지가 아주 크네요. 화력이 엄청나겠는데요? 냄비도 크고. 나는 집에서 하는 방식밖에 모르는데 괜찮으려나?)

"그런 거라면 가정용 조리도구도 있으니 오른쪽 선반에 있는 걸 사용하시면 됩니다. 원래는 저희가 먹을 음식을 만들려고 갖다 놓은 건데 여동생도 신메뉴를 개발하거나 할 때는 주로 그걸 사용하거든요."

(아, 찾았다. 이거 말이죠?)

토키에 씨는, 정확히는 토키에 씨가 빙의한 내 몸은 주방 안을 찬찬히 둘러보았다. 토키에 씨는 주위를 두리번거리며 깨끗하네, 하고 만족스러운 표정으로 고개를 끄덕이더니 기운차게 팔을 걷어붙였다.

(그럼 바로 시작해볼까요?)

"잘 부탁드립니다."

나는 반사적으로 고개를 숙였다가 다시 들며 물었다.

"그런데 뭘 만드는 건가요?"

내 몸을 사용해 요리를 하고, 그 음식을 가게로 찾아오는 사람에게 내놓는다. 여기까지는 이해했는데 구체적으로 오늘 무슨 요리를 할지에 대해서는 들은 바가 없었다.

토키에 씨는 내 질문을 듣고 소리 없이 웃었다. 아까부터 내 얼굴은 의아한 표정을 지었다가 바로 또 미소를 지었다가 하며 바쁘게 움직이고 있었다.

아줌마는 벽에 걸린 메뉴판 중 시호가 손으로 직접 쓴 '추천 메뉴'를 가리키며 말했다.

(여기 대표 메뉴인 것 같기도 하고 하니 오늘은 치킨난반을 만들어보려고요.)

닭다리살을 한 입 크기로 자른 다음 소금과 후추를 넉넉히 뿌린다.

밀가루를 묻혀서 가볍게 털어낸 뒤 계란물을 입혀서 바로 기름이 담긴 냄비에 넣는다. 낮은 온도로 달궈진 기름이 치익 소리를 내며 조심스럽게 닭다리살을 받아들인다.

"난반은 계란물을 겉에 입히는군요. 일반 닭튀김처럼 밀가루인 줄 알았어요."

(그래요? 다른 집은 어떤지 모르겠지만 우리 집에서는 항상 이렇게 만들었어요. 소스 맛이 잘 배어든다고 둘째가 좋아했거

든요.)

"아, 집 밖으로 안 나오는다는 그….'

자연스럽게 맞장구를 쳤다가 나도 모르게 실례되는 발언을 했다는 사실을 깨닫고 화들짝 놀라 "죄송합니다" 하고 사과했다. 토키에 씨는 닭다리살을 계속해서 기름에 집어넣으며 빙그레 웃었다.

(괜찮아요, 사실이니까요. 아니, 이제는 사실이 아니지만.)

"네?"

내가 되물었지만 토키에 씨는 더 자세히는 설명해주지 않았다.

(그래서 오늘 무슨 일이 있어도 그 아이에게 치킨난반을 만들어주고 싶었어요. 테츠시 씨, 도와줘서 정말 고마워요.)

토키에 씨는 밝게 웃으며 고개를 숙였다.

무슨 뜻이냐고 물으려던 찰나에 가게 문이 열렸다.

"실례합니다."

이어서 들려온 작은 목소리에 토키에 씨와 나는 고개를 들었다.

어두운 가게 안을 두리번거리며 "아직 영업 중인가요?" 하고 물어온 사람은 나보다 두세 살 정도 어려 보이는 청년이었다.

새것 같은 양복과 어디에나 잘 어울리는 무난한 줄무늬 넥타이. 미용실에 다녀온 지 얼마 안 된 듯한 단정한 헤어스타일. 이 사람은….

(아츠시!)

토키에 씨가 만나고 싶어 한 상대, 즉 아들인 아츠시임이 분명했다.

아들의 모습을 인지한 순간, 토키에 씨는 들고 있던 긴 젓가락을 당장이라도 떨어뜨릴 것처럼 손을 부들부들 떨었다. 눈가가 촉촉이 젖어 들고 심장 박동이 빨라졌다. 체온이 올라가면서 손끝까지 뜨겁게 달아올랐다. 공유하고 있는 몸을 통해 지금 토키에 씨가 느끼는 환희가 직접적으로 전해져왔다. 덕분에 엄마란 이렇게나 온 마음을 다해서 아들을 생각하는 존재라는 사실을 처음으로 깨달았다.

(저기요, 테츠시 씨, 우리 아들한테 말 좀 걸어줄래요?)

토키에 씨가 잔뜩 흥분해서, 만약 살아 있었다면 손바닥으로 등짝을 사정없이 후려칠 듯한 기세로 나를 재촉했다. 내 몸 안에 들어와 있으니 그냥 본인이 말하면 될 것 같지만 신이 정해놓은 제약 때문에 말을 하는 것은 불가능하다고 했다. 토키에 씨는 '원래 죽은 사람은 말이 없는 법이니까'라며 웃었지만, 기껏 빙의할 수 있게 해놓고 말은 못하게 한다는 게 나로서는 이해가 가지 않았다.

아무튼 토키에 씨가 재촉하는 말을 듣고 손님에게 아직 인사도 제대로 하지 않았다는 사실을 뒤늦게 알아차린 나는 서둘러 입을 열었다.

"아… 어서 오세요! 죄송합니다, 가게 안이 어두워서 많이 놀라셨죠? 물론 영업 중입니다. 편한 자리에 앉으시면 됩니다."

"아직 영업 중이라니 다행이네요."

아츠시는 안심한 듯 미소를 짓더니 쭈뼛거리며 안쪽으로 들어와 주방에 있는 나와 마주 보는 자리에 앉았다.

"저… 혹시 라스트 오더 시간이 지났나요? 간판에는 불이 들어와 있어서 아직 하는 줄 알고 들어왔는데…. 가게 안에서 풍겨오는 맛있는 냄새를 맡으니 갑자기 배가 고파져서요."

아츠시가 자기 가방을 내려놓을 곳을 찾으며 물었다.

나는 간판 조명을 건드린 일이 없으니 아마도 신이 불을 켜놓은 모양이었다. 아츠시가 토키에 씨와 만날 수 있도록 이곳으로 인도한 것이겠지.

"아닙니다. 아직 괜찮습니다. 다만…."

한 명뿐인 손님에게 뭐라고 설명하면 좋을지 고민이 되었다.

"어… 그러니까 사실은 손님이 없어서 문을 닫으려던 참이었거든요. 오늘 준비한 재료도 거의 다 소진되어서 지금 주문 가능한 메뉴가 치킨난반 정식밖에 없는데 그래도 괜찮으시겠어요?"

스스로 생각하기에도 좀 억지스러운 설명이었지만 아츠시는 전혀 의심하지 않는 듯했다. 오히려 내 말을 들은 순간, 표정이 확 밝아졌다.

"치킨난반 정식이라고요? 마침 오늘 딱 그걸 먹고 싶던 참이었어요!"

나는 남몰래 가슴을 쓸어내렸다. 만약 여기서 아츠시가 "그럼 다음에 다시 올게요" 하고 자리에서 일어나기라도 하면 큰일이었기 때문이다.

최대한 부자연스러워 보이지 않도록 주의하며 대화를 이어나가던 내게 어느 정도 평정심을 되찾은 듯한 토키에 씨가 이것저것 주문을 해대기 시작했다.

(저기요, 테츠시 씨, 물수건은 어디 있죠? 아츠시한테 물수건 좀 내주지 않을래요? 그리고 애가 많이 취한 것 같으니까 찬물도 주면 좋겠는데. 바닥에 내려놓은 가방은 새것 같으니까 괜찮다면 의자 위에 올려놔도 된다고 말해줄래요?)

오지랖 넓은 아줌마가 진가를 발휘하는 순간이었다. 아츠시는 전혀 취한 것 같아 보이지 않았기 때문에 나는 반신반의하며 찬물이 든 잔을 내려놓았다. 아츠시가 기다렸다는 듯 물잔을 집어 단숨에 들이키는 것을 보고 눈이 휘둥그레졌다.

"목이… 많이 마르셨나 보네요."

"하하, 죄송합니다. 술을 오랜만에 마셔서 좀 취했나 봐요."

"아닙니다. 한 잔 더 드릴게요."

나는 찬물이 든 잔과 따뜻한 물수건을 함께 내밀었다.

"후우, 이제 좀 살 것 같네요."

물수건에 얼굴을 묻으며 기분 좋은 한숨을 내쉬는 아츠시를 보니 어머니의 사랑은 정말 위대하구나, 하는 생각이 들었다.

"그럼 치킨난반 정식으로 준비해 드리겠습니다. 지금 튀기고 있으니 조금만 기다려주세요."

내가 형식적으로 주문을 확인하자 아츠시는 물수건에서 고개를 들더니 "네, 부탁드립니다" 하고 예의 바르게 대답했다. 뭐랄까 잘 훈련받은 강아지 같았다. 엄마인 토키에 씨가 아들을 끔찍이 아끼는 게 이해가 갔다.

저온에서 고기가 천천히 튀겨지는 동안 간장 소스와 타르타르 소스를 만들고 곁들여 낼 양배추도 준비해야 했다. 요리는 멀티 태스크가 기본이다.

토키에 씨는 과감한 손놀림으로 설탕과 간장과 식초를 섞더니—계량도 하지 않고 그냥 병째 냄비에 들이붓는 것을 보고 깜짝 놀랐다—끓기 시작한 것을 확인한 후 한쪽에서는 다 삶아진 계란을 건져서 찬물에 넣고 다른 한쪽에서는 다 튀겨진 닭다리살을 간장 소스에 집어넣는 동시에 양배추를 한 장씩 찢어 흐르는 물에 씻기 시작했다. 토키에 씨의 CPU는 듀얼코어를 넘어 멀티코어임이 틀림없었다. 만약 나였다면 진작에 사고와 동작이 모두 정지되었을 것이다.

양배추와 차조기잎을 겹쳐서 쌓은 토키에 씨가 한 손에 부엌칼을 잡는가 싶더니 타타타타탕 경쾌한 리듬에 맞추어 썰기 시작했다.

빠르다.

나는 빠르게 상하 운동을 반복하는 부엌칼에 감동하며 내 오른손을 내려다보았다.

아아, 채썰기는 이렇게 하는 거였구나.

매번 칼이 양배추에서 완전히 떨어질 정도로 높이 들어올리는 것이 아니라 떨어질락 말락 하는 수준까지만 빼내면 충분하다. 그리고 오른손은 위아래로만 움직이고, 왼손 손가락 관절을 이용해 양배추의 위치를 조절한다.

그래, 내가 알고 싶었던 것이 바로 이거다. 이 감각.

오른손은 상하 운동, 왼손은 위치 조절. 내가 머릿속에서 열심히 받아적고 있는 동안 토키에 씨는 양배추 채썰기를 끝내고 채 썬 양배추를 접시에 예쁘게 담아 토마토와 레몬 조각을 곁들이는 것까지 마쳤다. 정말이지 감탄스러운 속도였다.

"아, 드레싱은 저쪽 냉장고 안에 있습니다."

내가 말했지만 토키에 씨는 필요 없다면서 이번에는 타르타르 소스를 만들기 시작했다.

반숙란을 껍질을 까서 으깬 다음 잘게 다진 양파와 충분한 양의 마요네즈, 케첩, 홀머스타드를 넣고 섞으면 타르타르 소스가 완성된다.

간장 소스에 절여진 닭다리살을 건져서 접시에 담은 뒤 타르타르 소스를 넉넉하게 뿌린다. 그 위에 남은 간장 소스까지 뿌려주면 한층 더 촉촉한 식감을 즐길 수 있다.

함초롬히 젖은 갈색 튀김옷과 타르타르 소스 위에서 걸쭉하게 흘러내리는 간장 소스가 조명을 받아 반짝였다.

시호와 내가 먹으려고 냉동해두었던 밥을 해동하고—시간상 이 부분은 어쩔 수 없었다—내일 아침에 먹으려던 된장국과 장아찌를 곁들이자 마침내 치킨난반 정식이 완성되었다.

"오래 기다리셨습니다."

뜨거운 김이 접시의 움직임을 따라 일렁이는 치킨난반을 아츠시 앞에 내려놓았다. 갓 나온 따끈따끈한 음식을 보고 아츠시가 침을 꼴깍 삼켰다.

"잘 먹겠습니다…."

아츠시는 단정한 손놀림으로 젓가락을 집어 들더니 가장 먼저 채 썬 양배추 공략에 나섰다. 그 마음은 나도 이해한다. 일단 채소를 해치운 다음 좋아하는 음식을 천천히 맛보겠다는 거겠지.

하지만 예상과는 달리 아츠시는 양배추를 딱 한 입만 먹고 혼자서 고개를 끄덕이더니 이번에는 된장국을 향해 손을 뻗었다.

골고루 돌아가며 먹는 스타일인가.

나도 모르게 아츠시가 먹는 모습을 눈으로 좇았다.

뜨거운 된장국을 한 모금 마신 아츠시가 만족스러운 미소를 짓는 것을 보고 있으려니 나도 배가 고파졌다.

그러고 보니 저녁 영업을 마친 후 바로 시호랑 싸우고 뛰쳐나갔다가 돌아와서 요리를 하느라 지금까지 아무것도 먹지 못한 상태였다.

그 사실을 떠올리자 점점 더 배고픔을 참기가 힘들어졌다.

이어서 아츠시는 단 세 번의 젓가락질로 밥공기에 담긴 밥의 절반을 해치워버렸다. 위험하다. 배가 너무 고파서 아츠시가 식사하는 모습을 보고 있는 것만으로도 이성을 잃을 것 같았다.

윤기가 자르르 흐르는 쌀밥, 따끈따끈한 된장국, 무엇보다 새콤달콤한 간장 소스에 촉촉하게 젖어든 닭다리살이 나를 부르고 있지 않은가. 치킨난반은 원래부터 내가 좋아하는 메뉴이기도 하다.

(…있잖아요, 테츠시 씨.)

그때까지 묵묵히 싱크대를 닦고 있던 토키에 씨가 조심스럽게 내게 말을 걸었다.

(혹시 괜찮다면… 나도 우리 아들이랑 같이 밥을 먹어도 될까요?)

내 마음을 읽기라도 한 건가 싶어서 깜짝 놀라 고개를 들었다.

그러자 토키에 씨는 당황한 표정으로 변명하듯 이렇게 덧붙였다.

(아니, 얘가 요즘 자기 방에만 틀어박혀 있었다고 했잖아요. 집에 같이 있어도 밥은 따로 먹었거든요. 그러다 보니 마지막으로 같이 밥 먹은 게 벌써 반년도 더 됐어요. 그래서… 우리 아들 밥 먹는 모습이 보고 싶기도 하고, 내가 해준 음식이 입에 잘 맞는지도 궁금하고…. 예전처럼 한 식탁에 앉아서 같이 밥 먹던 그 느낌을 마지막으로 한 번만 더 느껴보고 싶어서요.)

비록 대화는 할 수 없지만.

토키에 씨가 쓸쓸한 어조로 그렇게 덧붙이는 것을 듣고 나는 반사적으로 입을 열었다.

"저…."

"네?"

이번에는 반찬을 향해 젓가락을 뻗으려던 아츠시가 고개를 들었다.

나는 허둥지둥 머릿속에 떠오르는 대로 두서없이 말을 늘어놓았다.

"저기, 저도 함께 먹어도 될까요? 실은, 그게… 그러니까… 어쩌다 보니 제가 아직 저녁을 못 먹었거든요. 배가 너무 고파서요. 가게 문 닫을 때까지 기다리려고 했는데 손님이 너무 맛있게 드시는 걸 보니까 참기가 힘드네요."

"…"

"아… 아닙니다, 역시 좀 그렇죠? 제가 그만 실례를 범했네요. 죄송합니다. 신경쓰지 마세요, 아하하."

나는 아무 말도 하지 않는 아츠시를 보며 삐질삐질 식은땀을 흘렸다.

위험하다. 아주 위험한 상황이다. 처음 보는 가게 사람이 다짜고짜 자기도 같이 먹어도 되겠냐고 물으면 나라도 수상하다고 느낄 거다.

하지만.

"…그러시죠."

아츠시는 잠시 망설이는 듯하더니 이내 고개를 끄덕이며 대답했다.

"애초에 제가 들어오는 바람에 가게 문을 닫지 못하신 거잖아요. 죄송합니다. 저는 괜찮으니 신경쓰지 말고 편히 드세요."

이 녀석은 하늘에서 내려온 천사인가.

아츠시의 이런 성격은 토키에 씨의 반듯한 가정교육의 산물이 아닐까 하는 생각이 들었다. 주변 사람들을 잘 챙기고 책임감이 강한 성격이라서, 그래서 더 취업에 실패한 자신을 용서하지 못하고 집에 틀어박히게 된 것이리라.

"아, 고맙습니다. 그럼 사양하지 않고…."

나는 쭈뼛거리며 내 몫의 치킨난반을 준비했다. 예의 차려서 조금만 덜어 먹을 생각은 없었다. 일단 먹기로 한 이상 제대로 먹어줘야지.

하지만 역시 손님 옆에 나란히 앉아서 먹기는 좀 그러니까 일할 때 쓰는 간이 의자를 가져와 주방 안에서 먹기로 했다. 토키에 씨한테 그래도 되겠느냐고 묻자 오히려 그렇게 해줬으면 좋겠다는 대답이 돌아왔다. 밥은 같이 먹고 싶은데 옆에 앉아서 먹는 것보다 따로 앉아서 먹는 게 더 좋다고? 무슨 말인가 싶었지만 일단 내 궁금증은 내려놓고 우선은 눈앞에 놓인 음식에 집중하기로 했다.

내 젓가락이 가장 먼저 향한 곳은, 아츠시와 마찬가지로 채썬 양배추였다. 이런 채소류는 가능한 한 빨리 해치워버리는 것이 좋다.

하지만 양배추를 입에 넣은 순간, 예상과는 전혀 다른 맛에 눈이 휘둥그레졌다.

맛있다.

가늘게 채 썬 신선한 양배추는 사이에 공기층을 품고 있어서 아삭한 식감이 살아 있었다. 편의점 샐러드에 들어 있는 양배추에서는 결코 맛볼 수 없는 깨끗한 단맛이 느껴졌다. 게다가 때때로 섞여드는 차조기잎의 풍미가 입안을 상쾌하게 만들어주었다.

(양배추에 소금이랑 레몬즙을 조금 뿌리면 더 맛있어요.)

나는 토키에 씨의 조언에 말없이 고개를 끄덕이며 소금통을 집어들었다.

그 순간, 카운터를 사이에 두고 맞은편에 앉은 아츠시와 눈이 마주쳤다. 아츠시의 손에도 소금통이 들려 있었다.

"아…."

내 손에 들린 소금통과 레몬을 본 아츠시가 놀란 표정을 지었다. 그러고는 겸연쩍게 웃으며 말했다.

"역시 이렇게 먹는 게 더 맛있어요, 그렇죠? 밖에서 먹을 때는 원래 이런 거 잘 안 뿌리는데 집이 아닌 곳에서 차조기잎이 들어간 채 썬 양배추를 보는 건 처음이라서 저도 모르게 그만…."

"아…."

나는 "그러니까요. 저도 이게 더 맛있더라고요" 하고 어색하게 맞장구를 쳤다.

그건 그렇고.

나는 봉긋하게 쌓인 양배추의 산을 내려다보았다. 원래 채 썬 양배추는 메인을 먹기 전에 다 먹어치우는 편이지만 오늘은 이 신선한 양배추를 메인 메뉴인 치킨난반을 먹을 때를 위해 남겨두고 싶었다.

그래서 일단 양배추는 내버려두고 토마토를 한 입 먹은 다음 바로 메인을 공략하기로 했다. 생각해보니 아까 아츠시가 먹은 순서와 똑같았다.

젓가락이 묵직할 정도로 타르타르 소스가 가득 올라간 닭다리살. 젓가락으로 집어올리자 타르타르 소스 위에 뿌린 캐러멜색 간장 소스가 주르륵 흘러내렸다.

그대로 입 가까이 가져가자 식초의 톡 쏘는 냄새가 식욕을 자극했다. 으깬 계란 덩어리를 떨어뜨리지 않도록 조심하면서 한입에 쏙 집어넣었다.

"…!"

한입 씹으니 튀김옷에서는 새콤달콤한 간장 소스가, 고기에서는 지방의 농후한 감칠맛이 응축된 육즙이 흘러나왔다.

맛있다.

차가운 타르타르 소스에 덮인 튀김옷 아래에는 혀를 델 정도로 뜨거운 육즙이 숨어 있었다. 차가움과 뜨거움의 이단 콤보에 정신이 아찔해졌다.

대조적인 것은 온도뿐만이 아니었다. 새콤달달한 간장 소스와 묵직하고 농후한 타르타르 소스가 서로의 맛을 절묘하게 끌어올리고 있었다.

소금과 후추로 간을 한 닭다리살은 더할 나위 없이 부드러웠고, 고기 본연의 고소함이 느껴졌다. 거기에 레몬을 조금 뿌리자 상큼한 산미가 더해져 또 다른 매력을 느낄 수 있었다. 나는 황홀한 표정으로 정신없이 식사에 빠져들었다.

(저기요, 테츠시 씨! 맛있게 먹어주는 건 고마운데 먹으면서 우리 아들이랑 대화도 좀 나눠주지 않을래요?)

본능에 사로잡혀 치킨난반에 얼굴을 파묻고 있던 내게 토키에 씨의 목소리가 날아들었다.

나는 그제야 정신을 차리고 고개를 들어 아츠시를 쳐다보았다.

아츠시는 젓가락으로 치킨난반을 한 조각 집은 상태로 가만히 그것을 들여다보고 있었다.

골똘히 생각에 빠진 듯한, 무언가를 망설이고 있는 듯한, 여러 가지 복잡한 감정이 교차하는 표정이었다.

아츠시는 천천히 고기를 자기 눈앞으로 가져와 가볍게 냄새를 맡더니 입을 꾹 다물었다. 그러고는 마침내 손에 든 고기를 입에 집어넣었다.

그리고.

"…욱."

고기를 한입 베어 문 순간, 아츠시의 눈에 눈물이 차올랐다.

"욱…, 욱…."

아츠시가 입으로 후후 숨을 내쉬었다. 얼핏 보기에는 갓 튀긴 닭고기의 열을 식히고 있는 것처럼 보이기도 했지만….

(아츠시? 왜 그러니? 왜 우는 거야?)

내 눈에는 아츠시가 필사적으로 눈물을 참고 있는 것처럼 보였다.

나는 어찌하면 좋을지 몰라 그대로 굳어버렸다.

내 시선을 눈치챈 아츠시가 당황해서 젓가락을 내려놓더니 물수건을 집어 이마를 닦는 척하면서 슬쩍 눈가를 훔쳤다. 하지만 눈물이 멈추지 않는지 결국 그 상태 그대로 한참 동안 눈을 지그시 누르고 있었다.

"…죄송합니다. 놀라셨죠?"

아츠시는 포기했는지 물수건에 얼굴을 묻은 채 울먹이며 말했다.

"뭔가… 굉장히… 익숙한 맛이, 나서요."

흐느끼지 않으려고 노력하며 간신히 내뱉은 말을 듣고 나는 화들짝 놀랐다.

전해진 것이다.

아츠시에게. 토키에 씨의 맛이.

(아츠시…!)

내 안에 있는 토키에 씨도 감정이 복받쳐 오르는지 눈물을 글썽였다. 내 의사와는 상관없이 눈물이 터져나오려고 해서 깜짝 놀라 반사적으로 눈에 힘을 주었다. 여기서 내가 우는 건 누가 봐도 이상할 테니까.

"그 정도로 익숙한 맛이었나요?"

분위기를 전환하기 위해 내가 묻자 아츠시는 물수건으로 눈물을 닦으며 고개를 끄덕였다.

그러고는 천천히 고개를 들더니 새빨개진 눈으로 어색하게 미소를 지으며 입을 열었다.

"실은… 치킨난반은 제가 제일 좋아하는 음식이에요. 그래서… 어머니는 제게 좋은 일이 생기거나, 아니면 반대로 안 좋은 일이 있거나 하면 주로 치킨난반을… 만들어주셨어요."

BGM도 틀지 않은 가게 안. 어두운 조명과 적당한 취기, 그리고 아마도 신의 뜻이 적절히 조화롭게 작용한 결과, 아츠시는 자신의 이야기를 솔직하게 털어놓았다. 나는 아츠시를 방해하지 않으려고 조심하며 조용히 귀를 기울였다.

"누나가 결혼해서 나간 후에는 저랑 어머니랑 둘이서 밥을 먹을 때가 많았어요. 저희 어머니는 저한테 따뜻한 음식을 먹이기 위해 식사 중에도 계속 부엌에서 뭘 만들고 하느라… 딱 지금 같은 위치에서 서로 떨어져 먹는 경우가 대부분이었지만요."

토키에 씨가 왜 아까 떨어져서 먹는 게 오히려 더 좋다고 했는지 그제야 의문이 풀렸다.

부엌에 서 있는 토키에 씨와 카운터석에 앉아 있는 아츠시. 이것이 바로 두 사람의 정위치였던 것이다.

"저희 어머니는 엄청난 수다쟁이인 데다가 오지랖도 넓어서 밥 먹는 내내 쉴 새 없이 떠들어대셨어요."

아츠시는 마음을 진정시키려는 듯 찬물을 한 모금 마시더니 입술을 살짝 깨물었다.

"실은 저… 취직이 안 돼서 반년 정도… 소위 말하는 은둔형 외톨이 상태였거든요. 어머니랑 대화하는 것조차 싫어서 밥도 제 방에서 혼자 먹었어요."

당시에는 무슨 말을 들어도 비난당하는 듯한 기분이 들었다고 했다. 스스로가 부끄러워서, 모든 것이 짜증이 나서 주체할 수가 없었다고. 어머니의 걱정스러운 표정, 안쓰러워하는 표정을 볼 때마다 더욱더 절망적인 기분이 들었다고.

"어머니 얼굴도 보기 싫다거나 그런 게 아니라 그저 제가 뵐 면목이 없었어요. 그래서 항상 어머니가 잠자리에 드신 후에 조용히 나와서 밥을 먹었어요."

그리고.

아츠시는 또 무언가를 생각해낸 듯 어금니를 꽉 깨물었다.

"매일 하루도 빼놓지 않고 부엌에는 제 밥이 차려져 있었어요. 신기하게도 제가 정말 우울한 날에는 꼭 치킨난반이… 흑… 있었고… 쪽지도 함께 놓여 있었어요. 하지만 전… 내심 기뻤으면서도… 왠지 부끄러워서… 쪽지를 열어보지도 않고 구겨버렸어요…. 결국 버리지는 못하고 방으로 가지고 돌아갔지만요."

밤에 몰래 식사를 가지러 나올 때를 제외하고는 하루 종일 방에서 나오지 않는 아츠시를 보고 누나는 엄마한테 어리광부리지 말라고 따끔하게 지적했다. 자신이 어리광을 부리고 있다는 사실은 스스로도 잘 알고 있었고 이러면 안 된다는 것도 알고 있었다. 하지만 머리로는 알고 있어도 몸이 따라주지 않았다. 방에서 나가는 것이, 다시 한번 집 밖으로 발을 내딛는 것이 무서워서 견딜 수가 없었다.

그런 유치한 갈등의 나날은 어느 날 갑자기 강제로 막을 내렸다. 어머니의 죽음으로 인해.

"믿을 수가 없었어요. 세상에 어떻게 이런 일이 있을 수 있는지. 그런 식으로 갑자기 세계가 끝나버리는 일은… 있으면 안 되는 거잖아요."

낮은 목소리로 말을 이어나가는 아츠시의 이야기를 들으며 나는 아무 말도 하지 않았다.

그때 아츠시가 느꼈을 상실감은 내가 누구보다 잘 이해할 수 있었으니까. 맞장구를 치는 것조차 힘들 정도로 너무 잘 알고 있었으니까.

아츠시는 일단 말을 멈추고 물수건으로 얼굴을 한 번 훔치더니 다시 입을 열었다. 목소리에서 힘이 느껴졌다.

"어머니가 돌아가신 후, 계속 이러고 있으면 안 되겠다는 생각이 들어서 취업 준비를 다시 시작했어요. 뭐라도 좋으니 몰두할 수 있는 무언가가 필요했던 건지도 모르겠네요. 아무튼 덕분에 얼마 전 드디어 합격 통지를 받았어요. 일단은 계약직이지만요."

오늘 갔던 곳이 바로 그 회사의 신입사원 환영회 자리였다면서 아츠시는 최근 역 근처에 들어선 대기업의 이름을 댔다.

토키에 씨가 오늘 치킨난반을 만들기로 한 이유를 그제야 알 것 같았다.

"잘됐네요."

내가 말하자 아츠시는 쑥스러운 듯 미소를 지었다.

아니.

정확히는 웃으려고 노력했다.

"…해보니까 별거 아니더라고요. 집 밖으로 나가는 것도, 취업 준비도. 어머니가 갑자기 돌아가시는 거에 비하면 정말 아무것도 무서울 게 없었어요. 그런데… 흐흑…."

웃고 있는 눈에서 눈물이 뚝뚝 떨어졌다.

아츠시는 "죄송합니다" 하고 양해를 구하며 물수건으로 눈을 닦으려다가 결국 참지 못하고 울음을 터뜨렸다.

"그런데 왜… 나는, 엄마가, 살아계실 때, 그렇게 하지 못한 걸까… 하고. 살아계실 때, 취직해서, 밥도, 제대로, 마주 보고 앉아서 먹고… 한마디라도 좋으니 엄마한테… 맛있다고… 고맙다고… 말했더라면…! 으흑…."

아츠시는 손등에 힘줄이 튀어나올 정도로 물수건을 꽉 움켜쥐었다. 새 양복을 차려입은 어깨가 가늘게 떨렸다. 지금 자신이 처음 보는 사람 앞에서 토키에 씨를 '어머니'가 아니라 '엄마'라고 부르고 있다는 사실도 자각하지 못하고 있는 듯했다.

(아츠시…!)

내 안에 있는 토키에 씨가 눈앞에서 오열하는 아들을 보며 코를 훌쩍였다.

(아츠시… 괜찮아, 엄마가 지금 다 들었으니까!)

괜찮아, 괜찮아.

그렇게 다독이는 토키에 씨의 말투가 너무도 다정해서.

나는 그만 참지 못하고 아츠시에게 사실은 지금 너희 어머니가 나한테 빙의해 있다고, 지금 네가 먹은 치킨난반은 정말로 너희 어머니가 너를 위해 만든 거라고 말해버릴 뻔했다.

하지만 말이 나오지 않았다.

이상하게도 빙의 사실을 말하려고 하면 목소리가 목구멍을 통과하지 못하고 그대로 사라져버렸다.

이것이 토키에 씨가 말한 '신이 정해 놓은 제약'이라는 걸까.

이론적으로 설명할 수 없는 현상에 두려움보다는 초조함이 앞섰다.

어떻게든 전해야 하는데.

나와 같은 심정, 내 여동생 시호와 같은 심정을 느끼고 있을 아츠시에게. 이렇게 했으면 좋았을 텐데, 이렇게 했어야 하는데, 하고 스스로를 탓하고 비난하며 괴로움에 몸부림치는 그에게 괜찮다고 말해주고 싶었다.

이렇게 된 이상 거짓말이라도 상관없었다. 무슨 말이라도 좋다. 나는 필사적으로 머리를 굴리며 입을 열었다.

"혹시 손님 이름이 사사이 아츠시인가요?"

"…네?"

아츠시가 빨개진 눈을 끔벅거리며 "그런데요…" 하고 의아한 표정으로 대답했다.

나는 내 안에 잠들어 있는 연기력을 전부 끌어모아 최대한 자연스럽게 말했다.

"이것 참 신기한 우연이네요. 실은 이 치킨난반 만드는 법을 제게 가르쳐 준 사람이 바로 토키에 씨… 그러니까 손님 어머니셨거든요."

"네?"

눈물이 멈추고, 대신 이번에는 눈이 동그래졌다.

좋았어, 먹혔다. 나는 단숨에 치고 들어가기로 했다.

"토키에 씨가 평소 저희 가게 단골이셨거든요. 친구가 된 기념으로 제게 치킨난반 만드는 법을 가르쳐주셨어요. 손님 얘기도 많이 들었습니다. 세상에서 최고로 멋진 아들이라면서 늘 자랑스러워하셨어요."

가게 단골이었다는 건 거짓말이지만 그 외에는 거의 다 사실이었다.

내 의도를 눈치챘는지 토키에 씨가 서둘러 말을 보탰다.

(테츠시 씨, 고마워요! 아, 그리고 우리 아들은 치킨난반 말고도 멘치카츠*나 고로케 같이 튀긴 음식은 다 좋아해요. 소스보다 소금 찍어 먹는 걸 더 좋아하고요. 이것도 말해줄래요? 그럼 확실히 믿을 거예요.)

"멘치카츠랑 고로케 같이 튀긴 음식은 다 좋아한다면서요? 그

---

* 다진 고기에 빵가루를 입혀서 튀긴 것

리고 소스보다는 소금 찍어 먹는 걸 더 좋아한다고 그러시던데."

"엄마가 그런 얘기까지 하셨어요?"

아츠시가 얼굴을 붉혔다. 내 말을 완전히 믿는 눈치였다.

아츠시는 생전 자기 어머니가 무슨 말을 했는지 하나도 빠짐없이 다 듣고 싶다는 듯 기대에 찬 눈빛으로 이쪽을 쳐다보았다. 나는 머릿속에서 토키에 씨가 내게 하는 말을 듣고 그대로 전했다.

"어… 그리고 이런 말도 하셨어요. 우리 아들은 뭘 만들어줘도 항상 깨끗이 다 먹는다고요. 그래서 너무 좋다고."

머릿속에서는 토키에 씨가 숨도 쉬지 않고 열심히 떠들어댔다. 토키에 씨가 하는 말을 즉석에서 전해 들은 말의 형태로 바꾸어 말하는 것은 생각보다 쉽지 않은 일이었다. 나는 입술에 침을 발라가며 최선을 다해 대변인 역할을 완벽히 수행하고자 노력했다.

"음식 간 맞추는 걸 실패했을 때도, 사흘 넘게 같은 반찬을 내놓았을 때도, 다음 날 아침에 나와 보면 그릇이 다 비어 있었다고 하시던데요? 스스로 생각하기에도 이건 도저히 못 먹겠다 싶을 정도로 짠 파스타를 깨끗이 다 먹어치운 걸 봤을 때는 진짜로 감동했다고 하셨어요."

"…그날 밤에는 물을 한 2리터쯤 마셨을 거예요."

아츠시가 반쯤은 웃고 반쯤은 우는 듯한 표정으로 대답했다. 나는 고개를 끄덕이며 말했다.

"사실 음식을 만드는 입장에서는 상대방이 남기지 않고 다 먹어주면 그걸로 충분하거든요. 빈 그릇이 곧 '잘 먹었습니다' '맛있었어요'라는 의미니까요."

내 말을 듣고 아츠시가 아직 소년 티가 남아 있는 앳된 얼굴을 푹 숙였다.

나는 목소리에 한층 더 힘을 실었다.

"그러니까 괜찮아요. 손님의 진심은 아마도, 아니 틀림없이, 토키에 씨도 알고 계셨을 겁니다."

부디 이 마음이 꼭 전해지기를.

기도하는 심정으로 말을 마치자 침묵이 찾아왔다.

나는 숨이 막힐 듯한 정적 속에서 남몰래 식은땀을 흘렸다.

너무 나갔나? 주제넘은 참견이라고 느꼈으려나?

그리고.

"…잘 먹겠습니다."

아츠시는 코를 훌쩍이더니 먹다 만 치킨난반에 다시 손을 뻗었다.

마치 며칠 굶은 사람처럼 엄청난 기세로 닭다리살을, 양배추를, 쌀밥을, 된장국을 차례차례 해치워갔다.

"…맛있어요. 역시… 이 맛은, 아무리 먹어도, 질리지가 않아요."

때때로 입꼬리가 파르르 떨리고 갑자기 감정이 복받쳐 오르는 것 같기도 했지만.

이윽고 아츠시는 소스 한 방울 남기지 않고 전부 다 깨끗하게 먹어치운 뒤 젓가락을 내려놓았다.

그러고는 조용히 고개를 숙였다.

"잘… 먹었습니다."

억지로 미소를 지어 보이는 뺨에는 아직 눈물 자국이 남아 있었다.

하지만 붉게 충혈된 눈동자에서는 아주 조금이지만 후련함이 느껴지는 것 같기도 했다.

"…힘내세요."

잘 먹었다는 인사에 가장 적절한 대답이 무엇인지 나는 알지 못한다.

다만 토키에 씨가 힘내라고 말했기 때문에 나도 그대로 따라 했을 뿐이다.

잘 먹어줘서 고맙구나. 취직 축하한다. 너를 두고 먼저 가서 미안해. 아빠랑 누나를 잘 부탁한다. 엄마가 많이 사랑해.

그런 마음들이 그 한마디에 모두 담겨 있었다.

아츠시는 "네" 하고 고개를 끄덕이더니 흥분이 좀 가셨는지 머쓱하게 웃었다.

식사를 마치자 더 이상 할 말이 없었다. 아츠시도 나도 무리 해서 대화를 이어나갈 생각은 없었다. 잠시 후 아츠시가 자리에 서 일어나 지갑에서 돈을 꺼냈다.

내가 거스름돈을 내어주자 아츠시는 다시 한번 잘 먹었다고 인사한 뒤 가게 문을 향해 걸어갔다.

"저기요!"

나는 반사적으로 아츠시를 불러세웠다.

"저… 괜찮다면 명함을 한 장 받을 수 있을까요? 이것도 인연이니까."

"아, 네."

내가 조심스럽게 부탁하자 아츠시는 남을 의심할 줄 모르는 순한 얼굴로 선선히 고개를 끄덕였다. 아츠시도 우리의 만남에 뭔가 느끼는 바가 있는 것 같았다.

아츠시는 가방을 뒤적거리더니 "오늘 받아온 거예요"라며 명함 한 장을 꺼냈다. 그러고는 신입사원 특유의 어색함이 묻어나는 자세로 내게 내밀었다.

빳빳한 사각형 종이 위에서 대기업 로고가 빛나고 있었다.

"취직 축하드립니다."

내가 말하자 아츠시는 쑥스러운 듯 귀를 만지작거리더니 이번에야말로 가게 밖으로 나갔다. 또 오겠다는 말을 남기고.

발걸음 소리가 점점 멀어지는가 싶더니 이윽고 아무 소리도 들리지 않았다.

나는 한쪽에만 불이 켜진 주방에 우두커니 서 있었다.

눈물을 주룩주룩 흘리면서.

"저… 저기요, 토키에 씨… 이제 그만, 좀, 우세요…. 으흑."

(하지만 더 이상 못 참겠는걸요! 테츠시 씨, 고마워요! 진짜 너무 고마워요!)

나는 흐느껴 울면서 열심히 울음을 멈추려고 하고, 그러면서 또다시 눈물을 터뜨리는, 이상하기 짝이 없는 상황에 봉착했다.

(흑흑… 아츠시, 취직 축하한다. 잘됐다, 정말 잘됐어. 장하다, 우리 아들!)

토키에 씨의 손, 그러니까 내 손은 아까 아츠시에게 받은 명함을 무슨 보물처럼 소중히 움켜쥐고 있었다.

토키에 씨는 그로부터 약 30분 정도 더 눈물을 쏟으며 내게 정말 고맙다고 거듭 인사했다. 그러고는 내가 이제 진짜 그만하라고 말하려는 순간, 갑자기 연기처럼 사라졌다.

신기하게도 손에 쥐고 있던 아츠시의 명함도 어디론가 사라져버렸다.

…◆…

짹짹 하고 참새 지저귀는 소리가 들렸다.

가게 현관 너머로 비쳐드는 햇빛과 뒷문 여는 소리에 눈이 떠졌다.

"응? 왜 불이 켜져 있지? 어라, 오빠?"

"으응…?"

나는 시호의 놀란 얼굴을 졸린 눈으로 쳐다보며 늘어지게 기지개를 켰다. 어린애도 아니고 스물다섯이나 먹은 다 큰 어른이 테이블에 엎드려 자는 건 정말이지 할 짓이 못 된다. 온몸 여기저기가 다 쑤셨다.

"오빠가 왜 여기 있어? 설마 어젯밤에 여기서 잔 거야?"

시호의 높은 목소리가 머리를 울렸다.

허리에 손을 얹고 대체 무슨 일이 있었던 거냐고 캐묻는 시호에게 나는 엄지손가락을 들어 주방을, 정확히는 그 안에 있는 업무용 냉장고를 가리켜 보였다.

"응."

"응이 뭐야, 응이. 적어도 단어로라도 말해달라고."

입으로는 투덜대면서도 호기심을 이기지 못한 듯 시호가 냉장고로 다가가서 문을 열었다. 그러고는 안에 든 것을 보더니 눈이 동그래졌다.

"이게 다 뭐야…?"

냉장고 안에는 푸릇푸릇한 연두색으로 가득 찬 거대한 샐러드 볼이 들어 있었다.

토키에 씨에게 전수받은 방법대로 차조기잎을 넣어 가늘게 채 썬 양배추 한 통 분량이었다.

"설마 이거… 오빠가 한 거야?"

"아아."

나는 아직도 붓기가 약간 덜 빠진 듯한 오른쪽 손목을 빙글빙글 돌리며 대답했다.

채 써는 요령은 토키에 씨가 자세히 가르쳐주었지만, 지금껏 부엌칼을 제대로 잡아본 적도 없는 나로서는 결코 쉽지 않은 일이었다. 그래도 양배추 한 통을 다 썰고 나니 대충 감이 잡혔다.

"하룻밤 사이에 이렇게 실력이 늘었다고?"

"시호."

나는 수상쩍다는 듯 중얼거리는 시호의 말을 가로막았다.

"미안해. 내 생각이 짧았어. 역시 양배추는 채로 썰어야 하는 거였어. 특히 치킨난반에 곁들이는 양배추는."

"뭐?"

머릿속에 새콤달콤한 간장 소스가 뿌려진 채 썬 양배추가 떠올랐다.

차조기잎이 섞인 채 썬 양배추는 기름진 치킨난반에 곁들이는 입가심용이었다. 아삭한 식감의 양배추가 시간이 지나면서 식초를 빨아들이면 피클이랑 비슷해지는데 그건 그것대로 맛있었다. 그런 맛을 내기 위해서는 처음부터 양배추에 맛이 배기 쉽도록 가늘게 채를 썰어야만 했다.

— 어느 메뉴에 어떤 반찬을 곁들일지, 어떤 모양으로 어느 그릇에 담아서 낼지 그런 걸 전부 엄마랑 아빠가 열심히 고민해서 정한 거란 말이야.

시호가 한 말이 기억났다.

그 말의 의미가 어제보다는 조금 더 와닿는 것 같았다.

아들에게 좋아하는 음식을 먹여주고 싶어서 서둘러 닭다리 살을 튀기던 토키에 씨.

갓 튀겨 나온 음식을 식기 전에 먹을 수 있도록. 볼륨감과 풍미를 더해주는 타르타르 소스를 가득 얹고, 입가심용 양배추를 곁들여서.

취했을 때는 찬물을 내주고, 힘든 일이 있을 때는 따뜻한 음식을 먹고 기운을 낼 수 있도록.

감히 말하자면, 요리는 마음이다.

채 썬 양배추 하나에도 요리를 준비하는 사람의 따뜻한 마음 씀씀이와 배려가 숨어 있다는 사실을 나는 비로소 깨달았다.

"이 정도면 오늘 점심 영업 때 쓰기에는 충분하겠지?"

"오빠…."

시호가 무슨 말을 해야 좋을지 모르겠다는 듯 머뭇거렸다.

그러더니 이내 고개를 꼿꼿이 들고 의미심장한 미소를 지으며 내게 말했다.

"거봐, 하니까 되잖아. 다음에는 다지기도 부탁해. 산산조각 내지 말고 제대로!"

"뭐?"

나는 깜짝 놀라 몸을 벌떡 일으켰다. 시호는 콧노래를 흥얼거리며 가게 문 열 준비를 시작했다.

테시오야 오픈까지 앞으로 3시간.

문밖에는 오늘도 많은 손님이 찾아올 거라고 약속이라도 하듯 쨍하게 맑은 겨울 하늘이 펼쳐져 있었다.

두 번째 메뉴

계란튀김덮밥

"으으, 추워라…."

두꺼운 재킷에 긴 양말. 털목도리를 꽁꽁 둘러맸지만 귀신같이 빈틈을 파고드는 초겨울 밤의 추위에 저절로 몸이 움츠러들었다.

"대체 왜 신사는 바닥이 돌인 거야…. 이게 문제라고…. 그냥 열선을 깐 콘크리트로 덮어버리면 좋을 텐데…."

주머니에 찔러넣은 오른손에는 비닐봉지가 들려 있었다. 안에 든 내용물은 내가 좋아하는 사케.

그렇다.

나는 한밤중에 신께 바칠 술을 챙겨 들고 신사에 와 있었다.

사사이 토키에라는 아줌마의 영혼이 내게 빙의했던 사건으로부터 벌써 일주일이 지났다.

아줌마는 무사히 소원이 이루어진 순간 거짓말처럼 사라져버렸기 때문에 나는 어쩌면 이 모든 게 꿈이 아니었을까 하고 고개를 갸웃거리며 일상으로 돌아갔다.

하지만 그날 이후 아츠시는 종종 우리 가게에 밥을 먹으러 오게 되었고, 아줌마한테 배운 채썰기 기술도 확실히 내 손에 남아 있었다.

며칠 동안은 당장이라도 신사로 달려가 어떻게 이런 일이 있을 수 있는지 확인해보고 싶은 마음이 굴뚝같았지만, 역시 이런 초자연적인 현상에는 더 이상 관여하지 않는 게 좋겠다는 생각에 참았다.

그러다가 오늘은 신에게 하소연하고 싶은 일이 생겨서 지난주와 마찬가지로 가게 문을 박차고 뛰쳐나와 신사를 찾아온 것이다.

"젠장, 시호 그 녀석은 애초에 요구하는 수준이 너무 높다고…"

나는 목도리에 턱을 묻으며 투덜거렸다.

오늘 시호의 분노에 찬 한마디는 "이런 새대가리 같으니라고!"였다.

"멀쩡한 4년제 대학 졸업자한테 새대가리라니. 기억력은 나쁘지 않은 편이라고."

내 입에서 나오는 투덜거림은 그대로 하얀 입김이 되어 어둠 속에 흩어졌다.

어째서 매번 이렇게 한심한 처지에 놓이게 되는 걸까.

모든 것은 지극히 평범한 대화에서부터 시작되었다.

"비공식 메뉴를 만들고 싶다고?"

저녁 영업이 끝나자마자 시호는 앞치마도 벗지 않은 채 내게 다가와 테시오야의 비공식 메뉴를 만들면 어떻겠냐며 내 의견을 물었다. 나는 의아한 표정으로 되물었다.

"굳이 왜? 지금 있는 메뉴 소화하기도 벅찬데."

"그건 그렇지만 남는 재료를 활용해서 만들면 크게 부담이 되거나 하지는 않을 거야."

자기가 생각해낸 아이디어가 꽤나 마음에 들었는지 시호의 눈동자가 흥분과 기대로 반짝거렸다. 시호는 동안이기 때문에 이런 표정을 지으면 내가 봐도 좀 귀엽다. 하지만 결코 속아서는 안 된다.

이 녀석이 이런 표정을 지으며 하는 제안은 보통 '폭죽 100개에 동시에 불을 붙이면 어떻게 될까?'라든지 '아빠 얼굴에 고기라고 써볼까?' 하는 식의 엉뚱하고 황당무계한 것들뿐이기 때문이다. 참고로 우리는 이 두 가지를 모두 실행에 옮겼으며, 결과적으로는 오빠인 나만 된통 혼났다.

"부담이 되지 않을 리가 없잖아. 게다가 기껏 비공식 메뉴를 만들었는데 아무도 주문하지 않으면 어쩌려고?"

나는 하루 종일 서서 일하느라 시큰거리는 허리를 두드리며 시호의 제안을 단칼에 거절했다.

"그럴 일은 없어! 내가 어느 정도 염두에 두고 있는 사람들이 있단 말이야. 양념 씨랑 스튜 씨는 우리 가게에 자주 오잖아. 그런 손님들 대상으로 특별한 메뉴를 준비해두면 좋아할 것 같지 않아?"

시호는 단골을 소중히 여겨야 한다며 입술을 삐죽거렸다.

양념 씨와 스튜 씨는 최근 우리 가게에 자주 오는 단골손님들이다. 물론 둘 다 별명이고. 양념 씨는 주문할 때마다 항상 양념통을 함께 갖다 달라고 하고, 스튜 씨는 점심이든 저녁이든 상관없이 언제나 함박 스튜만 주문하기 때문에 이런 별명이 붙은 듯하다.

사실 나는 이들이 누구인지 모른다.

기본적으로 사람 얼굴을 잘 기억하지 못하는 편인 데다가 특히 점심시간에는 손님이 워낙 많이 몰려와서 일일이 신경 쓸 여유 따위 없기 때문이다.

시호는 양념 씨가 가게 문을 열고 들어오면 자동반사적으로 양념통을 꺼내 든다고 하지만 만약 나에게 "양념 씨한테 이것 좀 갖다 줘!"라고 한다면 내가 할 말은 정해져 있다. "그게 누군데! 테이블 번호로 말해달라고!"

나는 그들의 얼굴을 모를뿐더러 기억해야 할 필요성도 못 느낀다. 왜냐하면.

"시호 넌 그 사람들이 자주 온다고 하지만 정확히 몇 번 왔는지 정량적으로 분석해 본 적 있어? 그래 봤자 일주일에 두세 번이잖아. 고작 그 정도 단골이 가게 매상에 얼마나 공헌하고 있다고 생각하는 거야?"

기본적으로 정식집은 객단가가 낮다. 일주일에 두 번 와서 880엔짜리 정식을 주문하는 손님을 단골로 붙잡아두기 위해 새로운 메뉴를 개발할 시간이 있다면 차라리 그 시간에 신규 고객을 더 늘릴 방안을 모색하는 편이 훨씬 더 합리적이다.

"맨날 그렇게 충동적으로 비공식 메뉴 같은 거 만들 생각만 하지 말고 좀 더 이성적으로…."

"오빠."

내가 모처럼 사회인의 관록을 보여주려고 하는데 시호가 낮은 목소리로 가로막았다.

"확인차 묻겠는데."

시호가 커다란 눈으로 나를 노려보며 또박또박 말했다.

"설마 단골이랑 처음 온 손님을 구별하는 게 귀찮아서 그러는 건 아니지?"

"그야… 물론… 아니지…."

"지금 오빠가 하는 말은 정말로 우리 가게를 합리적으로 운영해나가기 위한 조언일 뿐이지 절대로 손님 얼굴을 기억하는 게 귀찮다거나 하는 이유 때문에 그러는 건 아닐 거야, 그렇지?"

"으응…."

심상치 않은 분위기에 내가 더듬거리며 대답하자 시호는 위압적인 눈빛으로 나를 올려다보며 물었다.

"그럼 오늘 온 단골손님이 누구였는지 말해봐."

"뭐?"

"오늘 온 손님 중에 단골은 몇 명이었고, 각각의 별명은 뭔지 대답해보라고."

대답할 수 있을 리 없었다.

단골이 왔던가? 그러고 보니 누군가 왔던 것 같기도 하고 아닌 것 같기도 하고…. 설령 얼굴을 기억한다 하더라도 별명까지 대답할 자신은 없었다.

대답하지 못하는 나를 보고 시호가 매섭게 몰아붙였다.

"오늘 점심 영업 때, 늘 생선구이 정식만 주문하는 임연수어 씨한테 고기 정식 추천 메뉴판을 가져다드렸지? 매번 얼음은 빼달라고 부탁하는 손님한테는 얼음을 잔뜩 넣은 물을 가져다드리고. 다행히 내가 알아채고 메뉴판이랑 물을 새로 가져다드렸으니 망정이지. 두 분 다 쓴웃음을 짓고 계셨다고!"

"어…."

"어가 뭐야, 어가!"

시호는 잊고 있던 화가 다시 치밀어 오르는지 벗은 앞치마로 테이블을 힘껏 내리쳤다.

"오빠는 지금까지 식당 일을 한 경험도 없고 최근에는 양배추 채썰기도 열심히 하고 그래서 말 안 하고 넘어가려고 했는데 아무리 그래도 이건 너무하잖아! 단골손님 얼굴을 하나도 모른다는 게 말이 돼?"

다 맞는 말이라 반박할 여지가 없었다.

시호는 눈을 가늘게 치켜뜨고 살기등등한 목소리로 말했다.

"나는 충동적으로 비공식 메뉴를 만들겠다는 게 아니야. 단골손님들한테 감사의 마음을 전하고 싶은 거라고. 그런데 손님 얼굴도 제대로 기억하지 못하는 오빠가 거기다 대고 가게 경영이 어쩌고 하면서 훈수를 두려 하다니 어이가 없네."

"어, 어이가 없다니. 나는 훈수를 두려고 한 게 아니라 어디까지나 인생 선배로서 여동생을 올바른 길로 이끌어주기 위해…"

"사실은 손님 얼굴을 기억할 자신이 없어서 그러는 거잖아. 이런 새대가리 같으니라고!"

인신공격성 발언에 나도 모르게 발끈했다.

"새대가리라니!"

"맞잖아! 여자친구한테 차이고 아무 말도 못하고 도망쳐온 새가슴 주제에! 오빠는 머리도 가슴도 다 새야!"

"새 아니라고!"

거기서부터는 어린 시절을 방불케 하는 유치한 공방이 이어졌다.

어라? 그러고 보니 지난주에도 비슷한 일이 있었던 것 같은데….

아무튼 말다툼이 길어지면 길어질수록 불리해지는 것은 내 쪽이기 때문에 결국 더 이상 버티지 못하고 가게를 뛰쳐나온 것이다.

지난주에 비해 나아진 게 없지 않느냐는 말은 하지 말아주기

바란다. 스스로도 그렇게 생각해서 그 와중에 신께 바칠 사케 됫병을 잽싸게 집어들고 나온 거니까.

"여전히 사람이 없네…."

나지막하게 중얼거린 내 목소리는 주위를 둘러싼 나무들 사이로 소리 없이 빨려 들어갔다.

좁은 부지에 낡고 오래된 본당. 거기에 주황색 기둥문만 대충 가져다 붙인 듯한 신사에는 오늘도 나 말고는 아무도 없었다.

나는 본당 지붕에 매달린 커다란 방울 앞에 서서 길게 드리워진 끈을 물끄러미 올려다보았다.

참배 순서가 어떻게 되더라? 두 번 절하고 두 번 박수치고 한 번 절하고? 아니, 마지막에도 두 번 절하는 거였던가?

신사에는 새해 첫날 소원 빌 때 말고는 올 일이 없으니 올바른 참배 순서 따위 알 턱이 없었다.

그러고 보니 먼저 물로 손을 씻어야 했던가? 방울은 언제 흔드는 거였더라? 생각하면 할수록 모르는 것투성이였다.

"중요한 건 마음이라고! 오늘은 선물도 가져왔으니까 괜찮겠지!"

결국 그렇게 스스로를 납득시키고 넘어가기로 했다. 봉납품을 선물이라고 표현하는 게 맞나? 내가 생각하기에도 신을 너무 허물없이 대하는 것 같기는 했다.

사실 그랬다.

아무래도 한 번 대화를 나눈 사이다 보니 이곳의 신은 내 안에서 '털털하고 호방하지만 뭔가 얼렁뚱땅 넘어가는 부분도 있고 약간 얌체 같은 면도 있는 분'이라는 이미지로 굳어져 있었다.

관련 자료를 좀 찾아보니 이곳은 원래 신사가 아니라 절이었다고 한다.

19세기경 기근으로 황폐해진 마을을 재건하고자 하는 마음을 담아 세워진 절의 이름은 만푸쿠지(万福寺)였다. 모두가 배부르기를 바라는 마음에서 붙여진 이름이었으리라.* 하지만 얼마 지나지 않아 당시의 메이지 정부가 절과 승려의 특권을 빼앗기 위해 불교 탄압에 나서자 승려는 신관이 되었고 절은 신사가 되었다. 식(食)을 주관하는 신을 모시는 곳이라는 성격만은 유지한 채.

현재 신사로 들어가는 입구에는 군데군데 글씨가 지워져 일부만 남은 간판이 걸려 있었다. '　　신사 (　푸쿠지)'. 아마도 원래 적혀 있던 글씨는 '○○신사 (만푸쿠지)'였겠지. 현재 운영 중인 신사 이름보다 과거의 절 이름이 더 많이 남아 있다는 사실이 아이러니하게 느껴졌다.

아무튼 그때그때 시대의 흐름에 맞추어 모습과 성격을 바꾸어가면서도 '모두를 배부르게 한다'라는 핵심만은 꿋꿋이 지켜온 신사인 것이다.

딸랑딸랑.

나는 사케가 든 비닐봉지를 새전함 옆에 내려놓고 힘차게 방

＊　배부른 상태를 의미하는 만복(滿腹)과 만 가지 복을 의미하는 만복(万福)은 둘 다 일본어로 '만푸쿠'라고 읽는다

울을 흔들었다. 이어서 대충 절도 하고 박수도 쳐서 내가 왔다는 사실을 알렸다.

"저기… 계세요?"

나는 눈을 꼭 감고 두 손을 모은 자세로 신에게 말을 걸었다.

"지난번에는, 어… 감사했습니다. 음… 사실 제 소원을 들어준 게 아니라 오히려 제가 이용당한 듯한 기분이 들기도 하지만…. 덕분에 채썰기도 마스터했고 가게를 찾는 손님도 늘었으니까요. 전체적으로 보면 잘된 일인 것 같아요."

일단 거기서 말을 끊고 본당 쪽을 쳐다보았다.

본당은 빛나지 않았고 목소리가 들려오지도 않았다.

나는 잠시 기다렸다가 역시나 하고 작게 한숨을 내쉬었다.

이게 당연한 건데 뭔가 좀 아쉬웠다.

신이 내 말을 듣고 있어서 언제든지 부르면 대답해줄 거라고 내심 기대하고 있었던 것이다.

"여보세요?"

딸랑딸랑.

방울을 한 번 더 흔들어보았다.

하지만 여전히 아무 일도 일어나지 않았다.

"…역시 안 되나?"

나는 허탈하게 웃으며 방울에 달린 끈을 놓았다.

사실은 지난주처럼 여동생에 대한 불만을 늘어놓을 생각이었다. 그러면서 이번에는 어째서 손님 얼굴을 기억해야 하는지 그 이유를 가르쳐달라고 할 생각이었지만… 애초에 신이 내 소원을 뭐든 다 들어줄 거라고 생각하는 것 자체가 잘못된 거겠지. 누군가의 영혼이 내 몸에 또 빙의하게 된다면 그건 그것대로 귀찮기도 하고.

그렇게 생각하고 받아들이려 했지만 그래도 역시 미련이 남았다.

부모님에 대해서도 물어보고 싶었는데.

나는 조금 원망하는 마음을 담아 눈앞에 드리워진 끈을 노려보았다.

토키에 씨는 미련 때문에 저승으로 떠나지 못하고 이승에 남아 있었다고 했다. 어떻게든 미련을 해소할 방법이 없을까 하고 떠돌던 차에 신이 말을 걸어왔다고.

그렇다면 동일한 사고로 목숨을 잃은 우리 부모님도 같은 방법으로 만날 수 있지 않을까.

하긴 우리 부모님은 두 분 다 토키에 씨보다 훨씬 더 낙관적이랄까 털털한 성격이기 때문에 의외로 이승에 미련 따위 전혀 없이 곧장 천국으로 가서 그곳에서 다시 정식집을 하고 있을지도 모르겠지만.

부모님이 시호와 내 걱정을 전혀 하지 않았다고 생각하면 좀 서운하긴 했다. 하지만 두 분이 미련 없이 저세상으로 가셨다면 그건 분명 좋은 일일 터였다.

"후우…."

틀림없이 다시 만날 수 있을 거라고 확신한 건 아니었지만 그래도 역시 이제 두 번 다시 신을 만날 일이 없을 거라고 생각하니 마음 한구석이 허전했다.

그렇다고 이대로 돌아가기는 아무래도 아쉬웠다. 오늘은 빈손으로 온 것도 아니고 술까지 바쳤으니 마음속에 쌓인 불만이라도 한바탕 털어놓고 가기로 했다.

"이번에는 제가 잘못한 게 아니잖아요. 저는 저 나름대로 우리 가게 메뉴 리스트랑 올바른 서빙 방법을 익히려고 열심히 노력하고 있는데 거기다 대고 비공식 메뉴 같은 자유도가 높은 항목을 추가적으로 요구하는 게 잘못된 거잖아요."

무슨 일에는 순서가 있는 법이다.

나는 원래 요리에는 관심도 소질도 없는 사람이다. 양배추 채 써는 법이라든지 곁들이는 음식에도 정성을 다하는 정식집의 기본 정신 같은 걸 이제 막 이해하기 시작한 나 같은 사람한테 요리뿐만 아니라 사람한테까지 신경을 쓰라고 요구하는 건 좀 너무하지 않은가.

내가 손님 얼굴을 기억하지 못해서 변명을 늘어놓고 있다는 시호의 지적은 틀리지 않았다.

하지만 내가 손님 얼굴을 일일이 기억할 정도로 여유로운 상황이 아니라는 사실 또한 알아주길 바랐다.

"어째서 상대가 단골이라는 이유만으로 내가 그 사람의 취향이나 버릇까지 다 기억하고 있어야 하냔 말입니다. 왜 기억해야 하는지, 그게 왜 중요한지, 내가 알아들을 수 있게 설명을 해주면 좋잖아요…."

나는 의기소침한 말투로 중얼거렸다.

그러고는 곧바로 고개를 번쩍 쳐들었다.

"아, 방금 한 말은 취소할게요! 딱히 신령님이나 다른 영혼이 들으라고 한 말은 아니니까 신경 쓰지 마세요! 누가 내 몸에 들어와줬으면 좋겠다거나 그런 건 절대 아니라고요!"

다른 사람의 영혼이 자기 몸에 들어오기를 바라는 사람은 없겠지만 신이 착각이라도 하면 곤란하니 힘주어 부정했다. 신이 듣고 있는지는 알 수 없지만 만약을 위해서.

지난번에 토키에 씨가 내 몸에 들어와서 양배추 채 써는 법을 가르쳐준 것에 대해서는 물론 감사하게 생각하고 있지만, 매번 그런 식으로 지도를 받고 싶지는 않았다. 신이라면 직접 계시를 내린다든지 아니면 나의 신체 능력을 끌어올린다든지 아무튼 다른 방법이 얼마든지 가능하지 않겠는가.

이대로 여기 계속 머무르다가는 괜한 말실수만 더 하게 될 것 같아서 마지막으로 내가 가져온 선물에 대해 간단히 소개하고 떠나기로 했다.

"어… 듣고 계신지 모르겠지만 이만 돌아가보겠습니다. 이건 제가 요즘 좋아하는 술인데 한번 드셔보세요. 살짝 달달한 듯하지만 그렇다고 너무 달지는 않고, 적당한 무게감과 함께 싱그러운 과일 향도 느껴지거든요. 아무 때나 쉽게 살 수 있는 물건이 아니라고요."

회사 다닐 때 사수가 사케 마니아였다. 야근과 철야를 밥 먹
듯이 하는 와중에 가끔 따라간 술자리에서 조금씩 마시다 보
니 어느샌가 나도 사케를 좋아하게 되었다.

아무도 없는데 이 술은 어디에 두면 되는 거지? 나는 주위를
두리번거렸다. 바로 그때.

— 좋은 술이라고 했겠다?

어디선가 들어본 목소리가 고막을 울렸다.

"어⋯?"

— 오오, 정말이군. 게다가 이건 사케 중에서도 최고로 치는
준마이 다이긴조가 아니더냐.

"어어⋯?"

이 목소리는 신?

기분 탓인지 지난번에 들었을 때보다 조금 더 흥분한 듯한
뉘앙스가 느껴졌다. 무의식중에 보라색 라벨이 붙은 술병을 가
슴에 끌어안자 신은 그것이 마음에 들지 않았는지 뚱한 목소리
로 나를 꾸짖었다.

— 어허, 술병을 그렇게 감싸 안으면 술이 미지근해지지 않느
냐. 바닥에 내려놓거라. 지금 당장 마실 터이니.

"어? 네?"

아까 내가 열심히 부를 때는 코빼기도 비추지 않더니 왜 이제 와서 나타난 걸까. 등장한 타이밍으로 보건대 이건 술에 낚인 게 분명하다. 전에도 느꼈지만 신이 이래도 되는 건가?

— 자고로 술은 도호쿠 지역이 유명하지만 요즘은 서쪽도 뜨고 있는 것 같더구나. 수고했다.

내가 조심스레 새전함 옆에 술을 내려놓자 신의 흥분이 전해진 것인지 본당이 희미하게 빛나기 시작했다.

나는 깜짝 놀라 눈을 크게 떴다.

— 뭐 하고 있느냐. 어서 뚜껑을 열지 못할까. 이런 센스 없는 녀석 같으니라고.

"어… 하지만… 이건 신께 바치는 물건인데 제가 함부로 막 열고 그래도 되나요?"

내가 우물쭈물거리며 망설이자 "시끄럽다!" 하고 호통이 날아들었다. 나는 허둥지둥 병을 개봉했다.

뚜껑을 연 순간, 달콤한 향기가 코끝을 간질였다.

— 아아, 좋구나.

곧이어 신의 만족스러운 목소리가 들려왔다.

나는 어이가 없기도 하고 우습기도 해서 어정쩡하게 미소를 지었다.

아무래도 이곳의 신은 술을 대단히 좋아하는 모양이다.

신은 내 반응 따위는 개의치 않고 술을 꿀꺽꿀꺽 들이마시며
—효과음은 어디까지나 나의 상상이다—안주가 필요하다느니,
그냥 소금만 있어도 좋았겠다느니 하더니 마지막에는 어째서
더 큰 병으로 사오지 않았느냐고 투덜거렸다.

"어…."

신이 내가 바친 봉납품을 마음에 들어 하는 것은 분명 좋은
일이었지만, 나는 마치 술버릇 고약한 삼촌을 지켜보는 조카가
된 심정이었다.

되도록이면 가까이 가지 않는 편이 좋을 것 같은 느낌이 들
었다.

다음을 기약하며 오늘은 이만 돌아가야겠다고 마음먹고 뒤
로 돌아선 순간.

— 응? 어디 가느냐?

"우왁!"

등 뒤에서 신이 나를 불러세웠다.

— 무엇을 그리 서두르느냐. 아직 소원도 들어주지 않았는데.

"소, 소원이요?"

나는 조심스럽게 되물었다.

— 그래. 아까 단골손님의 취향과 버릇을 기억해야 하는 이
유를 알고 싶다고 하지 않았느냐.

눈을 감고 혼자서 고개를 끄덕이는 신의 모습이 눈에 보이는
것만 같았다.

"듣고 계셨어요? 아니, 그 말 하고 나서 제가 바로 취소한다
고 했잖아요!"

— 하하, 사양하지 않아도 된다. 귀여운 녀석.

"아니, 사양하는 게 아니라…."
술 취한 사람과 하는 대화처럼 도무지 말이 통하지 않았다.
이대로는 안 되겠다 싶어서 당장 도망치기로 했다.
부모님에 대해서도 물어보고 싶었고 단골손님을 기억할 필요
성에 대한 답도 듣고 싶었지만, 또 누군가의 영혼이 내 몸 안으
로 들어오는 건 싫었다.
하지만 내가 신사 입구 쪽을 향해 발을 내디딘 순간.
지난번과 마찬가지로 희뿌연 안개가 뭉게뭉게 피어오르며 내
앞을 가로막았다.

— 오늘은 이 술을 가져온 네 정성을 높이 사서 특별히 이쪽
업계의 프로를 불렀다. 요리 경력 50년, 빈손으로 시작해서 만
년에는 전국에서 모르는 사람이 없을 정도로 큰 성공을 거둔
전설적인 요리사다. 감사히 생각하거라. 히끅.

"갑자기 그게 무슨…. 지금 취하셨죠? 네? 취한 거 맞죠?"
안개는 이리저리 움직이면서 조금씩 모양을 바꾸어가더니 이

육고 나이 든 남자의 형상을 갖추었다.

자그마한 체구에 짧게 깎은 흰머리, 날카로운 눈빛. 온몸에서 장인의 포스가 뿜어져 나오는 할아버지였다.

— 다만 성격이 워낙 무뚝뚝한 데다가 고집은 또 어찌나 센지. 그래서 아직도 성불을 못하고 있지 뭐냐. 자기가 만든 밥을 먹고 싶은 상대가 있다며 하도 버텨서 말이다. 아무튼 그렇게 되었으니 열심히 해보거라. 내가 여기서 잘 지켜보고 있으마.

"역시 그냥 나한테 일을 떠넘기는 거잖아요!"

나는 절규했지만 이미 늦었다.

『흥, 몸을 빌려준다고는 하지만 그래 봤자 일반인의 몸이 아닌가.』

할아버지의 영혼은 불만스러운 눈초리로 나를 슥 훑어보더니 한숨을 내쉬었다.

『어쩔 수 없지.』

할아버지가 나이에 걸맞지 않게 빠른 속도로 이쪽을 향해 돌진해오기 시작했다.

"자… 잠깐만요…!"

『하앗!』

그러고는 지난번과 마찬가지로.

"으…."

퐁, 하고 부드러운 충돌음이 울려 퍼졌다.

(오, 네 녀석은 키가 꽤 크구나. 그런 주제에 다리 길이는 나랑 비슷하군. 훗.)

머릿속에서 할아버지의 목소리가 들려왔다.

"그래서 내가 싫다고 했잖아요!"

그렇게 나의 두 번째 합체가 마무리되었다.

…◆…

오노 긴지라고 하는 이 할아버지는 고집 세고 괴팍한 늙은이를 대표하는 듯한 인물이었다. 어찌나 무뚝뚝한지 내가 선의로 몸을 빌려주고 있는 상황이건만 이쪽에서 말을 걸지 않는 한 자기가 먼저 말하는 일은 절대로 없었다. 토키에 씨랑은 전혀 딴판이었다. 나는 처음에 빙의한 영혼이 수다스러운 토키에 씨여서 정말 다행이었다고 생각하며 긴지 씨와 어떻게든 거리를 좁혀보려고 애썼다.

"어… 음, 제가 알기로는 긴지 씨가 제 몸에 들어와 요리를 한 다음 그걸 긴지 씨가 바라는 상대에게 대접하면 제 몸에서 나가게 된다, 그러니까 성불하게 된다는 것 같은데 이게 맞나요?"

(그래.)

"그러면서 저한테도 요리하는 방법이라든지 요령 같은 걸 좀 가르쳐주시면 좋겠달까, 그게 교환조건이라고 알고 있는데 이것도 맞나요?"

(그래.)

대충 이런 느낌이다.

신사에서 가게로 돌아오는 길에 긴지 씨에게 들은 이야기를 요약하면 다음과 같다.

긴지 씨는 아카사카에 자기 가게를 가지고 있는 일식 요리사였다. 열다섯 살 때 식당 견습생으로 들어가 요리를 배우기 시작해서 이윽고 그 식당의 분점을 맡게 되었고, 10년 후에 독립해서 자신이 운영하는 튀김 전문점을 열었다. 하루에 몇 팀밖에 손님을 받지 않는 대신 손님 한 사람 한 사람의 컨디션까지 고려해서 까다롭게 메뉴를 선정하는 정성과 세심함이 높은 평가를 받아 그 유명한 미슐랭 가이드에도 실리는 등 큰 성공을 거두었다.

하지만 일에만 몰두하느라 본인 건강을 제대로 챙기지 않은 결과 1년 반 전에 대장암 선고를 받았고, 발견 당시 이미 암이 꽤 진행된 상태라 수술을 받을 겨를도 없이 숨을 거두었다.

일에만 매달린 인생이었기에 미련이라고 할 만한 것은 손님밖에 없었다.

고급 음식점이 밀집한 아카사카에 자리잡고 있는 데다가 하루에 몇 팀밖에 예약을 받지 않는다는 특성상 가게를 찾는 손님은 대부분 단골이었다. 그래서 손님들에게도 자신의 병에 대해 솔직히 얘기했지만 딱 한 명, 죽기 전에 연락하지 못한 상대가 있었다.

상대의 이름은 알. 긴지 씨는 그에게 미리 알려주지 못하고 이승을 떠나온 것이 못내 마음에 걸린다고 했다.

"단골손님이라고요?"

성불을 미루면서까지 식사를 대접하고 싶은 상대가 가족도 아니고 친구도 아니고 손님이라니. 솔직히 의외였지만 평생을 요리에 바친 사람이라면 그럴 수도 있겠다 싶었다.

역을 통과해 반대편에 있는 테시오야로 방향을 틀었다.

갑자기 발이 지면에 달라붙은 듯 꼼짝도 하지 않았다.

"긴지 씨?"

(…잠깐만.)

내 눈은, 정확히 말하자면 내 안에 있는 긴지 씨의 눈은 지하철을 쳐다보고 있었다. 긴지 씨가 시간표 옆에 걸린 시계를 보고 말했다.

(…잠시 들를 데가 생각났다. 아카사카에 있는 내 가게로 가지.)

"네?"

(시간은 많이 안 걸릴 거다.)

목소리는 차분했지만 거부할 수 없는 단호함이 느껴졌다.

막차 시간까지는 아직 1시간 정도 남았으니 바로 돌아온다면 지하철로 왕복이 가능할 것 같았다.

내 몸에 빙의한 영혼이 가야겠다는데 어쩔 수 있나. 지갑을 가져오길 잘했다는 생각이 들었다.

나는 알겠다고 대답하며 개찰구로 향했다.

···◆···

"와아⋯."

긴지 씨의 안내에 따라 생전 그가 운영하던 가게에 도착한 나는 가게 외관에서 뿜어져 나오는 진중하고 고급스러운 분위기에 압도되어 할 말을 잃었다.

굉장하다. 유명 이탈리안 레스토랑과 이웃한, 아카사카에서도 최고로 좋은 위치였다.

차분한 느낌을 주는 흙벽에 오래된 나무로 지어진 문, 입구에 드리워진 깨끗한 흰 천. 천에는 한쪽 구석에 자그마한 문양 하나가 박혀 있을 뿐이었고, 옆에 놓인 등 모양의 간판에 멋들어진 붓글씨로 '긴(吟)'이라는 가게 이름이 적혀 있었다. 한자는 다르지만 긴지 씨의 이름과 같은 발음이었다.

천을 걷고 안으로 들어가면 더 안쪽에 마련된 건물 현관까지 돌과 자갈이 반듯하게 깔린 길이 나 있었고, 길 양옆으로 각종 꽃과 나무가 보기 좋게 배치되어 있었다. 단출하면서도 우아함과 고급스러움이 느껴지는 공간이었다.

"어? 영업 준비 중이라는 팻말이 걸려 있는데요?"

간판에 불이 들어와 있으면 영업 준비 중이 아니라 영업 중이라는 말 아닌가?

내가 고개를 갸웃거리며 묻자 긴지 씨는 흥 하고 콧방귀를 뀌었을 뿐 아무 대답도 하지 않았다.

"긴지 씨, 가게 문 닫은 것 같은데요? 너무 늦게 왔나 봐요."

아카사카에 있는 가게들이 보통 몇 시까지 영업을 하는지는 모르겠지만 아무튼 '영업 준비 중'이라는 팻말이 걸려 있으니 오늘 영업은 끝났다는 말인 듯했다.

"어, 와인이다. 뭘까요? 누가 놓고 갔나?"

현관 입구에 튀김집에는 어울리지 않는 레드 와인이 한 병 놓여 있었다.

의문은 점점 더 커져만 갔다.

"설마 그럴 리는 없겠지만 가게에 납품된 물건을 깜박하고 안 가지고 들어간 걸까요?"

(이봐, 테츠시.)

내가 이상하다는 듯 중얼거리자 긴지 씨가 나를 불렀다.

(건물 뒤쪽으로 가보자.)

"네?"

(요리사가 손님 드나드는 현관으로 다닐 수는 없으니까.)

긴지 씨는 이 가게 주방에 들어가볼 생각인 듯했다.

처음 온 사람인 척하면서 가게 안을 슬쩍 들여다보기만 할 생각이었던 나는—사실 이것도 결코 쉬운 일은 아니다—갑자기 날아든 '관계자도 아닌 사람이 주방에 침입하기'라는 초고난도 미션에 오만상을 찌푸렸다.

"안 돼요. 아직 안에 누가 남아 있는 것 같은데 들키면 어떡해요."

(아무도 없으니까 괜찮아.)

긴지 씨는 뭔가 믿는 구석이 있는지 확신에 찬 목소리로 대답했다.

우리는 한동안 현관 앞에 서서 실랑이를 벌였지만 결국 내가 졌다. 나는 무거운 발걸음으로 건물 뒤쪽으로 향했다.

(CCTV가 달려 있긴 하지만 가끔 밤에 와서 연습하는 제자들도 있으니까 너도 제자인 척하고 당당하게 들어가면 된다. 원래 주방에 들어가려면 지문 인증을 해야 하지만 ID 입력도 가능하니까 지금부터 불러주는 숫자를 차례대로 누르거라. 3, 5, 5, 2….)

"의외로 최첨단이네요…."

보안이 철저한 건지 허술한 건지 헷갈리는 시스템이었다.

이윽고 삐빅 하는 소리와 함께 문이 열렸다. 나는 누구한테 들키면 뭐라고 둘러대야 할지 고민하며 건물 안으로 조심스럽게 발을 들였다.

아무도 없었다.

정적이 흐르는 것을 보니 안쪽에 있어서 모습이 보이지 않는 게 아니라 정말로 이 안에는 아무도 없는 것 같았다.

탈의실과 화장실이 있는 구역을 지나자 재료를 준비하고 설거지하는 공간이 나왔고, 그곳을 통과하자 카운터석과 이어진 주방이 나왔다. 모두 텅 비어 있었다.

"이상하네요. 아무도 없는데 주방이랑 카운터석에만 불이 켜져 있다니."

내가 고개를 갸웃거리자 긴지 씨가 또 흥 하고 콧방귀를 뀌었다.

(흥, 쓸데없는 짓을…. 이제 너희 마음대로 하라고 그렇게 말했건만.)

"네? 그게 무슨…?"

긴지 씨는 내 질문에는 대답하지 않고 주방 안으로 성큼성큼 걸어 들어가더니 카운터석 쪽에서는 보이지 않는 위치에 있는 선반에 손을 뻗어 파일 두 개를 꺼냈다. 표지에 끼워둔 종이가 누렇게 바랜 것을 보니 꽤 오래된 파일 같았다.

초록색과 빨간색. 긴지 씨는 두 개의 파일을 가만히 내려다보더니 조심스러운 손놀림으로 초록색 파일을 펼쳤다.

"아…."

크고 작은 신문 기사와 명함을 모아둔 스크랩 파일이었다.

아마도 1970~80년대 것으로 추정되는 자그마한 신문 광고, '잘 먹었습니다!'라고 휘갈겨 쓴 사인, 책의 일부, 잡지의 특집 기사. 앞쪽에 있는 기사는 크기도 작고 대부분 흑백이었지만, 뒤로 갈수록 차지하는 지면도 넓어지고 색도 화려해졌다. 모두 이 가게에 관한 것들이었다.

파일은 긴지 씨가 요리사로 일해온 역사이자 긴지 씨의 인생 그 자체였다.

빨간색 파일은 초록색 파일보다 조금 더 새것 같아 보였다. 초록색이 1권이고 이쪽이 2권인가? 나중에 빨간색도 보여달라고 해야지 생각하고 있는데 긴지 씨가 파일을 탁 덮더니 가게 안을 빙 둘러보았다.

"긴지 씨?"

(….)

성미가 까다로운 튀김 장인은 아무 말도 하지 않았다.

눈에 보이는 풍경을 망막에 새겨넣기라도 할 것처럼 집중해서 바라보다가 잠시 눈을 감는가 싶더니 이윽고 천천히 고개를 숙였다.

인생의 대부분을 바친 카운터석을 향해. 모든 순간을 함께해 온 주방을 향해. 따뜻한 빛이 흘러넘치는 이 가게를 향해.

잠시 후 고개를 든 긴지 씨가 말했다.

(…오래 기다리게 해서 미안하다. 이만 가자.)

"모처럼 여기까지 왔는데 뭐라도 만들어 보실래요? 저도 아카사카에서 튀김 같은 거 먹어보고 싶은데."

(안 돼. 여기는 이제 내 가게가 아니니까. 남의 부엌에서 요리할 수는 없지.)

농담을 가장한 내 제안은 단칼에 기각되었다.

(고맙다. 수고해준 대가로 네 녀석 가게에 가면 맛있는 튀김을 먹여주마.)

긴지 씨는 그렇게 덧붙였다.

···◆···

새우튀김 정식용으로 준비해둔 커다란 새우의 꼬리를 사선으로 자르고 배에 칼집을 낸 다음 손가락을 집어넣어 정맥을 제거한다.

가지는 반 정도만 껍질을 벗겨서 쓴맛이 빠지도록 찬물에 넣어둔다.

표고버섯, 단호박, 차조기잎. 다양한 재료들이 긴지 씨의 손놀림을 따라 빠르게 모습을 바꾸어갔다.

"멋지다…."

테시오야에 돌아온 것이 지금으로부터 약 10분 전.

손을 깨끗하게 씻고 주방에 들어온 긴지 씨는 곧바로 재료 준비에 착수했다.

긴지 씨는 자고로 튀김이란 재료도 반죽도 차가워야 한다며 뼛속까지 얼어붙을 정도로 차가운 얼음물에 손을 담갔다. 손이 꽁꽁 얼었을 텐데 그 사실을 전혀 눈치채지 못할 정도로 긴지 씨의 손가락은 빠르고 섬세하게 움직였다. 긴지 씨의 손이 닿기만 하면 모든 재료가 순순히 그 형태를 변화시켰다. 마치 마법이라도 부리고 있는 것 같았다.

지금 움직이고 있는 것이 내 손이라는 사실이 믿기지 않았다. 손가락 각도 하나하나가 다 어찌나 예술적인지 아까부터 내 손에서 눈을 뗄 수가 없었다. 요리가 아니라 손가락으로 추는 춤을 보고 있는 느낌이었다.

긴지 씨는 말을 많이 하는 사람이 아니었다. 그러므로 긴지 씨에게서 무언가를 배우려면 모든 움직임을 주의 깊게 관찰해서 스스로 그 의도를 파악해내는 수밖에 없었다. 나는 입을 꾹 다물고 내가 가진 집중력을 총동원해서 동작 하나하나를 몸과 머리에 새겨넣었다.

재료 손질을 마친 긴지 씨는 냄비에 기름을 넉넉히 붓고 뜨 거워질 때까지 기다렸다가 요리용 젓가락으로 한번 쿡 찍어보 더니 묵묵히 고개를 끄덕였다. 그러고는 채소부터 하나씩 차례 대로 넣기 시작했다.

냄비 안에서 차조기잎이, 가지가, 단호박이 한층 더 선명하고 또렷하게 색을 변화시켜가는 모습은 더할 나위 없이 매력적인 광경이었다. 하지만 개중 압권은 역시 새우였다.

긴지 씨는 튀김 가루를 가볍게 털어낸 새우를 손으로 잡고 튀김옷을 입힌 뒤 기름 표면에 닿을락 말락 한 곳까지 가져가 서 조심스럽게 손을 놓았다.

기름에 닿은 순간, 자글자글 기름 끓어오르는 소리와 함께 커 다란 기포가 연달아 발생했다. 마치 기름 속에서 새우가 기운차 게 헤엄이라도 치고 있는 것 같았다.

회색빛 새우가 발갛게 홍조를 띠기 시작했다. 줄줄 흘러내리 던 튀김옷이 공기를 품으며 바삭바삭한 갑옷으로 변해갔다.

이윽고 기포의 크기가 작아지고 기름 끓는 소리가 높아지자 긴지 씨는 다시 한번 고개를 끄덕이더니 새우를 건져올렸다.

그대로 탁 하고 기름을 털어낸 후 종이 위에 내려놓았다.

그리고 다양한 종류의 튀김이 담긴 접시에 프라이팬에서 살짝 볶은 소금을 곁들여 내 앞으로 내밀었다.

(자, 먹어라.)

"네?"

나는 놀란 표정으로 되물었다.

단골손님한테 대접하려던 거 아니었나?

그러고 보니 토키에 씨 때는 요리가 완성되는 타이밍에 맞춰서 아들인 아츠시가 찾아왔었는데 긴지 씨가 기다리는 사람은 아직 나타나지 않았다.

(이 시간이면 그 녀석은 배가 불러서 튀김 같은 건 줘도 안 먹을 거다. 이건 처음부터 너 먹으라고 만든 거니 사양 말고 먹거라.)

"아, 네…."

상대는 튀김집의 단골손님이라고 했으니 당연히 튀김을 대접할 거라고 생각했건만. 어찌 된 영문인지는 모르겠지만 나에게는 당장 눈앞에 놓인 접시가 우선이었다. 코끝을 간질이는 매력적인 냄새에 입 안에 침이 고였다.

먹음직스러운 황금빛 튀김옷이 조명을 반사해 반짝반짝 빛났다. 갓 튀겨진 새우에서 나를 유혹하듯 모락모락 김이 올라왔다.

"어… 그럼… 잘 먹겠습니다!"

꼬리를 바짝 쳐든 새우튀김 앞에서 사양할 겨를 따위는 없었다.

나는 주방 구석에 처박혀 있던 간이 의자를 가져와 앉기가 무섭게 새우튀김을 입에 던져넣었다. 감탄사가 절로 튀어나왔다.

"음!"

맛있다.

이빨로 튀김옷을 와작 깨물자 소금기가 살짝 남아 있는 오동통한 새우가 모습을 드러냈다. 너무 뜨거워서 후후 김을 뱉어내며 혀로 굴리자 튀김옷의 달달한 냄새가 입안 가득 퍼졌다. 씹으면 씹을수록 새우의 단맛이 배어나왔다. 고소한 기름이 새우에 풍미를 더해주고 있었다.

새우튀김은 신들이 먹는 음식이었던가.

새우튀김을 절반 정도 해치우고 난 후에야 나는 내가 실수했음을 깨달았다.

이럴 수가, 새우부터 먹어버리다니!

좋아하는 음식은 맨 마지막에 먹는 것이 원래 내 스타일이다. 나는 내게 남은 인내심을 모두 끌어모아 새우튀김은 일단 남겨놓고 다른 것부터 먹기로 했다.

바삭한 튀김옷이 벗겨지면서 혀에 달착지근하게 달라붙는 단호박.

기름을 흡수해 입안에서 부드럽게 녹아내리는 가지.

씹는 순간 진하게 농축된 맛이 흘러나오는 표고버섯.

파삭파삭 부서지는 식감과 싱그러운 향기가 일품인 차조기잎은 구운 소금과 함께.

"으으, 너무 맛있으니까 아까워서 먹을 수가 없잖아…."

나는 최강의 라인업을 앞에 두고 젓가락을 움켜쥔 채 고민에 빠졌다.

전채 요리로 치부해버리기에는 모든 재료가 하나같이 다 너무 매력적이었다.

그렇다고 천천히 음미하며 먹기도 감질나서 결국 순서 따위 생각하지 않고 우걱우걱 다 먹어치워버렸다. 내 안에서 그 모습을 지켜보던 긴지 씨가 소리 없이 웃었다.

(정말이지 맛있게도 먹는구나.)

"그야 진짜로 맛있으니까요."

(하하, 그러냐. 그 녀석이 너의 그 솔직함을 반의 반만이라도 닮았으면 좋으련만.)

그 녀석.

아마도 지금 긴지 씨가 기다리고 있는 단골손님을 말하는 듯했다.

나는 조심스럽게 물어보았다.

"저… 긴지 씨가 만나고 싶다고 한 그 단골손님이요, 알 씨라고 했던가요? 그분은 어떤 분인가요?"

(응? 아아….)

긴지 씨는 잠시 뜸을 들이며 말을 고르더니 천천히 입을 열었다.

(뭐 한마디로 말하자면 건방진 풋내기라고 할 수 있지. 실력은 그럭저럭 괜찮은 편이지만.)

"실력이요?"

나는 의미를 알 수 없는 대답에 고개를 갸웃거렸다.

긴지 씨가 자리에서 일어나 아까 아카사카에서 가져온 파일을 손에 집었다. 둘 중 빨간색 파일을 펼치더니 나에게 읽어보라는 듯 손가락으로 가리켰다.

"어? 이건 긴지 씨네 가게에 관한 기사가 아니네요?"

나는 눈을 빛내며 파일을 들여다보았다. 빨간색 파일은 다른 가게 기사를 모아놓은 것인 듯했다. 경쟁점 정보수집용인가? 기사 옆에는 꼼꼼한 글씨로 날짜가 적혀 있었다.

"이건…."

기사를 읽은 나는 눈이 휘둥그레졌다.

긴지 씨가 흥 하고 고개를 돌리며 대답했다.

(우리 가게 옆에 있던 쓸데없이 콧대만 높아 보이는 이탈리안 레스토랑 기억하냐? 거기 주인…이 아니라 뭐라더라… 셰프? 아무튼 타마키라고 하는 아주 재수 없는 놈이다.)

"타, 타…타마키 셰프라면…!"

나는 당황한 나머지 말을 잇지 못했다. 바로 그 순간.

드르륵.

"실례합니다. 간판에 불이 켜져 있던데 아직 영업 중인가요?"

키가 큰 미남이 온화한 미소를 지으며 테시오야의 미닫이문을 열고 들어왔다. TV에도 자주 출연해 국내에 모르는 사람이 없는 '양식계의 귀공자', 타마키 셰프였다.

…◆…

두 번째 메뉴: 계란튀김덮밥

"여기 무… 물수건입니다."

"아, 고맙습니다."

가게 안에는 나 말고 아무도 없었지만 타마키 셰프는 전혀 긴장하거나 위축된 기색 없이 성큼성큼 카운터석으로 다가와 앉았다. 그러고는 귀족처럼 우아한 동작으로 물수건을 받아들어 손을 닦았다. 평범한 사람은 절대로 소화하지 못할 것 같은 검은색 셔츠와 검은색 바지의 조합도 타마키 셰프가 입으니 멋있어 보였다.

"영업이 끝난 건지 아닌지 고민하다 들어왔는데 실례가 아니었는지 모르겠네요. 가게 앞을 지나는데 갑자기 조금 출출해져서요."

"괘, 괜찮습니다! 절찬 영업 중이었습니다!"

나는 흥분해서 떨리는 목소리로 대답했다. 동경하는 요리사…라기보다는 잘생긴 연예인을 보는 기분이었다.

그 유명한 타마키 셰프를 실물로 보게 되다니. 사인 받고 싶다. 아니지, 이러고 있을 때가 아니다. 이 사람 앞에서 내가 요리를 한다고? 진짜? 온갖 상념이 어지럽게 머릿속을 맴돌았다.

실제로 요리를 하는 사람은 긴지 씨지만 지금 내가 놓인 상황을 생각하니 몸이 부들부들 떨렸다.

그러고 보니 긴지 씨는 이분한테 무슨 음식을 내놓을 생각인 걸까.

일단 손님에게는 메뉴 선택권이 없다는 사실을 알려주려고 하는데 타마키 셰프가 먼저 입을 열었다.

"여기가 정식집인 건 아는데 실은 제가 저녁을 이미 먹었거든요. 와인도 꽤 많이 마신 상태라서 오차즈케*나 된장국처럼 뭔가 좀 가볍게 먹을 수 있는 메뉴가 없을까요?"

"어, 그러시다면…."

(흥, 내 그럴 줄 알았다.)

긴지 씨가 중얼거렸다.

(어이, 테츠시, 이렇게 말해줘라. 최고로 맛있는 계란덮밥을 먹여주겠다고 말이다.)

계란덮밥.

생각지도 못했던 선택지에 입이 딱 벌어졌다.

이렇게 기품이 넘치는 프로 요리사에게 그런 서민적인 음식을 먹이겠다고?

나는 말도 안 된다고 생각했지만 긴지 씨가 옆에서 하도 재촉해대는 통에 어쩔 수 없이 말을 꺼냈다.

"음… 계란덮밥 같은 건 어떠신가요?"

"네?"

당연히 코웃음을 칠 줄 알았는데 타마키 셰프는 놀란 표정으로 고개를 번쩍 들었다.

(20분 정도 기다리라고 말해줘라.)

긴지 씨는 아무렇지 않게 말했지만 식당에서 계란덮밥 같은

＊ 쌀밥에 따뜻한 녹차를 부은 다음 여러 가지 고명을 얹어 먹는 일본 음식

간단한 메뉴를 가지고 20분이나 손님을 기다리게 한다는 건 있을 수 없는 일이었다. 하지만 어쩌겠는가.

"저기… 그런데 한 20분… 아니, 10분 좀 넘게 걸릴 것 같은데요…."

내가 조심스럽게 양해를 구하자 타마키 셰프는 조용히 미소를 지었다.

어딘지 모르게 쓸쓸해 보이는, 그리움이 묻어나는 미소였다.

"…좋네요. 그걸로 부탁드립니다."

타마키 셰프의 대답을 듣기가 무섭게 긴지 씨는 식사 준비에 돌입했다.

우선 아까 튀김 만들기 전에 씻어서 불려둔 쌀을 뚝배기에 넣고 불에 올렸다.

동시에 튀김을 찍어 먹을 소스용으로 만들어둔 가다랑어포 우린 물을 작은 냄비에 옮겨 담아 간장과 미림을 넣고 섞었다. 가다랑어포와 간장 냄새가 주위에 은은하게 퍼졌다.

한소끔 끓인 다음 바로 불을 끄고 간장 종지에 덜어서 식혔다.

계란덮밥이니 밥이 필요한 건 당연하지만 설마 그 밥을 새로 짓는 것부터 시작할 줄이야.

나는 지금까지 항상 전기밥솥으로 밥을 해왔기 때문에 몰랐는데 뚝배기를 사용하면 10분 만에 밥이 지어진다고 한다. 뚜껑 주위로 하얀 거품이 보글보글 끓어넘치면서 달달한 쌀 내음이 퍼지기 시작하자 자동반사적으로 배가 꼬르륵거렸다.

그 사이에 타마키 셰프는 메뉴판의 술 리스트를 살펴보더니 내가 반쯤 사심으로 추가해놓은 아이치현의 명주 '긴'을 주문했다. 긴은 부드럽게 피어오르는 향과 깨끗하고 투명한 단맛이 특징인 다이긴조로, 1년에 한 번밖에 출하되지 않는 귀한 사케였다. 일반 정식집에서는 찾아보기 힘들 정도로 가격대가 높은 술이기도 했다.

(크으… 설마 우리 가게에서 제일 비싼 술을 시키는 사람이 있을 줄이야….)

가게를 운영하는 입장에서는 기뻐해야 마땅한 일이건만 왠지 소중히 아끼던 술을 빼앗긴 듯한 기분이 들었다.

그나저나 '긴'이라니.

하필 오늘 이 술을 골랐다는 점이 마음에 걸렸다.

이윽고 밥이 다 된 것을 확인한 긴지 씨는 김과 튀김옷을 준비하기 시작했다.

응? 튀김옷을 어디 쓰려는 거지?

나는 내심 고개를 갸우뚱했다.

계란덮밥을 만드는 데 튀김옷은 필요하지 않기 때문이다.

긴지 씨의 의도는 곧 밝혀졌다.

우선 빈 밥공기에 김 두 장을 십자로 깔고, 그 위에 계란을 깨서 넣는다.

김의 네 귀퉁이를 잡고 주머니 모양으로 들어올려서 아까 준비한 튀김옷을 입힌 다음.

뜨겁게 달군 기름 위에 그대로 떨어뜨렸다.

말하자면 계란튀김인 셈이다.

계란덮밥은 계란덮밥이되 튀김집 요리사다운 면모가 돋보이는 요리법이었다.

각종 채소와 새우의 감칠맛이 스며든 기름이 순식간에 계란을 튀겼다.

긴지 씨는 반숙으로 튀겨진 계란튀김을 휙 하고 건져내 갓 지은 밥 위에 올렸다.

그리고 마지막으로 아까 만든 간장 소스를 곁들이자….

(됐다. 튀김 전문점 긴의 계란덮밥 완성이다.)

튀김 전문점에서만 볼 수 있는 계란튀김덮밥이 완성되었다.

"이건…."

뚝배기에 담긴 계란덮밥을 본 타마키 셰프의 눈이 휘둥그레졌다.

그는 몇 번이고 눈을 깜박이더니 나를 보며 조심스럽게 물었다.

"혹시… 긴이라는 튀김 전문점을 아십니까?"

"어…."

(모른다고 해.)

대답을 망설이는 나를 보고 긴지 씨가 딱 잘라 말했다.

(딱히 이 녀석에게 내 존재를 알리고 싶었던 건 아니니까. 그냥 이걸 먹여주고 싶었을 뿐이야.)

완강하게 버티는 긴지 씨를 보고 있으려니 내가 더 답답했다.

성불하기를 거부하면서까지 요리를 대접하고자 한 상대이니 솔직하게 자기 마음을 전하면 좋을 텐데. 내가 아무리 설득해도 긴지 씨는 요지부동이었다.

아무 말도 하지 않는 나를 보고 무슨 생각을 했는지 타마키 셰프는 쓴웃음을 지으며 손을 휘휘 저었다.

"아닙니다. 방금 한 말은 신경 쓰지 않으셔도 됩니다."

그러고는 "맛있어 보이는데요" 하고 중얼거리며 젓가락을 집어들더니 계란튀김을 푹 찔렀다.

튀김옷과 얇은 흰자의 투명한 막이 갈라지면서 속에서 뜨거운 노른자가 흘러나왔다.

김을 타고 흘러내린 노른자가 윤기가 자르르 흐르는 흰밥 위로 천천히 퍼져나갔다. 노른자에 젖어서 흐물흐물해진 김도 밥 위로 스르륵 쓰러져내렸다.

타마키 셰프는 김이 모락모락 피어오르는 밥을 쳐다보며 첫 술을 떴다.

그의 입안에서는 계란의 농후한 풍미와 흰쌀밥의 단맛이 절묘하게 어우러져 환상적인 하모니를 자아내고 있을 터였다. 많이 뜨거운지 후후 입김을 내뿜었다. 그 모습을 지켜보는 나도 침이 절로 넘어갔다.

이어서 타마키 셰프는 간장 소스를 집어서 밥 위에 조금 뿌리더니 소스가 밥에 골고루 스며들도록 열심히 비볐다.

반투명한 흰자가, 튀김옷을 입은 김이, 그리고 노른자와 흰쌀밥이 혼연일체가 되었다.

으으, 제발 그만해. 일부러 보여주려고 저러는 건가?

그때 긴지 씨의 손이, 그러니까 내 손이 가다랑어포가 든 병을 집어서 아무 말 없이 쑥 내밀었다. 셰프는 반색하며 병을 받아들더니 밥에 가다랑어포를 솔솔 뿌렸다.

"…홉."

입안에 침이 고였다.

하늘하늘 춤추듯 일렁이는 가다랑어포.

간장을 흡수해서 색이 조금 짙어진 밥과 함께 크게 한술 떠서 입안 가득 넣으면.

"끄응…."

내가 마음속으로 "저건 맛있을 수밖에 없다고!"라고 절규하는 것과 동시에 타마키 셰프가 "맛있네요"라고 중얼거렸다. 부럽다. 진짜 부럽다. 셰프가 먹는 모습을 바라보기만 해야 하는 내 입에서 앓는 듯한 신음 소리가 새어나왔다.

"맛있죠? 저도 같이 먹고 싶을 정도네요. 아하하."

타마키 셰프에게 말하는 척하면서 은근슬쩍 긴지 씨를 졸라 보았다.

(안 돼. 이건 계란을 좋아하는 알… 아니, 타마키 한정 비공식 메뉴니까.)

긴지 씨는 내 청을 단칼에 거절했다.

치사하게! 구두쇠! 짠돌이! 나쁜 놈!

한정 메뉴, 비공식 메뉴라는 말에 오히려 더 식욕을 자극당한 나는 거의 울 것 같은 심정으로 긴지 씨를 욕했다.

내가 어지간히 부러워하는 표정을 짓고 있었는지 타마키 셰프가 웃으며 말했다.

"요리사님도 좋아하는 메뉴인가 보네요. 그럼 함께 드시죠. 손님인 제가 말하는 것도 이상하지만."

"아니요, 괜찮습니다. 그건 알 씨 전용 비공식 메뉴니까요…."

풀 죽은 목소리로 대답하자 셰프가 눈을 크게 떴다.

"뭐라고요?"

그제야 나는 내가 실언했음을 깨달았다.

어쩌지? 방금 한 말은 누가 들어도 튀김 전문점 긴을, 아니, 긴지 씨를 알고 있다고 자백한 거나 다름없는데.

아니나 다를까 타마키 셰프는 심각한 얼굴로 젓가락을 내려놓더니 낮은 목소리로 물었다.

"역시 긴지 씨랑 아는 사이인 거죠? 이 메뉴도 긴지 씨가 가르쳐준 겁니까? 내 별명까지 아는 걸 보니 그냥 가게 손님은 아니었던 것 같고, 동업자로서 교류가 있었던 건가요?"

단숨에 핵심을 찌르고 들어오는 날카로운 질문에 진땀이 났다.

적당한 대답을 찾지 못한 나는 침묵을 택했다.

타마키 셰프는 그런 나를 잠시 응시하더니 한 손으로 이마를 짚으며 쓴웃음을 지었다.

"…부럽네요."

"네?"

의미를 알 수 없는 말에 나도 모르게 되물었다.

타마키 셰프는 부러움과 질투가 뒤섞인 복잡한 표정으로 사케를 한 모금 들이켰다.

"긴지 씨한테 병에 대해 들은 적이 있습니까? 그렇다면 정말 부러운데요. 저는 1주기인 오늘이 되어서야 가게 앞에 와인을 가져다 놓는 게 고작이었으니까요."

1주기.

그 말 한마디에 지금까지 내가 목격한 각각의 장면들이 퍼즐 조각처럼 정확하게 맞물리면서 하나의 그림을 완성했다.

오늘 영업은 끝났지만 긴지 씨가 오기를 기다리듯 불이 켜져 있던 간판. 마찬가지로 아무도 없는데 불이 켜져 있던 카운터석과 주방.

현관 입구에 놓여 있던, 튀김 전문점보다는 이탈리안 레스토랑에 더 어울릴 법한 레드 와인 한 병.

가게와 간판은 제자들이 긴지 씨를 위해 불을 켜놓은 것이었고, 와인은 타마키 셰프가 가져다놓은 것이었다.

오늘이 바로 긴지 씨의 1주기였기 때문에.

타마키 셰프가 검은색 셔츠를 입고 있는 것도 어쩌면 우연이 아닐지도 모르겠다는 생각이 들었다.

타마키 셰프는 하아, 하고 한숨을 내쉬더니 천천히 입을 열었다. 숨결에서 술냄새가 묻어났다.

"이 계란덮밥, 얼마나 연습했어요? 대단하네요. 긴지 씨가 만들어주던 거랑 맛이 똑같은데요."

그야 같은 사람이 만들었으니 맛도 똑같을 수밖에. 나는 아무 말도 하지 못했다.

역시 프로 요리사의 혀는 속일 수 없다는 건가. 단순히 요리법만 똑같은 게 아니라 맛이라든지 형태라든지 그런 부분까지 전부 다 포함해서 이것이 긴지 씨의 요리라는 사실을 간파한 거겠지.

"집 근처 식당에 이렇게 실력이 뛰어난 요리사가 있는 줄 몰랐네요. 긴지 씨도 꽤나 뿌듯했겠는데요."

타마키 셰프는 내가 긴지 씨의 제자라고 믿어 의심치 않는 눈치였다.

"아니, 그러니까 저는…."

어떻게든 오해를 풀어야겠다는 생각에 허둥대는데 타마키 셰프가 자조적인 말투로 중얼거렸다.

"나랑은 정반대네요."

한쪽 턱을 비스듬히 괸 잘생긴 얼굴. 눈가에 희미하게 붉은 기가 감돌았다. 자기 가게에서 마시고 온 와인과 우리 가게에 와서 마신 사케 때문에 많이 취한 것 같았다.

술김에, 아니면 가게가 너무 조용해서, 그것도 아니면 신의 배려로.

타마키 셰프는 졸린 듯 눈을 몇 번 깜박이더니 천천히 자기 얘기를 털어놓았다.

"…실은 저는 이탈리안 레스토랑의 셰프입니다."

"…압니다. 타마키 셰프를 모르는 사람은 이 세상에 존재하지 않을걸요."

"아하하, 고맙습니다. 하지만… 아실지 모르겠는데 저는 이래 봬도 원래 일식 출신이었습니다."

그 말을 듣고 깜짝 놀랐지만 이야기하는 데 방해가 되지 않도록 가만히 귀를 기울였다.

긴지 씨도 당황한 눈치였지만 잠자코 이야기를 듣고 있는 것 같았다.

요리에 관심이 많던 타마키 셰프는 고등학교를 졸업하자마자 아카사카에 있는 일식집에 들어가서 요리를 배우기 시작했다. 그곳은 긴지 씨가 튀김 전문점을 열기 전에 운영하던 가게였다. 타마키 셰프는 긴지 씨의 첫 번째 제자였고, 그래서 긴지 씨도 의욕에 넘쳐서 타마키 셰프를 열심히 가르쳤다.

하지만…. 엄격한 스승과 폐쇄적인 세계. 일식은 계절을 중시하고 예법을 따지는 아름다운 전통 요리지만 그만큼 만드는 입장에서는 지켜야 할 수많은 제약과 규칙이 존재했다.

더 넓은 곳에서 더 많은 것을 보고 듣고 배우고 싶었던 타마키 셰프로서는 견디기 힘든 날들이 이어졌고, 결국 그는 그 세계에서 벗어나기로 결심했다.

"긴지 씨 가게에서 일하던 당시의 저는 아직 햇병아리도 되지 못한, 부화조차 하지 않은 알 상태였죠. 아, 이건 긴지 씨가 제게 붙인 별명입니다. 하지만 그 후 해외로 나가서 요리를 배우고 돌아온 저에 대한 세간의 평가는 전혀 달랐습니다. 양식은 일식에 비하면 상당히 너그럽고 자유로운… 즐거운 세계거든요."

타마키 셰프는 어딘지 모르게 조금 쓸쓸해 보이는 표정으로 말했다.

고루한 규범과 방식에 질려서 완전히 연을 끊었다고 생각한 일식의 세계. 하지만 요리를 하다가 벽에 부딪힌다거나 TV에서 지나치게 주목받은 나머지 여론의 공격을 받게 되었을 때 셰프의 머릿속에 가장 먼저 떠오른 것은 과거의 그 단조롭고 괴로운 수행의 나날들이었다.

"가능한 한 제철 음식을 사용하려고 한다든지, 눈에 띄지 않는 반찬 하나를 만드는 데 엄청난 시간과 노력을 들인다든지 하는… 그런 요리의 기본이 내 몸 어딘가에 박혀 있는 것 같다는 생각이 들더군요. 언제였더라… 요리의 방향성을 잃고 헤매고 있을 때 우연히 긴지 씨가 새 가게를 열었다는 소문을 듣고 홀린 듯 그 가게, 튀김 전문점 긴을 찾아갔습니다. 예약도 하지 않고 무작정."

일식이 싫다며 제 발로 걸어나간 제자.

긴지 씨라면 얼굴을 마주한 순간 당장 나가라며 호통을 칠

지도 모른다. 소금을 끼얹을지도 모르겠다는 생각도 들었다. 다 큰 어른이지만 그게 겁이 나서 일부러 영업 끝날 시간에 맞춰서 찾아갔다. 그러고도 한참을 망설이다가 남의 집에 몰래 숨어드는 도둑처럼 소리 없이 가게 문을 열었다.

"긴지 씨와 만난 건 그때가 아마 한 10년 만이었을 겁니다. 그런데 긴지 씨는 마치 어제도 만났던 사람처럼 아무렇지 않게 '여어, 왔냐?' 그러더라고요. 웃기죠?"

웃기지 않느냐고 말하는 타마키 셰프는 당장이라도 울 것 같은 얼굴을 하고 있었다.

실제로 10년 만에 만난 긴지 씨 앞에서 타마키 셰프는 목 놓아 울었다고 한다.

죄송한 마음과 안도감 그리고 반가움, 각기 다른 감정들이 복잡하게 뒤섞여 거세게 휘몰아치는 바람에 어찌할 도리가 없었노라고.

타마키 셰프는 자신이 일류라고 불리기까지 구체적으로 어떤 노력을 했는지 자세히는 말해주지 않았지만 분명 길고도 힘겨운 시간이었을 것이다.

긴지 씨는 자기 앞에서 우는 제자를 위로하지도 않았고 혼내지도 않았다. 그저 말없이 뚝배기를 꺼내 와서 밥을 짓기 시작했다.

그때 만들어준 음식이 바로 이 계란덮밥이었다.

"사람에 따라 차이는 있겠지만 보통 양식 요리사는 음식을 만들면서 중간중간 맛을 확인하느라 늘 배가 부른 상태거든요. 그때도 전 파스타며 스파게티를 잔뜩 먹고 온 참이었는데 눈앞에 이 뚝배기가 놓인 순간 갑자기 배가 고파지더군요. 거기다 대고 긴지 씨가 이렇게 말했습니다."

— 넌 아직도 갈 길이 한참 먼데 뭘 안다고 벌써 고민을 하냐. 됐으니까 어서 먹기나 해라. 이 정도는 먹을 수 있겠지?

괜히 엉뚱한 곳을 보면서 퉁명스럽게 내뱉는 긴지 씨의 모습이 머릿속에 그려져서 절로 웃음이 났다.

긴지 씨는 말수가 적고 무뚝뚝하지만 누구보다 따뜻한 사람이었다.

타마키 셰프는 얌전히 긴지 씨가 시키는 대로 눈앞에 놓인 계란덮밥을 먹었다.

갓 튀겨져 나온 계란튀김덮밥은 진하고 깊은 맛이 났고, 무엇보다 따뜻했다. 한 입 삼킬 때마다 속에서부터 따뜻하게 데워지는 기분이 들었다. 결국 바닥에 남은 누룽지까지 싹싹 긁어서 다 먹었다.

"역시 당해낼 수 없겠다는 생각이 들었습니다. 그와 동시에 의욕이 불타오르더군요. 어떻게 하면 더 예쁘게 보일까, 어떻게 하면 더 특별한 맛을 낼 수 있을까, 그런 고민을 하지 않아도 기본적인 재료만 가지고도 얼마든지 다른 사람을 감동시킬 수 있다는 사실을 깨달은 거죠."

이후 타마키 셰프는 유행에 휘둘리지 않는 자신만의 요리 스타일을 확립해 나갔고, 뛰어난 실력에 수려한 외모까지 더해져 폭발적인 인기를 얻게 되었다. TV에 출연하고, 가게를 확장하고, 그리고 마침내 아카사카로 이전했다. 긴지 씨의 튀김 전문점 바로 옆으로.

타마키 셰프는 장난스럽게 웃으며 말했다.

"못난 제자가 보내는 도전장 같은 거죠. 드디어 긴지 씨와 어깨를 나란히 하게 되었다, 이제 곧 넘어서겠다, 뭐 그런 의미로요."

(…그때는 나도 긴장했었지.)

머릿속에서 긴지 씨가 중얼거렸다.

하지만 다음 순간, 타마키 셰프는 힘없이 시선을 떨구었다.

"하지만… 결국 저는 긴지 씨 뒤를 쫓기만 했습니다. 처음부터 끝까지. 평생. 긴지 씨는 마지막 순간에 저 따위는 돌아보지도 않고 말없이 가버리셨어요."

안 그래도 조용한 가게 안에 숨 막히는 침묵이 흘렀다.

타마키 셰프가 묵묵히 술잔을 기울이더니 말을 이었다.

"나 혼자 고민하고, 나 혼자 반발하고. 긴지 씨는 언제나 변함없이 그 자리를 지키며 서 있었는데 괜히 혼자서 주눅이 들었다가 다시 또 매달렸다가. 나 혼자 동경하고, 쫓아가고, 연구하고…. 저는 긴지 씨 가게에 자주 찾아갔지만, 긴지 씨가 저희 가게에 온 건 딱 한 번뿐이었습니다. 그것도 제가 하도 와달라고 조르니까…. 일방통행은… 힘드네요."

"일방통행은 아니었을 거예요…."

내가 말하자 셰프는 조용히 고개를 저었다.

"아니요, 일방통행이었습니다. 긴지 씨가 암이었다는 사실도 저만 몰랐을 정도니까요."

긴지 씨의 단골 중에는 셰프의 단골도 있었지만 긴지 씨는 그 손님에게 셰프의 가게에 가더라도 자신의 병에 대해서는 말하지 말아달라고 부탁했다. 게다가 긴지 씨는 몸 상태가 좋지 않은 날에도 반드시 가게 문을 열었기 때문에 타마키 셰프는 바로 옆에 있으면서도 긴지 씨의 건강이 좋지 않다는 사실을 전혀 눈치채지 못했다. 셰프가 이 모든 사실을 알게 된 것은 긴지 씨의 장례식에서였다. 머릿속이 새하얘져서 그저 가게 문 앞에 못 박힌 듯 한참을 거기 그렇게 서 있었다.

"왜 말해주지 않은 걸까요…?"

갈라진 목소리였다.

양손을 깍지 낀 상태로 턱을 괴고 있던 셰프는 고개를 앞으로 푹 숙이더니 앞머리를 거칠게 쓸어넘겼다.

"…가게가 바로 옆이니까 언제든 만날 수 있다고 생각했습니다. 긴지 씨는 아무튼 대단한 사람이니까… 내가 힘들어할 때는 항상 옆에 있을 거라고, 늘 변함없이 거기 있어줄 거라고… 그렇게 생각하고 있었어요."

담담한 목소리였다. 어깨가 떨리지도 않았다.

하지만 내 눈에는 타마키 셰프가 울고 있는 것처럼 보였다.

두 번째 메뉴: 계란튀김덮밥

그리고 그가 말하는 내용은 내게도 익숙한 감정이었다.

항상 변함없는 모습으로 내 곁에 있어주던 사람. 앞으로도 계속 함께 있을 거라고 믿어 의심치 않았던 존재가 어느 날 갑자기 눈앞에서 사라져버렸을 때의 충격.

"미리 알았다면… 하고 싶은 말이 많았는데…. 아직 더 가르쳐달라고 하고 싶은 것도 많았고, 은혜도 갚고 싶었습니다. 제가 운영하는 가게에 대한 평도 듣고 싶었고요. 망설이거나, 주저하지 말고… 나를, 아주 조금이라도 좋으니 요리사로 인정하는지… 물어보고, 싶었…."

셰프는 말을 잇지 못했다.

깍지 낀 손가락 사이로 눈물이 툭 떨어졌다.

긴지 씨.

긴지 씨, 뭐 하고 계세요. 왜 아무 말도 안 하시는 건데요.

내 생각이 전해질 것 같지는 않았지만 나는 마음속으로 긴지 씨를 재촉했다.

무슨 말이든 하기만 하면 토키에 씨 때처럼 내가 대변해줄 수 있는데.

긴지 씨는 성불하기를 거부할 정도로 타마키 셰프를 걱정하고 있었다. 그 마음을 왜 입 밖으로 내지 않는 걸까. 제발 부탁이니까 말 좀 해주세요.

나는 조용히 눈물을 흘리는 셰프를 더 이상 두고 볼 수가 없었다.

왜냐하면 그는 나와 같았으니까. 필사적으로 뒤를 쫓고 있었는데 갑자기 혼자 내버려져서 당황하고 슬퍼하고 있었다.

(암으로 곧 죽는다는 얘기를 남의 입을 통해서 듣게 할 수는 없잖냐….)

그때, 내가 속으로 한 말이 들리기라도 했는지 긴지 씨가 툭 내뱉었다.

(직접 말해야지 말해야지 하고 있었는데 그때마다 네 녀석이 가게에 오지 않아서 말하지 못했을 뿐이다.)

마치 어린아이가 혼나서 토라진 듯한 말투였다.

나도 모르게 울컥 화가 치밀어올랐다.

질질 끌다가 결국 제대로 전하지 못해서 이렇게 미련을 남기게 된 거 아니냐고! 그런데 또 같은 일을 반복할 생각인 건가!

나는 긴지 씨가 이렇게 다른 사람 몸에 빙의할 정도로 옛 제자를 아낀다는 사실을 알고 있었다. 좀 더 부드럽게 대하면 좋지 않았을까, 더 잘 이끌어줄 수 있지 않았을까 내심 후회하고 있다는 것도.

쑥스럽겠지만 고집을 내려놓고 딱 한마디라도 좋으니 그 마음을 솔직하게 전했더라면 미래가 달라졌을지도 모르는데.

안 되겠다.

이대로 긴지 씨한테 맡겨놓으면 안 되겠다는 확신이 들었다.

신도 나에게 열심히 해보라고 하지 않았던가. 토키에 씨 때처럼 '내가 만든 음식을 먹이고 미련 해소'가 되지 않는다면 내

나름대로 다른 방법을 찾아보는 수밖에.

"타마키 셰프님."

나는 내 몸의 주도권을 강제로 되찾아온 다음 주방 선반에 있던 파일을 집어들었다.

(어어, 테츠시 너 이 녀석, 대체 뭘 하려는 거냐.)

긴지 씨의 당황한 목소리가 머릿속에 울려 퍼졌지만 나는 무시하고 파일을 셰프에게 내밀었다.

"네?"

"긴지 씨의 유품입니다."

타마키 셰프가 눈이 휘둥그레져서 고개를 들었다. 나는 생각할 틈도 없이 단숨에 말을 쏟아냈다.

"셰프님 말이 맞습니다. 저는 긴지 씨와 아는 사이입니다. 다만 요리로 만난 사이는 아니고 그게… 그러니까… 지하철에서 쓰러진 긴지 씨를 부축해드렸다가 그대로 의기투합하게 되었달까요."

진부하고 허술한 거짓말이었지만 내 머리로는 이게 한계였다. 반강제적으로 남을 돕고 있는 지금 이 상황과 비슷하다면 비슷하다고도 할 수 있는 설정이었다.

(테츠시, 너 대체 무슨….)

"긴지 씨는 저희 가게 단골이 되셨고, 여기에 오면… 타마키 셰프 이야기를 많이 하셨어요. 젊지만 실력 있는 요리사라고요."

"네?"

머릿속에서 긴지 씨가 난리를 피웠다. 그만해, 그만하라고! 하지만 정말로 싫어한다기보다는 미칠 듯이 부끄러워한다는 느낌이었기 때문에 가볍게 무시해주었다.

그리고 카운터에 내려놓은 파일을 펼쳤다.

라 우오바(La Uova).

빨간색 파일은 타마키 셰프가 운영하는 레스토랑에 관한 기사를 모아둔 것이었다.

"긴지 씨가 모아둔 기사입니다. 표지에는 '경쟁점 정보'라고 적혀 있지만 내용을 살펴보면 온통 셰프네 가게에 관한 정보뿐이죠."

"아…."

셰프의 젖은 눈동자가 한층 더 커졌다.

셰프는 입을 다물지 못한 채 조심스럽게 손을 뻗어 파일을 집었다.

그리고 첫 번째 페이지에 스크랩된 잡지 기사를 손가락으로 쓸어내리며 중얼거렸다.

"…아카사카로 이전하기 전, 저와 저희 가게가 처음으로 소개된 기사네요…."

기사에는 '라 우오바'라고 적힌 간판 앞에서 어색한 미소를 지으며 포즈를 취한 타마키 셰프의 사진이 실려 있었다. 취재에 익숙하지 않다는 게 여실히 드러나는 사진이었다. 가게는 작고 아담한 규모였고, 아까 아카사카에서 본 세련된 이탈리안 레스토랑과는 분위기가 전혀 달랐다.

"이게 처음이 아니에요."

"네?"

나는 웃으며 카운터 너머로 몸을 숙여 페이지를 넘겼다.

(어, 어이! 멈춰! 멈추라고!)

긴지 씨가 거의 절규하듯 부르짖었지만 그냥 무시했다.

"…!"

타마키 셰프가 헉 하고 숨을 들이마셨다. 얇은 입술이 파르르 떨렸다.

"이건…."

이태리어로 적힌 현지 레스토랑 특집 기사. 요리 콩쿨 수상자 목록. 『월간 이탈리안 통신』이라는 제목의, 딱 봐도 독자가 별로 없을 것 같은 비주류 신문의 인터뷰.

각각의 기사에 실린 사진 속 타마키 셰프는 때로는 좁쌀만큼 작게 찍혀 있었고 때로는 아예 일부가 잘려 있기도 했다. 부모 정도의 애정이 없으면 찾기 어려운 수준이었다.

셰프의 손이 떨렸다.

그러면서도 무언가에 홀린 듯 눈 한번 깜박이지 않고 계속 페이지를 넘겼다.

아카사카로 이전하기 전에 운영하던 작은 레스토랑에 관한 특집 기사. 기사 옆에는 날짜와 함께 '메뉴에 오탈자 발견. 바보 같은 녀석'이라는 메모가 적혀 있었다. 개성 있는 글씨체였다.

셰프가 TV에 처음 나오기 시작한 당시의 인터뷰 기사에는 '헤어스타일이 경박해 보임. 마음에 들지 않음'. 지역 신문에 실린 기사에는 '양이 적음. 바가지 씌우는 거냐?'.

그리고 아카사카 이전 소식을 대대적으로 다룬 잡지의 특집 기사 옆에는 강한 필체로 이렇게 적혀 있었다.

— 마침내 녀석이 쳐들어왔다!

이때를 기점으로 폭발적으로 늘어나기 시작한 기사의 맨 마지막에는.

"…읏."

폴라로이드 카메라로 찍은 기념사진이 끼워져 있었다.

아마도 생일이나 기념일에 가게를 찾은 손님을 대상으로 가게에서 제공하는 서비스였으리라.

'라 우오바'라고 적힌 화려한 디저트 접시 앞에 뚱한 표정을 한 긴지 씨가 팔짱을 끼고 앉아 있었다. 그 옆에서 타마키 셰프가 커피를 따라주는 포즈로 카메라를 향해 브이 사인을 하고 있었다.

사진 옆에는 딱 한마디.

— 맛있었다.

"잠깐… 스톱."

타마키 셰프가 커다란 손바닥으로 얼굴을 가리며 양해를 구하듯 한쪽 손을 내 쪽으로 내밀었다.

"남자도… 마흔이 넘으면 눈물이 많아지거든요. 이건 좀….”

너무하지 않습니까.

타마키 셰프가 떨리는 목소리로 중얼거렸다.

나는 어깨를 들썩이는 셰프를 향해 말했다.

"긴지 씨는 셰프를 많이 아끼셨습니다. 손님으로서도, 제자로서도.”

"….”

"이 계란튀김덮밥도 알 씨 전용 비공식 메뉴라면서 저를 포함한 다른 사람들에게는 절대로 만들어주지 않으셨어요.”

(테츠시, 너 이 자식, 계란덮밥 안 만들어줬다고 이렇게 복수하는 거냐?)

긴지 씨가 원망스러운 목소리로 나를 질책했다. 나는 어디까지나 대의를 위해 행동하고 있건만 무슨 그런 말도 안 되는 오해를.

"비밀이라고 안 알려주시는 걸 제가 조르고 졸라서 요리법만 겨우 알아냈죠. 그리고 오늘 처음으로 만들어봤는데 기적적으로 성공한 겁니다.”

긴지 씨 본인이 만들었다고는 밝힐 수 없으니 어떻게든 말이 되게 둘러댔다.

상대가 술기운과 눈물로 사고능력이 반감된 상태라는 점을 이용해 나는 다소 억지스럽게 이야기를 마무리지었다.

"긴지 씨의 기일에 셰프가 우연히 저희 가게를 찾았고, 우연히도 긴지 씨의 요리법을 알고 있는 제가 긴지 씨의 유품까지 갖고 있었고… 정말이지 기적 같은 일이네요. 긴지 씨가 타마키 셰프에게 뭔가 전하고 싶은 말이 있어서 이런 기적을 일으킨 게 아닐까요? 아무래도 그런 생각이 드는데요."

"긴지 씨가 내게 전하고 싶은 말…?"

타마키 셰프가 멍하니 중얼거렸다.

마치 기도하듯 간절한 눈빛으로 이쪽을 쳐다보는 셰프를 향해 나는 자신 있게 고개를 끄덕여 보였다.

"그럼요. 긴지 씨는 셰프에게 이렇게 말하고 싶었을 거예요. 어… 그러니까…."

얼굴은 계속 셰프를 보면서 속으로는 "긴지 씨, 빨리요!" 하고 재촉했다.

내 마음이 통했는지 긴지 씨는 잠시 생각에 잠긴 듯 말이 없다가 이윽고 체념한 듯 한숨을 내뱉었다.

(후우… 테츠시, 녀석에게 이렇게 전해주려무나.)

그러고는 천천히 입을 열었다.

(…알. 암이라는 걸 숨겨서 미안했다. 너한테는 약해진 모습을 보이기가 싫어서 그랬다.)

"암에 걸린 사실을 숨겨서 미안했다고요. 긴지 씨는 스승으로서 제자인 타마키 셰프에게 약해진 자기 모습을 보이기 싫었을 거예요."

셰프가 입술을 꽉 깨물었다. 슬쩍 고개를 돌리며 눈물을 참고 있는 듯했다.

그 모습을 지켜보는 나 역시 가슴속에서 뜨거운 감정이 치밀어 올랐지만 필사적으로 마음을 가라앉히며 긴지 씨의 말을 전했다.

너는 멋진 요리사다. 나에게는 늘 자랑스러운 제자였다. 나를 잘 따라줘서 고마웠다. 지금까지 제대로 말하지 못해서 미안하다….

"…흑."

셰프의 입에서 짧은 오열이 새어 나왔다.

"저는…." 타마키 셰프가 젖은 목소리로 말했다.

"…제 생각이 짧았습니다. 긴지 씨는 제 메뉴… 저만을 위한 메뉴까지 만들어주었는데…. 그런 긴지 씨가 저를 신경 쓰지 않았을 리가 없는데…."

셰프는 흐르는 눈물을 손등으로 훔치더니 잔잔한 미소를 지으며 다시 젓가락을 들었다.

"만약 긴지 씨가 정말로 그 말을 전하고 싶어서 오늘 요리사님한테 이 메뉴를 만들게 한 거라면, 맛있게 먹어드리는 게 제자 된 도리겠죠?"

시간이 꽤 지났지만 여전히 김이 모락모락 피어오르는 뚝배기.

셰프는 계란덮밥을 조금씩 떠서 시간을 들여 천천히 꼭꼭 씹어먹었다.

그렇게 밥알 하나 남기지 않고 그릇을 깨끗이 비운 다음 혼잣말처럼 중얼거렸다.

"…아아, 맛있었다."

그 한마디에는 지금까지 긴지 씨가 셰프에게 만들어준 모든 요리에 대한 깊은 감사가 담겨 있는 것 같았다.

"…긴지 씨가 좋아하시겠네요."

감사하다는 말은 하지 않았다. 여기서 내가 고맙다고 하면 셰프는 긴지 씨가 아니라 나한테 맛있다고 인사한 게 되어버리니까.

사케를 네 잔이나 마시고 뜨거운 녹차로 입가심을 한 셰프는 처음의 침착함을 되찾았다. 편안한 얼굴로 웃으며 내게 긴지 씨와의 추억이라든지 요리사로 일하면서 겪은 고생담을 들려주었다.

이윽고 화제가 끊기자 셰프는 자리에서 일어나 음식값을 계산했다.

"잘 먹었습니다. 또 올게요."

"기다리고 있겠습니다."

나는 힘껏 고개를 끄덕였다. 그리고 바로 "아" 하고 덧붙였다.

"다만 오늘 드신 계란튀김덮밥은 기적적으로 성공한 거라서요. 기대하지 말라고는 못 하겠지만 기대치를 너무 높이지는 말아주세요. 다른 메뉴도 그렇고요."

또 오라고 하면서 맛은 기대하지 말라니, 내가 생각해도 말이 안 되는 소리였다. 그렇다고 TV에도 나오는 유명 셰프한테 대고 기대하시라고 큰소리를 칠 수도 없지 않은가. 그런 대담한 짓은 죽었다 깨어나도 불가능하다.

다행히 타마키 셰프는 조금 놀란 듯했지만 이내 웃으며 대답했다.

"알겠습니다. 오늘 먹은 건 긴지 씨가 선물한 기적의 계란튀김 덮밥이었다는 말이네요."

"아하하…."

다른 사람이 말했으면 느끼하게 들렸을 텐데 셰프의 잘생긴 외모에는 묘하게 잘 어울렸다. 게다가 그 말이 사실이었기 때문에 나는 그저 웃을 수밖에 없었다.

타마키 셰프는 아까까지 눈물을 흘리며 울었던 게 거짓말인 것처럼 홀가분한 얼굴로 가게를 나섰다.

(테츠시.)

아무도 없는 가게에 우두커니 서 있자 머릿속에서 긴지 씨의 목소리가 들려왔다.

(그러니까 뭐냐, 그… 고맙다.)

"…천만에요."

육체가 남아 있었다면 분명 뚱한 표정으로 시선을 피하고 있겠지. 나는 안 봐도 알 것 같은 긴지 씨의 모습을 떠올리며 히죽히죽 웃었다.

긴지 씨는 자기가 말해놓고 쑥스러웠는지 더는 말이 없었다. 그래서 내가 말했다.

"긴지 씨."

"응?"

"비공식 메뉴라는 건, 뭔가… 좋네요."

그것이 내 솔직한 심정이었다.

단 한 사람만을 위한, 메뉴판에는 존재하지 않는 특별한 메뉴.

"아까 타마키 셰프가 진짜로 엄청 좋아하던데요. 나는 먹을 수 없는 거라고 생각하니까 더 맛있어 보이더라고요."

(…네 녀석 뒤끝이 아주 길구나.)

긴지 씨가 투덜거렸다. 그러고는 잠시 생각하더니 이렇게 덧붙였다.

(테츠시, 비공식 메뉴라는 건 손님을 위해서 만드는 것이기도 하지만… 사실은 만드는 사람 자신을 위한 것이기도 하단다.)

"네?"

(만들면서 내가 행복하니까 말이다. 밥집에서 밥을 내는 건 당연한 일인데 그걸 가지고 좋아해주면 내가 더 고맙지. 딱히 많은 대화를 나누지 않아도, 일일이 인사하지 않아도 거리가 확 줄어드는 느낌이 든달까….)

자기 입으로 말하면서도 민망했는지 긴지 씨는 '자고로 남자는 말이 아니라 밥으로 대화하는 법'이라며 다소 억지스럽게 말을 맺었다. 그 모습을 보고 나는 입을 삐죽거렸다.

"하지만 긴지 씨는 말을 너무 안 해서 죽은 후에도 미련이 남은 거잖아요…."

(어허, 시끄럽구나! 마지막에는 밥으로 통했으니 그걸로 된 거다!)

긴지 씨가 받아치는 말을 들으니 그런가 싶기도 했다.

타마키 셰프만을 위한 계란튀김덮밥.

그 안에는 분명 긴지 씨와 타마키 셰프 두 사람만 공유하는 수많은 메시지가 담겨 있었을 것이다.

내가 순순히 수긍하자 긴지 씨는 오히려 당황한 눈치였다. 괜히 시선을 돌리며 딴청을 피우더니 들릴락 말락 한 목소리로 다시 한번 내게 고맙다고 말했다.

그리고 나와 함께 주방을 정리하고 튀김을 맛있게 만드는 비결을 가르쳐준 다음.

연기처럼 사라져버렸다.

…◆…

"어서 오세요. 오늘도 생선구이 정식으로 준비해드릴까요?"

"아, 네."

점심시간.

가게는 손님들로 북적이고, 나는 테이블 사이를 바쁘게 오가며 주문을 받고 있었다.

지금 내 앞에 앉아 있는 손님은 엷은 황갈색 안경테가 인상적인 남자 손님이었다. 통칭 임연수어 씨.

"음, 밥은…."

"잡곡이 아니라 백미. 뜨거운 녹차도 함께. 이렇게 준비해드리면 될까요?"

내가 자주 찾아주셔서 감사하다고 웃는 얼굴로 덧붙이자 임연수어 씨는 눈을 동그랗게 뜨더니 살짝 미소를 지었다.

"네, 그렇게 주세요."

임연수어 씨와 나눈 대화는 그게 전부였다.

그런데도 괜히 기분이 좋았다.

주방으로 가서 방금 받은 주문을 전하자 시호가 입을 열었다.

"오빠."

"응?"

시호는 커다란 눈동자로 나를 지그시 바라보더니 씩 하고 웃었다.

"잘하는데?"

"아아."

자연스럽게 입꼬리가 올라갔다. 나는 곧바로 밥과 된장국을 준비하기 시작했다.

긴지 씨와 타마키 셰프를 만난 후, 비공식 메뉴에 대한 내 생각은 조금 바뀌었다. 손님의 취향을 기억하고 단골손님을 알아보는 노력 정도는 해도 좋겠다고 생각하게 된 것이다.

가게 매상이라든지 고객 만족도를 끌어올리기 위해서가 아니라 그냥 그렇게 하면 내가 행복하니까.

물론 지금의 나로서는 새로운 비공식 메뉴를 고안해낸다든지 직접 만든다든지 하는 건 불가능하지만. 언젠가는 그런 것도 가능해지지 않을까.

"조금씩 노력해봐야지."

내가 작게 덧붙이자 시호는 별말 없이 반으로 갈라서 펼친 임연수어를 구이 망에 올렸다. 콧노래를 흥얼거리는 것을 보니 기분은 좋은 듯했다.

"여기요."

홀에 있는 여자 손님이 손을 들었다. 나는 "네!" 하고 대답하며 서둘러 주방에서 달려나갔다.

왼손에는 주문서를, 오른손에는 양념통을 들고.

등 뒤에서 다시 한번 "잘하는데?" 하고 중얼거리는 시호의 목소리가 들린 것 같았다.

세 번째 메뉴

영양만점 돈지루

돈지루(豚汁): 돼지고기와 각종 채소를 넣어 끓인 된장국

어슷썰기한 후 찬물에 담가 쓴맛을 제거한 우엉에 참기름을 넣어 볶는다.

우엉이 노르스름하게 익으면 꺼낸 다음 이어서 돼지고기를 넣고 소금을 약간만 추가한다. 고소한 참기름과 눅진한 돼지기름이 조화롭게 섞인 프라이팬에 다진 마늘과 생강을 집어넣는다.

아까 꺼낸 우엉을 다시 넣고 당근, 무, 곤약, 대파….

(잠깐. 유부는 아직 넣지 마세요.)

"아, 네!"

갑자기 머릿속으로 날아든 날카로운 목소리에 나는 등을 꼿꼿이 세웠다.

(이렇게 간단한 요리법을 대체 몇 번이나 다시 설명하게 만드는 건지….)

"죄송합니다…."

(어허, 손이 멈춰 있잖아요. 대답을 하는 건 좋지만 손은 계속 움직여야죠.)

"네…."

아까부터 쉬지 않고 날아드는 호통과 질책에 정신이 혼미해질 지경이었다.

나는 기가 센 여자를 좋아한다. 예쁜 여자가 여왕님처럼 도도한 얼굴로 나를 내려다보며 구박하는 상황도 나쁘지 않다고 생각한다. 하지만….

(듣고 있어요? 굼벵이처럼 그러고 있지 말고 계속 잘 섞어주세요.)

거기에는 기본적으로 애정이 깔려있어야 하며 무엇보다….

"저기… 조금만 더 상냥하게 가르쳐주시면 안 될까요, 할머니?"

(할머니가 아니라 우메노 씨라고 부르라고 했을 텐데요.)

가장 중요한 전제조건은 그 상대가 반드시 '묘령의 여성'이어야 한다는 거다.

(다 섞였으면 육수를 넣고… 잠깐, 그렇게 막 들이부으면 안 되죠!)

"앗, 네! 죄송합니다!"

내 머릿속에는 묘령이 아니라 고령 여성의 목소리가, 가게 안에는 내가 쩔쩔매며 사과하는 목소리가 울려 퍼졌다.

나는 지금 여기에는 없는 신을 생각하며 원망스러운 표정으로 이를 꽉 깨물고 불과 30분 전에 있었던 일을 떠올렸다.

····◆····

"계세요?"

딸랑딸랑.

한밤중의 경내에 낮은 방울 소리가 울려 퍼졌다.

나는 갈색 병에 든 사케를 손에 들고 오늘도 신사를 찾았다.

"괜히 무게 잡지 말고 어서 나오세요. 오늘은 히로시마산 술을 가져왔다고요. 보세요, 이 흰색 라벨에 갈겨쓴 위풍당당한 붓글씨. 이건 준마이라서 준마이 다이긴조보다 등급은 아래지만 남자다운 매력이 있거든요. 이게 바로 사케다, 하고 외치는 것 같달까. 자기주장이 아주 강한 술이죠."

이 신사는 낮에도 찾아오는 사람이 별로 없다. 하물며 이렇게 늦은 밤에 이곳을 찾을 사람은 아무도 없기 때문에 나는 편한 마음으로 신에게 말을 걸었다.

남자인지 여자인지는 모르겠지만 아무튼 이곳에서 모시는 신이 무엇을 좋아하는지는 잘 알고 있었다. 술이다.

맛있는 술을 보면 신이 반드시 모습을 드러낼 것이라고 확신한 나는 열정적으로 프레젠테이션을 이어갔다.

"이 술은 따뜻하게 데우면 맛이 드라이해져서 그건 그것대로 또 장난이 아니거든요. 어때요? 한번 마셔보고 싶지 않으세요?"

그러자….

— 데운 술이 맛있다고 할 거면 데워서 갖고 왔어야지. 멍청

한 녀석.

본당이 희미하게 빛나면서 남자 같기도 하고 여자 같기도 하고 노인 같기도 하고 아이 같기도 한 신비한 목소리가 주위에 울려 퍼졌다.

"나왔다!"

— 뭐냐, 그 반응은. 무슨 유령이라도 본 것처럼···. 네 녀석은 매번 이렇게 늦은 밤에 찾아와서 사람을 귀찮게 하는구나. 하여튼 요즘 젊은것들은 예의라는 걸 몰라요.

부루퉁해서 투덜거리는 모습은 인간과 다를 바가 없었다.

신과 대화를 나누고 도저히 말로는 설명할 수 없는 신기한 체험을 한 것이 벌써 두 차례.

이제는 아무렇지도 않게 이 현상을 받아들이게 되었다. 신에게는 친근감마저 느껴질 정도였다.

사실 생각해보면 인간이 아닌 존재와 대화를 나눈다거나 죽은 자의 혼이 내 몸에 들어온다거나 하는 것은 심히 공포스러운 일이다. 하물며 한낱 인간이 신과 직접 대화를 나눈다니!

하지만 지금까지 내게 빙의했던 토키에 씨와 긴지 씨는 호러 영화에 나오는 귀신과는 전혀 달랐고, 두 사람 다 소원을 이룬 후에는 고맙다고 인사하며 내게 몸을 돌려주었다.

요리 기술은 물론 요리사의 올바른 마음가짐 같은 것도 전수받았고, 덤으로 옆에서 보고만 있어도 눈시울이 뜨거워지는 감동적인 장면도 함께할 수 있었다. 그러다 보니 이제는 다음에 또 이런 일이 생겨도 상관없다고 생각할 정도로 대수롭지 않게 넘어가게 되었달까, 적어도 내 안에서는 이 현상을 호의적으로 받아들이게 된 것이다.

참고로 신과 직접 말을 나누는 것이 두렵거나 긴장되지 않느냐는 점에 관해서는… 솔직히 신도 신 나름이지 이 신을 상대하면서 그런 기분이 들기는 쉽지 않다.

— 너 이 녀석, 지금 뭔가 굉장히 실례되는 생각을 한 것 같은데?

예를 들면 이런 부분이 말이다.

"아닙니다, 그럴 리가요. 신령님은 정말 털털하고 멋진 분이라고 생각했을 뿐입니다."

내가 적당히 얼버무리며 뚜껑을 딴 사케를 새전함 옆에 내려놓자 갑자기 신의 목소리가 눈에 띄게 밝아졌다.

— 오오, 정말이지 술술한 술이구나.

대체 이렇게 독창적인 표현은 어떻게 생각해내는 걸까.

신은 내가 바친 술이 꽤나 마음에 들었는지 단숨에 벌컥벌컥 들이켜다가—효과음은 어디까지나 내 상상이다—한참이 지나서야 앞에 있는 내 존재를 기억해냈는지 천천히 입을 열었다.

— 그래, 오늘은 무슨 일로 왔느냐?

"네?"

— 시치미 떼지 말거라. 매번, 특히 지난번부터는 술까지 챙겨와서 뭔가 이해하기 어려운 소원을 말하지 않았느냐. 이번엔 무엇이냐? 보아하니 누구를 죽여달라거나 그런 건 아닌 것 같고.

신은 내 소원을 들어줄 의향이 있는 듯했다.

"…돈도 안 냈는데 소원을 말해도 되나요?"

— 훗. 매년 새해 첫날에만 찾아와서 새전함에 10엔짜리 동전 하나 던져넣고 10억짜리 복권에 당첨되게 해달라고 비는 녀석이 이제 와서 새삼스럽게 무슨 소리냐.

"그런 것까지 다 기억하고 계세요?"

— 물론이다. 나는 동시에 천 개의 목소리를 듣고 거기에 응하는 존재니까.

그 말을 들으니 역시 이 신은 원래 관세음보살이나 부처님에 가까운 존재였던 게 아닐까 하는 생각이 들었다.

— 정확히 말하자면 내가 소원을 들어주는 것이 아니다. 나는 그저 소원과 소원을 이어주는 역할을 할 뿐. 네 소원에 호응하는 누군가의 소원을 만난다면 네 소원도 이루어질지 모른다는 말이다.

차근차근 설명하는 신의 목소리를 들으며 나는 고개를 끄덕였다.

소원과 소원을 잇는다.

그 결과 '어떻게든 요리를 잘하게 되고 싶은' 내가 '어떻게든 미련을 털어내고 싶은' 영혼들과 만나게 된 건가. 해결하고자 하는 자는 스스로 해결하게 될지니.

그 반대도 마찬가지일 것이다. 저주하는 자는 스스로도 저주 받을지니.

나는 입술을 축이고 조심스레 말을 꺼냈다.

"저… 저희 부모님을… 다시 한번 만날 수 있을까요?"

긴장한 나머지 목소리가 떨렸다.

내 마음을 아무리 자세히 들여다봐도 그것 말고 다른 소원은 존재하지 않았다. 나는 본당 지붕 밑에 매달린 방울을 올려다보며 말을 이었다.

"아마 다 알고 계시겠지만 저희 부모님은 사고로 어느 날 갑자기 돌아가셨거든요. 그러다 보니 아직… 하지 못한 말도 많고, 묻고 싶은 것도 많아서요…. 앞으로 어떻게 하면 되는지도 물어보고 싶고, 부모님께 하소연하고 싶은 것도 많은데…."

말을 하면서 머릿속에 떠오른 사람은 여동생 시호였다.

입만 열었다 하면 욕이고, 사람을 쳐다볼 때는 노려보는 게 기본인 시호가 오늘은 평소와 달리 유독 얌전했다.

저녁 영업을 시작하자마자 손님이 몰려서 눈코 뜰 새 없이 바빴다가 겨우 한숨 돌렸다 싶은 타이밍에 시호가 갑자기 쓰러졌다.

"시호?"

나는 깜짝 놀라 시호의 팔을 잡아 일으켜 세우려고 했다. 그리고 붙잡은 팔이 마치 핫팩처럼 뜨거워서 또 한번 놀랐다.

고열로 온몸이 불덩이였다.

"뭐야 너, 열 나잖아!"

"…열 안 나."

초점도 제대로 맞지 않는 흐리멍텅한 눈을 한 시호가 기운 없는 말투로 내뱉었다.

"온몸이 펄펄 끓잖아! 감기냐?"

"…감기 아냐."

기시감이 들었다. 올봄에 "오, 너도 이제 드디어 꽃가루 알레르기가 생겼나 보네?" 하고 고소해하는 내게 코가 막혀서 숨도 제대로 못 쉬면서 "아이라고. 나 꼬가루 아레르기 아이라고"라며 필사적으로 부정하던 모습과 똑같았다.

당연히 그때도 꽃가루 알레르기가 맞았다. 이 녀석이 괜찮다고 하는 말은 믿을 게 못 된다는 사실을 알고 있기 때문에 나는 서둘러 간판을 내리고 시호의 목에 목도리를 칭칭 두른 후 당장 집으로 돌아가라고 했다.

"손님도 없으니까 오늘은 이만 문 닫자. 너 먼저 집에 가 있어."

"싫어."

시호는 완강히 거부했다.

떼쓰는 어린아이처럼 목도리에 얼굴을 묻은 채 세차게 고개를 젓더니 열이 올라 촉촉하게 젖은 눈동자로 나를 매섭게 노려보았다.

"감기가 아니라 피곤해서 열이 나는 거니까 손님들한테는 안 옮아. 내일 영업 준비도 해야 하고, 그릇도 깨끗하게 씻어서 정리해놔야 하고, 테이블에 놓인 양념통도 채워넣어야 하고…."

3년간 회사를 다니며 야근을 밥 먹듯이 하던 내가 장담하건대 이 녀석은 워커홀릭임이 분명하다.

"걱정 마. 아무리 내가 식당 일이 서투르다고 해도 그 정도는 할 수 있어. 게다가 청소랑 정리정돈은 A형인 내가 너보다 더 잘할걸."

나는 어깨를 으쓱하며 나만 믿으라는 듯 가슴을 두드려보였다.

"그릇은 제일 오른쪽 선반, 젓가락은 끝을 위로 해서 안쪽 수저통, 테이블 양념통은 소금이 오른쪽이고 간장이 왼쪽, 병 입구가 정면을 향하지 않게 놓을 것. 맞지?"

마지막으로 "밥은 오른쪽, 국은 왼쪽!" 하고 자신만만하게 덧붙이자 시호가 한숨을 내쉬었다.

"밥은 왼쪽, 국은 오른쪽! …역시 못 믿겠어."

"야…."

기껏 걱정해서 챙겨줬더니 감사는 못할망정 한숨이라니. 이런 상황에서 기분이 나쁘지 않다면 그게 더 이상한 거 아닌가?

"대체 왜 그렇게 고집을 부리는 건데? 적당히 좀 해!"

짜증을 낸 건 어쩔 수 없었다고 생각한다. 하지만 버럭 소리를 지른 건 실수였다.

"…흑"

시호가 흠칫 몸을 떨더니 눈물을 글썽였다.

원래 나와 싸울 때는 한마디도 지지 않는 녀석이 고개를 숙인 채 울먹거리는 모습을 보니 당황스러웠다. 평소의 시호라면 "적당히 넣으라는 게 얼만큼 넣으라는 건지도 모르는 주제에 뭘 적당히 하라는 거야!" 하고 바로 받아쳤을 텐데.

하지만 지금 내 눈앞에 있는 시호는 말없이 코를 훌쩍일 뿐이었다. 시선을 피하는 건 눈물이 흘러넘치지 않도록 필사적으로 참고 있다는 증거였다.

위험해, 이건 대단히 위험한 상황이다. 아픈 사람의 정신 상태를 너무 얕잡아보고 있었다.

식은땀을 삐질삐질 흘리는 나를 앞에 두고 시호는 잠시 침묵하는가 싶더니 이윽고 "갈게" 하고 툭 내뱉었다. 그러고는 기운 없는 발걸음으로 비틀비틀 집으로 돌아갔다.

홀로 남겨진 나는 가게 문을 닫고, 내일 영업 준비를 하고—래 봤자 내가 할 수 있는 건 단무지를 썰어놓는 것 정도밖에 없었지만—테이블에 놓인 양념통도 다 채워넣었다. 하지만.

"…뭐야, 대체."

그래도 영 기분이 나아지지 않아서.

마치 친한 선배가 있는 아지트를 찾는 심정으로 술을 싸들고 신사를 찾아온 것이다.

"제 여동생은 자기 자신을 너무 몰아붙이는 경향이 있어요. 오늘은 열 때문에 제정신이 아니었던 것 같긴 하지만 그게 아니더라도 기본적으로 '부모님의 가게를 완벽하게 재현해야 한다'는 생각이 깔려 있는 것 같아요."

시호가 그런 생각을 가지고 있다는 건 전부터 알고 있었다.

딱히 잘못된 생각도 아니고 일종의 철학 같은 것도 느껴졌기 때문에 나 역시 시호의 생각을 존중했다. 하지만 그 신념이라는 것이 자기 몸을 망가뜨려가면서까지 지켜야 하는 것이라고는 생각하지 않았다. 여동생이 자기 자신을 혹사시킨 나머지 앓아눕는 꼴을 보고 싶어 하는 오빠가 어디 있겠는가.

"하지만… 제 말은 먹히지가 않아요. 너무 무리하지 말라고 부모님이 직접 말해주지 않는 이상…. 제가 말하면 괜한 참견으로 받아들여서 싸움으로 번질 뿐이라고요…."

나 자신의 무력함과 부모님의 존재감을 통감하는 순간이었다.

결국 나는 시호에게 부모님을 대신하는 존재는 될 수 없다. 이 당연한 사실이 내 가슴을 무겁게 짓눌렀다.

— 부모님을 다시 한번 만나고 싶다…라.

신이 곰곰이 생각하는 투로 중얼거렸다. 평소와 다르게 고민스러운 말투였다.

— 네 녀석과는 모르는 사이도 아니고, 맛있는 술까지 받아 마시긴 했다만…. 좀 부족하단 말이지.

"부족하다고요?"

나는 고개를 번쩍 들었다.

"뭐가요? 뭐가 부족하다는 건데요? 간절함? 돈? 술?"

— 아니, 그런 게 아니라….

"간절함을 증명해 보이라고 하면 백 번이든 천 번이든 찾아오겠습니다. 술을 원하시면 저희 가게에 있는 걸 다 들고 올게요."

다급하게 매달리다가 문득 방금 신이 나랑 모르는 사이도 아니라고 한 말이 생각났다.

"관계가 더 깊어져야 하는 거라면 제가 일을 도와드릴게요. 지난번처럼 제 몸을 내어드리는 식으로요. 그렇게 해서 영혼이 소원을 이루고 성불하면 일이 하나 줄어드는 거잖아요."

어떻게든 신이 내 소원을 들어줄 수밖에 없게 만들어야 한다. 오직 그 생각뿐이었다. 신이 뭔가 말하려고 했지만 나는 멈추지 않고 계속 말했다.

"자, 누구라도 좋으니 어서 데려오세요. 아, 저도 뭔가 소원을 말해야 하나요? 그렇다면 어… 저는 식사 예절 같은 걸 잘 모르니까 그 부분을 제대로 배우고 싶습니다."

마침 아까 시호에게 밥 놓는 자리와 국 놓는 자리가 반대라고 지적당했던 게 생각나서 억지로 소원을 만들어냈다.

"아, 그리고 가능하면 이번에는 할아버지가 아니라 예쁜 여자분이면 좋겠네요. 개인적으로 좋아하는 타입은 기가 센 연상입니다. 그리고…"

— 그만하거라.

신이 조용히 내 말을 가로막으며 한숨을 내쉬었다.

— 알았으니 그만하거라. 네 녀석이 이렇게 나이스 타이밍으로 딱 들어맞는 소원을 말하면 나로서는 둘을 이어줄 수밖에 없지 않느냐.

신은 혼잣말처럼 투덜거렸다. 아무래도 내가 절묘한 타이밍에 적절한 소원을 말한 모양이다. 나는 얼씨구나 하고 고개를 들었다.

"아싸! 계약 성립! 지금 제가 신을 도와드리고 있는 거죠? 이걸로 저한테 하나 빚지신 겁니다?"

— 으음, 매일같이 엄청난 양의 소원이 날아드는 걸 생각하면 네 녀석의 소원과 다른 소원 하나를 합쳐서 처리할 수 있다는 건 내게도 확실히 좋은 일이기는 하다만….

신은 뭔가 마음에 걸리는지 한참을 망설였다. 나는 이 기회를 놓쳐서는 안 된다는 생각에 서둘러 양팔을 넓게 벌리며 외쳤다.

"지금 그 말 무르시기 없기! 저한테 하나 빚지신 거예요? 자, 빚이여, 오라! 어서!"

— 으음…, 뭐 괜찮으려나.

신은 초탈한 듯한 목소리로 중얼거리더니 짧게 한숨을 내쉬었다.

갑자기 내 눈앞에 뿌옇게 안개가 끼었다. 영혼의 등장이다.

— 네 바람대로 예의범절에 통달한, 품위 있고 고상한 여성의 영혼이다. 이 영혼도 자기가 원하는 상대에게 마지막으로 식사를 대접하고 싶다는구나. 잘 부탁한다.

"이러니저러니 해도 이번이 벌써 세 번째인 걸요. 안심하고 저만 믿으세요."

나는 자신 있게 호언장담했다.

청초하고 단아한 여성에게 내 몸을 빌려준다고 생각하니 가슴이 두근거렸다.

안개가 서서히 한곳으로 모여들더니 이윽고 사람의 형태를 완성했다.

등을 꼿꼿하게 세우고 바르게 선 자세, 눈처럼 하얀 피부. 게다가 입고 있는 옷은 무려 기모노였다.

"오오…."

기대감이 고조되었다.

갸름한 턱선, 단정하게 틀어올린 머리, 그리고… 품위 있는 주름.

"어… 어?"

마침내 모습을 드러낸 영혼은, 시선을 도도하게 내리깔고 턱은 높이 치켜든 채 이쪽을 찬찬히 뜯어보고 있는… 할머니였다.

"하아…?"

『이런, 남자분이시군요.』

어딘지 모르게 상류층의 분위기가 느껴지는 할머니는 영 마음에 들지 않는다는 투로 중얼거리며 눈썹을 찌푸렸다.

『뭐 어쩔 수 없죠. 이런 거 저런 거 다 따지다가는 아무것도 못 할 테니까.』

할머니는 천천히 치마 끝단을 걷어올린 후 고개를 들어 이쪽을 똑바로 응시하더니 무시무시한 속도로 돌진해왔다. 상대가 노인이라는 사실이 믿기지 않을 정도로 엄청난 속도였다.

"이…."

『하앗!』

쿵, 하는 충돌음이 울리고.

(어머, 키가 크네요. 천장에 머리 부딪히거나 하지 않아요?)

머릿속에서 할머니의 목소리가 들리고.

"이건 사기야!"

나는 처절하게 부르짖었다.

— 딱히 젊은 여자를 원한다고는 말하지 않았잖느냐.

등 뒤에서 들릴 듯 말 듯 변명하는 신의 목소리가 들렸다.

…◆…

이번에 빙의한 할머니는 성은 토키와, 이름은 우메노라고 하며—본인이 굳이 이런 식으로 자신을 소개했다—나는 감사하게도 할머니를 '우메노 씨'라고 부르는 영광을 누리게 되었다. 우메노 씨의 집안은 대대로 변호사와 의사를 많이 배출했을 뿐만 아니라 그 뿌리를 거슬러 올라가면 무려 왕족의 혈통과도 이어지는 굉장한 명문가라고 했다.

(내 아들 아키히데는 도무지 흠이라고는 찾아볼 수 없는 완벽한 아이였어요. 성격이 밝고 온화하며 근면 성실한 데다가 의사로서의 자질도 뛰어난, 정말이지 토키와 가문의 이름에 걸맞은 멋진 남자였지요.)

"아, 네… 그러셨군요…."

아키히데 씨는 우메노 씨가 마흔이 다 되어 낳은 아이였다. 요즘에는 마흔 넘어 아이를 낳는 일이 흔하지만 당시로서는 보기 드문 고령 출산이었다. 그러다 보니 우메노 씨는 아들을 금지옥엽으로 애지중지하며 키웠다.

온화한 성격과 명석한 두뇌를 가진 아키히데 씨는 의사로서 크게 성공했지만 마흔이 넘도록 결혼을 하지 않았다. 옆에서 그 모습을 지켜보던 우메노 씨가 팔을 걷어붙이고 나서려던 바로 그때, 아키히데 씨가 스물이 갓 넘은—시호와 같은 또래다—백수 아가씨를 데려왔다.

우메노 씨는 네가 지금 그 여자한테 속고 있는 거라고, 이 결혼은 망하게 되어 있다면서 결사반대했지만 아키히데 씨는 끝내 자기 뜻을 굽히지 않았고, 두 사람은 1년 전에 결혼했다. 그리하여 우메노 씨는 아들 부부와 내키지 않는 동거 생활을 시작하게 되었는데 석 달 전에 걸린 감기가 폐렴으로 발전하는 바람에 어이없이 숨을 거두고 말았다.

(내가 억울해서 죽으려야 죽을 수가 없겠더라고요. 속이 풀릴 때까지 그 아이를 구박하고 괴롭히다가 그게 질리면 천천히 갈 생각이었는데.)

"헉…."

아침 드라마에 나오는 전형적인 시어머니 같은 발언에 입이 딱 벌어졌다.

우메노 씨의 미련은 당연히 토키에 씨처럼 사랑하는 아들에게 마지막으로 좋아하는 음식을 만들어주고 싶다는 것일 줄 알았는데 설마 며느리를 저주하고 싶어서 이승에 남아 있는 건가?

"저… 우메노 씨께서는 어느 분께 어떤 음식을 대접하고자 하시는 건지요…?"

내가 우메노 씨의 진의를 파악하고자 에둘러 질문을 던졌을 때, 우리는 테시오야의 뒷문에 도착했다. 긴지 씨의 가르침을 받은 후부터 출입 시에는 뒷문을 이용하고 있었다.

우메노 씨는 차가운 알루미늄 손잡이를 돌리며 딱 잘라 대답했다.

(물론 상대는 마리카, 제 며느리입니다.)

"아, 네… 그러시군요…."

(메뉴는… 글쎄요. 역시 찬밥에 돈지루가 좋겠네요.)

"찬밥이요?"

날이 이렇게 추운데 찬밥이라니.

돈지루는 괜찮다고 쳐도…. 아니, 어쩌면 돼지고기가 들어간 돈지루를 냄으로써 '이 암퇘지 같은 것'이라고 돌려 까겠다는 건가? 아니면 더 직접적으로 돈지루에 걸레 빤 물 같은 걸 집어 넣을 생각인 건가? 정말 그런 거면 어쩌지?

'무슨 일이 있어도 걸레 빤 물은 넣지 못하게 옆에서 내가 말리는 수밖에!'

비장한 각오를 다지는 내 마음을 아는지 모르는지 우메노 씨는 묵묵히 소매를 걷어올렸다.

(그럼 잘 부탁해요.)

"아, 네!"

고분고분한 대답과 함께 내 손은 가장 먼저 쌀을 씻기 시작했다.

우메노 씨는 만성 관절염 때문에 장시간 몸을 움직이기가 힘들다고 했다. 그래서 토키에 씨나 긴지 씨 때처럼 처음부터 끝까지 내 몸을 계속 조종하지는 않았다.

대신 운동부 호랑이 코치 저리 가라 할 정도로 무섭게 버티고 서서 쉴 틈 없이 지시를 날렸다.

(쌀을 으깰 셈이에요? 좀 더 힘을 빼고 부드럽게!)

"네!"

(칼 잡는 방법이 틀렸잖아요! 우엉의 섬유질 방향을 생각해야죠!)

"네! 죄송합니다!"

오랜 경험과 연륜에서 우러나오는 강력한 카리스마 앞에서 반항할 여지 따위는 없었다. 결혼 후 한집에 살면서 아마도 이런 식의 괴롭힘…이 아니라 지도를 받았을 마리카 씨가 불쌍하게 느껴졌다.

하지만 지시 자체는 군더더기 없이 간결하고 명확했다.

내 손은 우메노 씨가 지시하는 대로 쌀을 씻어서 밥을 안치고—이번에도 뚝배기를 사용했다—돈지루에 넣을 재료를 준비하기 시작했다.

우엉은 어슷썰기. 무와 당근은 크게 십자썰기. 뜨거운 물에 살짝 데친 곤약은 식감을 즐길 수 있도록 손으로 찢어두고 대파, 버섯, 유부, 돼지고기를 준비한 다음 마늘과 생강을 다져서….

우와, 이렇게 다양한 재료가 들어간다고?

여기에 걸레 빤 물이 추가될지 어떨지는 모르겠지만 아무튼 국 하나 끓이는 데 엄청난 수고가 들어간다는 건 확실했다.

돼지고기와 우엉이 다 볶아진 것을 확인한 우메노 씨는 나머지 재료를 전부 다 넣고 바닥부터 잘 저어주라고 지시했다.

웍을 가볍게 흔들자 돼지고기 기름이 바닥에 고르게 퍼졌다. 조명 아래에서 반짝반짝 빛나는 기름이 아름다워 보일 지경이었다.

거기에 소금과 가다랑어포와 다시마로 낸 육수를 조금 부었다.

"어, 이만큼밖에 안 넣는다고요?"

(맞아요. 야채를 쪄야 하니까 어서 뚜껑을 닫으세요.)

당연히 물을 가득 넣고 끓일 거라고 생각했는데 물은 바닥이 타지 않을 정도로 약간만 넣고 야채를 찌는 것이 우메노 씨의 방식이라고 했다.

(물을 많이 넣을 필요는 없어요. 야채에서 나오는 수분을 이용해서 찌면 재료 본연의 단맛이 저절로 우러나게 됩니다.)

어쩐지 그 말이 야채조차도 응석을 받아주면 안 된다는 훈계처럼 들려서 몸이 움츠러들었다.

뚜껑을 덮고 한참을 찌자 이윽고 다시마 육수 냄새와 야채의 달콤한 향기가 올라오기 시작했다. 우메노 씨는 물방울이 송골송골 맺힌 뚜껑을 열고 안에 든 재료가 푹 쪄진 것을 확인하더니 내게 물을 더 넣으라고 지시했다. 재료가 다 잠길 정도가 아니라 그보다 조금 적게 넣는 것이 포인트라고 했다.

그리고 다시 한소끔 끓였다. 육수에 반짝반짝 빛나는 돼지고기 기름과 야채의 감칠맛이 배어나왔다.

나는 직감했다. 이건 무조건 맛있을 수밖에 없다고.

침이 꼴깍 넘어갔다. 한 입 맛을 보고 나도 모르게 탄성을 내질렀다.

"음!"

푹 쪄진 야채의 단맛과 돼지고기의 기름진 맛이 조화롭게 어우러지고, 육수의 감칠맛이 전체를 부드럽게 감싸 안았다. 정말로 맛있는 음식은 입에 넣는 순간 침이 솟는다는 사실을 처음 알았다.

불을 끄고 냄비가 조금 식은 후에 마지막으로 된장을 풀어넣었다.

덩어리가 지지 않게 잘 저어주면 완성이다.

"시식해봐도 되나요?"

(…벌써 그릇에 덜고 있으면서 나한테 허락을 구하는 의미가 있나요?)

우메노 씨는 미간을 찌푸렸지만 나는 개의치 않고 한 그릇 가득 떴다.

젓가락을 집어 들고 잘 먹겠습니다, 하고 말하기가 무섭게 그릇을 기울여 허겁지겁 입에 쓸어 넣었다.

"맛있다…!"

그야말로 천상의 맛이었다. 무가 생각보다 훨씬 더 뜨거워서 혀를 델 뻔했다.

가장 먼저 입 안을 채우는 것은 뜨겁게 달궈진 참기름과 된장의 향기.

육수를 빨아들인 뿌리채소는 씹으면 씹을수록 감칠맛이 우러났고, 푹 끓여진 대파가 사이사이에 달콤함을 더해주었다.

손으로 자른 곤약에도 국물 맛이 딱 적당하게 배어 있었다. 은은한 마늘 향을 풍기는 돼지고기를 한 입 씹으니 섬유질이 부드럽게 끊기는 느낌과 함께 지방의 농후한 맛이 흘러나왔다.

한 그릇 더. 딱 한 그릇만 더 먹고 싶다….

눈 깜짝할 사이에 그릇을 뚝딱 비운 나는 미련이 뚝뚝 떨어지는 눈으로 냄비를 쳐다보았다.

바로 그때.

"실례합니다."

밝고 귀여운 목소리와 함께 드르륵 가게 문이 열리고,

"아직 영업 중인가요?"

마스크를 쓴 젊은 여성, 마리카 씨가 가게 안으로 들어왔다.

…◆…

마리카 씨는 입구에 서서 코트와 마스크를 벗은 다음 나를 보며 활짝 웃었다.

"간판에 불이 켜져 있어서 일단 들어왔는데요…, 간단한 거라도 괜찮으니 주문 가능할까요?"

갈색이라기보다는 금발에 가깝게 탈색한 머리와 귀를 뒤덮은 수많은 피어스들. 눈가는 진하고 굵은 아이라인과 풍성한 인조 속눈썹으로 둘러싸여 있었고, 입술은 립글로스로 번들거렸다.

한마디로 말해서 '노는 애'.

이런 조용한 주택가보다는 시부야나 이케부쿠로 같은 번화가의 밤거리가 더 잘 어울리는 타입이었다.

"아, 네, 물론 가능합니다. 들어와서 편한 자리에 앉으세요."

"다행이다."

당황해서 허둥지둥 대답하자 마리카 씨는 내 앞으로 다가와 서 앉았다.

그러고는 내가 내민 따뜻한 물수건을 "감사합니다" 하고 반 갑게 받아들며 안도의 한숨을 내쉬었다.

"집에 도착하기도 전에 이대로 길바닥에 쓰러져 죽는 줄 알 았어요. 아아, 따뜻한 물수건 너무 좋다!"

"아하하…, 다행이네요."

이러니 우메노 씨와 잘 맞을 리가 없지. 손님에게 실례이긴 하지만 이것이 나의 솔직한 심정이었다. 나는 이제 조금 익숙해 진 안내 멘트를 읊었다.

"어… 대단히 죄송하지만 저희가 현재 영업 중이기는 한데 사정이 좀 있어서 주문 가능한 메뉴가 한정되어 있습니다."

"아, 전혀 상관없어요. 저는 밥이랑 된장국 세트 같은 심플한 메뉴면 충분하거든요. 그냥 배에 뭐라도 좀 집어넣어야겠다는 거라서요."

"밥이랑 된장국? 밥이랑 된장국 세트가 좋으시다고요? 그것 참 잘됐네요."

나는 무의미하게 했던 말을 다시 반복하며 내심 휴 하고 가 슴을 쓸어내렸다.

우메노 씨가 찬밥과 돈지루만 준비하겠다고 했을 때는 가게 에 남아 있는 반찬이라도 몰래 꺼내 와야겠다고 생각했는데 다행히 그럴 필요는 없어 보였다.

(정말이지 이 아이의 품위 없는 말투는 여전하네요. 자, 테츠시 씨, 오늘 메뉴는 돈지루랑 찬밥이라고 어서 말해주세요.)

머릿속에서 미간을 찌푸린 우메노 씨가 재촉했다.

내 입으로 손님한테 찬밥을 내겠다고 말하라고? 내키지 않았지만 우메노 씨는 뜻을 굽힐 생각이 전혀 없어 보였기 때문에 어쩔 수 없이 입을 열었다.

"어, 그러시다면… 돈지루 세트는 어떠신가요? 밥은 뚝배기로 갓 지은 따끈따끈한 밥과 찬밥 중에서 고르실 수 있습니다."

양심의 가책을 느낀 나는 마리카 씨에게 최소한의 선택지를 제시했다. 이렇게 추운 날 일부러 식당까지 와서 찬밥을 먹고 싶어 할 사람이 어디 있겠는가.

하지만….

"돈지루에… 찬밥이요?"

마리카 씨는 눈이 동그래졌다가 이내 활싹 웃으며,

"그럼 전 찬밥으로 주세요!"

한 치의 망설임도 없이 찬밥을 선택했다.

모락모락 김이 오르는 돈지루와, 뚝배기에서 덜어내 냉장고에 넣어두었던 밥. 그리고 추가로 장아찌를 준비했다.

주방에서 그릇을 바로 카운터에 내려놓으려고 하자 누가 뒤에서 잡아당기는 느낌이 드는가 싶더니 그대로 우메노 씨에게 몸의 주도권을 빼앗겨버렸다.

(쟁반이 있으니까 쟁반을 사용하세요.)

우메노 씨가 짧게 한마디했다.

카운터석의 이점을 살리지 못하는 것은 불만이었지만 나는 딱히 불평하지 않고—단둘이 있는 상황에서 내가 혼잣말을 하면 손님이 무서워할 테니까—순순히 쟁반에 그릇들을 옮겨 담았다.

양손으로 쟁반을 받쳐 들고 홀로 나갔다.

마리카 씨 뒤쪽 테이블에 쟁반을 내려놓은 다음 조심스럽게 국그릇과 밥그릇을 들어올리는 내 손을 보고 조금 놀랐다.

뭔가 정갈하고 아름다웠다.

양손으로 그릇을 들어 테이블 위에 내려놓기 직전에 왼손을 거둔다. 소리가 나지 않도록 그릇을 살며시 내려놓으며 마지막에 오른손을 뺀다. 이때 왼손으로 오른쪽 손목을 받치는 것은 소매가 그릇에 닿지 않도록 하기 위해서인 듯했다.

밥은 왼쪽, 국은 오른쪽. 장아찌는 밥그릇과 국그릇 사이 조금 안쪽으로.

시호에게 귀에 딱지가 앉도록 들어서 거의 외우다시피 한 말이지만 실제로 정확하게 같은 간격으로 놓인 그릇들을 보니 뭐랄까 소박한 품격이 느껴졌다.

"…"

마리카 씨는 살짝 놀란 듯한 얼굴로 뭔가 중얼거렸다.

"네?"

제대로 듣지 못한 내가 되묻자 아무것도 아니라는 듯 웃으며 "잘 먹겠습니다"라고 했다.

자세히 보니 마리카 씨가 젓가락을 쥐는 방식은 거의 완벽에 가까웠다.

오른손으로 젓가락을 들어 왼손으로 한번 받쳤다가 그대로 오른손을 미끄러트리면서 고쳐 쥐었다. 가지런히 모인 손끝과 물 흐르듯 이어지는 동작이 마치 하나의 의식을 보고 있는 것 같았다.

화려한 겉모습과 가벼운 말투를 보고 소위 노는 부류임이 틀림없다고 생각한 마리카 씨가 갑자기 귀한 집 아가씨 같아 보여서 가슴이 두근거렸다.

첫인상과는 다르게 기본적인 예의범절은 제대로 갖추고 있는 듯했다.

주방으로 돌아가면서 그런 생각을 하고 있으려니 마치 내 마음을 읽기라도 한 듯 우메노 씨가 가볍게 코웃음을 쳤다.

(흥, 이제야 겨우 젓가락을 제대로 잡을 수 있게 되었나 보네요. 저거 하나 가르치느라 얼마나 고생했는지.)

과거에 우메노 씨가 마리카 씨에게 직접 젓가락 잡는 법을 가르쳐준 모양이었다.

그냥 솔직하게 잘했다고 칭찬해주면 좋을 텐데. 나는 안쓰러운 마음에 슬쩍 고개를 돌려 마리카 씨를 쳐다보았다.

마리카 씨는 젓가락을 든 채 가만히 그릇을 내려다보고 있었다.

"왜 그러시죠?"

역시 찬밥을 실물로 놓고 보니 식욕이 사라진 걸까.

걱정이 된 내가 묻자 마리카 씨는 화들짝 놀라 손을 내저었다.

"네? 아, 아니에요!"

그러면서 아무것도 아니라는 듯 활짝 웃었지만, 그 미소는 어딘지 모르게 어색해 보였다.

뭔가 마음에 들지 않는 게 있나? 예를 들어 싫어하는 재료가 들어가 있다든지….

설마 우메노 씨가 마리카 씨를 괴롭히기 위해 일부러 싫어하는 재료를 집어넣은 건가?

그럴 가능성도 배제할 수 없었기에 나는 조심스럽게 물어보았다.

"혹시 못 먹는 재료가 있으신가요?"

하지만 마리카 씨는 고개를 붕붕 저었다.

"아니요, 다 제가 좋아하는 것들이에요. 무도 당근도 다 제가 좋아하는, 거라서…."

그래서….

목소리가 점점 작아지는가 싶더니 이윽고 아예 끊겨버렸다.

이유는 알 수 없지만 갑자기 눈시울을 붉히는 마리카 씨를 보고 나는 적잖이 당황했다.

당황한 나를 본 마리카 씨가 어색하게 웃으며 얼버무렸다.

"아하하, 죄송해요. 너무 맛있어 보여서 제가 좀 흥분했나봐요."

마리카 씨는 들고 있던 젓가락을 다시 내려놓고 배를 쓰다듬으며 내게 물었다.

"저기 있잖아요… 아저씨, 예절 교육 같은 거 정식으로 배운 적 있죠?"

뜬금없는 질문이었다.

"예절 교육이요?"

배운 적이 있기는커녕 그런 게 있다는 사실조차 몰랐다.

내가 어리둥절한 표정으로 고개를 젓자 마리카 씨는 예상이 빗나가서 실망한 듯 입을 삐죽 내밀었다.

"정말로요? 그럼 집에서 배웠어요? 부모님이 완전 제대로 가르쳐주셨나 보네요."

마치 내가 예법을 완전히 마스터했다고 단정짓는 듯한 말투였다. 내가 고개를 갸웃거리자 마리카 씨는 하나하나 근거를 들어가며 설명했다.

"밥은 왼쪽, 국은 오른쪽. 이 성노는 상식이라고 하지만 막상 식당에 가보면 그런 거 상관없이 그냥 막 내려놓는 곳들도 많거든요. 쟁반 드는 것도 그렇고 그릇 내려놓는 것도 그렇고, 지금처럼 손을 모으고 있을 때 왼손을 위로 하는 것도 아저씨는 그냥 자연스럽게 되잖아요. 진짜 멋져요."

"그, 그런가요? 저는 그냥 무의식적으로 그렇게 했달까… 그런 규범이 있다는 것도 몰랐네요."

모두 내가 아니라 우메노 씨가 한 행동이었으니까.

무의식중에 모으고 있던 두 손을 황급히 뗐다. 마리카 씨는 내게 그 동작들의 의미를 설명해주었다.

밥을 왼쪽에 놓는 것은 그렇게 하면 오른손에 젓가락을 쥔 상태에서 밥그릇을 집어들기가 편하니까. 쟁반을 내려놓을 때 우선 끄트머리를 테이블에 살짝 가져다 댄 후 왼쪽과 오른쪽을 차례로 내리는 것은 그렇게 하면 한 번에 그릇을 내렸놓았을 때처럼 손님 쪽으로 바람이 이는 것을 막을 수 있으니까.

손을 모을 때 왼손을 위로 하는 것은 검을 쥔 오른손을 덮음으로써—예법이 확립된 것은 과거 무사들의 시대였다고 한다—당신을 해치지 않겠다는 의사를 전달하기 위해서.

식사 예절부터 서 있는 자세라든지 사소한 동작 하나하나에 이르기까지 무엇을 하든 항상 상대를 배려해서 움직이는 것. 그것이 바로 예법의 기본이라고 했다.

"고루하다고 하면 고루하다고 볼 수도 있겠지만… 그게 다 전통이고 문화인 거잖아요."

마리카 씨는 아무렇지 않게 말했지만 내가 보기에는 그런 걸 알고 있는 마리카 씨가 더 굉장해 보였다.

그러고 보면 마리카 씨는 겉모습은 화려하지만 처음 가게에 들어왔을 때 입고 있던 코트는 먼지가 날리지 않도록 입구에서 벗어서 들고 들어왔고, 사람을 앞에 두고 핸드폰을 만지작거리지도 않았다. 카운터에 핸드폰을 내려놓지 않는 것 하나만 봐도 요즘 젊은 사람들과는 달리 매너가 몸에 배어 있다는 느낌이었다.

"마리… 아니, 손님이야말로 예법에 빠삭하신 것 같은데요."

"아니에요, 저는 그냥 대충 아는 척하는 것뿐이에요."

마리카 씨는 웃으며 손을 내젓더니 갑자기 입을 다물었다.

그러고는 쓸쓸한 눈빛으로 자기 앞에 놓인 돈지루를 내려다보며 중얼거렸다.

"…저희 시어머니가 완전 스파르타셨거든요."

우메노 씨 얘기였다.

나는 어떻게 반응하면 좋을지 몰라 가만히 있었다.

"하하, 죄송해요. 저도 참 주책이네요."

마리카 씨는 민망했는지 서둘러 고개를 숙이며 양손으로 돈지루 그릇을 들어올렸다.

"음식은 역시 식기 전에 먹어야겠죠? 잘 먹겠습니다."

마리카 씨가 돈지루를 소리 없이 한 모금 마셨다.

다음 순간, 풍성한 인조 속눈썹으로 둘러싸인 눈동자가 크게 벌어졌다.

아까 시식을 마친 나는 알 수 있었다.

지금 마리카 씨의 입 안에서는 돼지고기와 야채를 비롯한 각종 재료가 혼연일체가 되어 엄청난 맛의 대향연이 펼쳐지고 있으리라는 사실을.

진한 국물이 꽁꽁 얼어붙은 목을 통과해 속에서부터 따뜻하게 데워주고 있을 것이다. 실제로 은은한 마늘 향이 주위를 가득 채울 즈음에는 마리카 씨의 안색도 눈에 띄게 좋아졌다. 볼에 혈색이 돌고 코끝이 살짝 발그레해졌다.

아니다.

자세히 보니 눈가가 제일 빨갰다.

"아…."

마리카 씨가 국그릇을 입에 갖다 댄 채 작게 탄식했다.

그릇을 움켜쥔 두 손이 희미하게 떨렸다.

"어떡해…."

마리카 씨가 더 이상 못 참겠다는 듯 나직하게 내뱉자 기다렸다는 듯 눈물이 뚝 하고 떨어졌다.

립스틱이 예쁘게 발린 입술을 꾹 깨물었지만 콧구멍이 벌름거리고 눈물이 쉬지 않고 흘러내렸다.

"아… 진짜…."

마리카 씨는 끅끅 흐느끼며 국그릇을 내려놓았다.

그러고는 황급히 옆에 놓인 물수건을 집어 거기에 얼굴을 묻더니 힝 하고 강아지가 우는 것 같은 소리를 냈다.

그리고 내가 잘못 들은 게 아니라면,

엄마….

하고 들릴락 말락 한 목소리로 중얼거렸다.

갑작스러운 여자의 눈물. 이보다 더 남자를 당황하게 만드는 것이 또 있을까.

내가 어찌할 바를 몰라 허둥대자 당황한 분위기가 전해졌는지 마리카 씨가 고개를 숙인 채 한쪽 손을 들어 보였다.

"죄…송해요, 갑자기. 하아… 참으려고, 하는데… 이게 잘, 안 되네요…."

어떻게든 웃어보려고 하는데 생각과는 달리 눈물이 멈추지 않는 모양이었다.

마리카 씨는 결국 참지 못하고 어깨를 들썩이며 오열했다.

"이상하네, 오늘 왜 이러지…."

흑흑 흐느끼면서 누구에게랄 것도 없이 혼자 투덜거렸다.

그 모습을 말없이 지켜보던 우메노 씨가 마리카 씨에게 뜨거운 차를 내밀었다.

찻잔을 받아들고 후후 불어가며 천천히 마시자 조금 진정이 된 듯했다.

마리카 씨는 코를 훌쩍이며 새빨개진 눈으로 고개를 들었다.

"죄송…합니다. 지금 좀… 호르몬 밸런스가 깨져서, 눈물이 잘 나는 시기거든요. 그러니까, 하하, 신경 쓰지 마세요."

여성 호르몬 주기와 관련된 문제라는 선가?

나는 곤혹스러움을 감추지 못한 채 웅얼거리며 대답했다.

"아, 네…. 음식이나 저 때문에 우시는 게 아니라면 다행입니다만…."

"가게랑은 전혀 상관없어요! …아, 아닌가? 생각해보면 어느 정도는 아저씨 때문인 것 같기도 하네요."

"네?"

생각지도 못한 대답에 내가 화들짝 놀라자 마리카 씨는 우는 듯한 얼굴로 웃으며 이렇게 말했다.

"아저씨가 만들어준 이 돈지루에서… 우리 엄마 돈지루랑 똑같은 맛이 났거든요."

똑같은 맛.

그제야 이 상황이 이해가 갔다.

마리카 씨는 정확하게 알아챈 것이다. 이것이 우메노 씨가 만든 돈지루라는 걸.

요리에는 아무 문제가 없었다. 마리카 씨는 그저 우메노 씨의 요리를 다시 한번 맛볼 수 있다는 사실에 감동해서 울음을 터뜨린 것이다.

"아… 맛이 그렇게 비슷했나요?"

우메노 씨 쪽으로 화제를 돌려볼 요량으로 슬쩍 말을 건네자 마리카 씨는 이쪽을 똑바로 쳐다보며 대답했다.

"네, 정확히는 엄마가 아니라 시엄마지만요. 아까 말했던 완전 스파르타인 시어머니요."

"결혼을 일찍 하셨나 보네요. 아직 젊으신 것 같은데."

"하하, 그런 말 자주 들어요. 남편이랑 나이 차이가 많이 나거든요. 그래서 결혼할 때 주위에서 다들 반대했었어요."

마리카 씨는 당연히 내가 아무것도 모른다고 생각하는 것 같았다.

조용한 가게 안. 어두운 조명.

그리고 일부러 강한 척하지 않아도 된다고 다독여주는 듯한 뜨끈한 돈지루.

그런 것들이 우리 사이의 어색함과 긴장감을 덜어준 덕분인지 마리카 씨는 나에게 천천히 자신의 이야기를 들려주었다.

"저는 말이죠, 어렸을 때 부모님이 이혼해서 그때부터 엇나가기 시작했어요. 고등학생 때까지 놀기만 하다가 대학도 안 가고 그냥 알바나 하면서 적당히 먹고살았죠."

꿈 같은 건 없었다. 하고 싶은 것도 없었다. 다만 재혼한 엄마가 데려온 새 가족들과 잘 맞지 않았기 때문에 하루빨리 집에서 나가야겠다는 생각뿐이었다.

남편과 처음 만난 것은 아르바이트를 하던 편의점에서였다. 의사인 아키히데 씨는 병원 근처에 있는 그 편의점에 자주 왔다. 항상 피곤하고 지쳐 보이는 아키히데 씨에게 마리카 씨는 자기가 가지고 있던 초콜릿을 나눠 주었고, 그 일을 계기로 조금씩 대화를 나누게 되었다.

자기와는 달리 제대로 된 가정에서 자란 남자. 마리카 씨는 아키히데 씨에게 반감과 호감을 동시에 느꼈고, 시간이 지남에 따라 후자의 비중이 점점 더 커져갔다.

"뭐랄까 걸어 다니는 포용력 같은 사람이거든요. 갑자기 남편 자랑을 해서 죄송해요, 헤헤. 그래서 히데 씨, 그러니까 남편이 진지한 얼굴로 자기랑 결혼해달라고 했을 때 저도 모르게 고개를 끄덕여버렸어요."

한없이 달콤하기만 한 꿈 같은 나날들.

하지만 상견례를 하고 예물을 교환하는 단계에 이르러 마리카 씨는 한 가지 난관에 부딪히게 된다.

바로 아키히데 씨의 어머니, 우메노 씨의 존재였다.

"진짜 완전 시어머니의 전형이라고 할 수 있는 분이시거든요. 왜 드라마 보면 며느리 앞에서 창틀을 손가락으로 쓱 쓸어본다든지 '이 도둑고양이 같은 년!' 하고 소리치는 장면이 나오잖아요. 딱 그런 느낌이었어요."

우메노 씨와 처음 만났을 때 생각이 났는지 혼자서 히죽거리는 마리카 씨를 보고 내 안에 있는 우메노 씨가 어이없다는 듯 투덜거렸다.

(난 창틀을 손가락으로 쓸어본 적도 없고 그런 말을 한 적도 없어요. 얘가 지금 무슨 소리를 하는 거람.)

가문과 집안에 자부심을 가지고 하나뿐인 아들을 소중히 키워온 우메노 씨는 여러모로 많이 부족한 며느리인 마리카 씨를 엄격하게 훈련시켰다.

인사나 자세 같은 기본적인 것부터 시작해서 청소하는 법과 옷 고르는 법에 이르기까지 모든 것을 꼼꼼하게 가르쳤고, 특히 아키히데 씨가 먹게 될 요리에 관해서는 한 치의 양보도 없이 완벽을 요구했다.

"지금도 기억나요. 부엌에 들어간 첫날은 젓가락 쥐는 법이 잘못되었다고 요리용 젓가락을 만지지도 못하게 하셨어요. 육수 내는 법, 칼 가는 법을 배우면서는 내가 지금 21세기가 아니라 20세기를 살고 있는 건가 싶더라고요."

마리카 씨는 눈앞에 놓인 젓가락을 보며 엷은 미소를 지었다.

신기하게도 시어머니에게 구박당한 이야기를 하는 마리카 씨의 표정은 진심으로 즐거워 보였다.

"딱히 피학적인 성향이 있다거나 그런 건 아니지만… 전 그런 게 좋았어요. 아, 그래, 원래는 다들 이런 식으로 엄마한테 배우는 거구나 싶었죠."

내 안에서 우메노 씨가 놀란 듯 짧게 숨을 들이마셨다.

아까부터 물끄러미 젓가락만 내려다보고 있는 마리카 씨는 눈치채지 못한 것 같았다.

"게다가 우리 시엄마는 겉으로는 아닌 척하면서 사실은 엄청 챙겨주는 스타일이셨거든요."

"챙겨줬다고요?"

우메노 씨의 이미지와는 전혀 어울리지 않는 단어에 나도 모르게 되묻자 마리카 씨가 쿡쿡 웃었다.

"네. 예를 들어 저를 많이 혼내신 날은 밤에 혼자 반성하시더라고요. 바닥에 오뚝이를 앉혀놓고 그 앞에 무릎 꿇고 앉아서 '미… 미안, 미안하다. 아니지, 내가 왜 사과를 해야 하는데, 흥' 이렇게 혼자서 막 중얼중얼하시는데 어찌나 웃기던지. 지나가다가 우연히 그 모습을 보고 웃음을 참느라 혼났어요."

귓불이 뜨거워졌다. 우메노 씨의 얼굴이 확 달아올랐기 때문이리라.

"그리고 제가 싫어하는 음식은 조리법을 바꿔서 어떻게든 제가 먹을 수 있게 해주셨어요. 제가 비염이라는 걸 아시고는 집 안 곳곳에 놓인 꽃들의 꽃가루를 전부 다 깨끗이 닦아내셨고, 제 몸 상태가 안 좋은 날은 삼키기 쉬운 죽을 만들어주셨어요."

어떤 음식을 싫어하는지 마리카 씨가 자기 입으로 직접 말한 적은 한 번도 없었다. 하지만 우메노 씨는 마리카 씨의 미묘한 표정 변화나 먹는 속도를 보고 매번 귀신같이 알아챘다.

좋아하는 음식은 무엇이고 싫어하는 음식은 무엇인지, 지금 춥다고 느끼는지 덥다고 느끼는지, 상태는 어떻고 기분은 어떤지, 그런 것들을 당사자인 아키히데 씨나 마리카 씨보다 더 먼저 알아채고 두 사람이 불편하지 않도록 살뜰하게 챙겨주었다. 그런 점이 정말로 대단하다고 생각했고… 이루 말할 수 없이 기뻤다.

마리카 씨는 고개를 숙인 채 작게 중얼거렸다.

"저는요, 저희 시엄마를 아주 많이 좋아했어요."

그러면서 또다시 눈물을 뚝뚝 흘렸다.

"진짜 좋아했고 동경했어요. 저도 그렇게 되고 싶었어요. 자기 아이를 누구보다 사랑하고, 무엇이든 완벽하게 해내고, 뭐든지 바로 알아채는, 그런 엄마가…."

마리카 씨는 "그런데…" 하고 코를 훌쩍였다.

"시엄마는 뭐든 다 알고 있었는데… 저는… 둔해 빠져서. 시엄마가 아픈 것도… 전혀 몰랐어요."

마리카 씨가 손으로 눈물을 쓱 닦더니 우는 얼굴을 보이기가 싫었는지 머리카락을 앞으로 잡아당겨 얼굴을 가렸다.

"저희 시엄마는요, 처음에는 그냥 감기였는데… 그게 심해져서 폐렴이 되는 바람에 돌아가셨어요. 눈 깜짝할 사이에요. 불과 며칠 전까지만 해도 완전 멀쩡하셨는데. 음식의 간이 너무 짜다고 평소처럼 불만을 늘어놓으셨는데…."

하필이면 우메노 씨가 처음 감기에 걸렸을 때, 아키히데 씨는 병원 일이 바빠서 계속 집에 돌아오지 못하고 있었다. 마리카 씨는 우메노 씨에게 병원에 가서 진찰을 받아보자고 몇 번이고 권했지만 우메노 씨는 고작 감기 따위로 의사 선생님을 귀찮게 할 수 없다며 버텼다.

게다가 이윽고 기침이 심해지자 마리카 씨의 간병마저 거부했다.

둔하고 굼뜬 며느리가 옆에 있으면 편히 쉴 수 없다면서.

"저는 그 말을 듣고 충격을 받아서 하루 종일 시엄마랑 말도 안 했어요. 그게 진심이었을 리 없는데…. 그냥 저한테 감기가 옮을까봐 걱정돼서 그렇게 말한 거라고… 알아차렸어야 했는데…!"

(…배 속의 아이에게 옮기라도 하면 큰일이니까.)

머릿속에서 우메노 씨가 혼잣말처럼 중얼거렸다.

나는 그 말을 듣고 화들짝 놀라 고개를 들었다.

목구멍에 걸린 생선 가시처럼 찜찜하게 남아 잇던 의문들이 순식간에 풀렸다.

집에 도착하기도 전에 길바닥에 쓰러져 죽는 줄 알았다며 가게 문을 열고 들어온 마리카 씨. 따뜻한 밥을 놔두고 굳이 찬 밥을 주문한 이유. 호르몬 밸런스가 깨져서 눈물이 잘 나는 시기라고 했던 말.

마리카 씨는 지금 임신한 상태였던 것이다.

울어서 눈이 빨개진 마리카 씨가 바로 자기 입으로 설명해주었다.

"시엄마가 감기에 걸린 게… 제 임신 사실을 알게 된 직후였거든요. 그래서 시엄마는 저랑 아기한테 옮을까봐 걱정이 돼서 저를 밀어내신 걸 거예요."

하지만, 하고 마리카 씨는 말을 이었다. 얼굴을 잔뜩 구긴 채 눈물을 펑펑 쏟으면서.

"하지만, 저는 그래도 간병을… 하고 싶었어요. 방이 충분히 따뜻한지 살펴보고, 영양가 있는 음식을 만들어드리고, 등도 쓸어드리고…. 시엄마가 늘 제게 해준 것처럼, 옆에서 챙기고… 보살펴드리고… 싶었…."

마리카 씨는 말을 맺지 못했다.

조용한 가게 안에 가슴 아픈 흐느낌이 울려 퍼졌다.

그 모습을 가만히 쳐다보던 우메노 씨가 중얼거렸다.

(…바보 같죠?)

낮게 가라앉은 목소리였다.

(정말 바보 같은 아이라니까요. 뭐 하나를 가르치면 그것밖에 할 줄 모르는 아이다 보니 내가 죽고부터는 허구한 날 내 무덤

에 꽃이랑 과일을 들고 오지 뭐예요. 날이 이렇게 추운데. 오늘 같이 좋은 날은 즐겁게 보내야지 내 무덤에는 뭐 하러….)

정말이지 답답해서 보고 있을 수가 없다니까요.

그렇게 말하는 우메노 씨의 목소리도 주체할 수 없이 떨리고 있었다.

오늘같이 좋은 날이 무슨 의미인지는 울음을 그치고 어느 정도 평정심을 되찾은 마리카 씨가 설명해주었다.

"오늘… 제 생일이었거든요. 남편이 힘들게 시간 내서 고급 프렌치 레스토랑을 예약해줬는데… 버터 냄새랑 고기 냄새에 구역질이 치밀어올라서 죽는 줄 알았어요. 마침 병원에서 콜이 오길래 얼른 보내고 저도 집에 돌아가려고 했죠."

배는 고팠다. 이러다 길바닥에 쓰러져 죽는 게 아닐까 싶을 정도로.

하지만 먹고 싶은 건 없었다.

배고프다, 힘들어, 지쳤어. 시엄마라면 이럴 때 무슨 음식을 만들어줬을까, 그런 생각을 하며 멍하니 걷고 있었다.

그러다가 테시오야 앞을 지나는데 가게 안에서 흘러나오는 냄새를 맡고 자신이 먹고 싶었던 것은 바로 이거라는 사실을 깨달았다.

"어디서 많이 맡아본 냄새다 싶었는데 알고 보니 그게 돈지루였더라고요. 게다가 찬밥도 있다고 하니까 어찌나 반갑던지. 밥 냄새를 맡기만 해도 속이 메슥거려서 다 토하는데 그래도 밥을 먹고는 싶었거든요. 찬밥이라는 말을 들은 순간 '이거다!' 싶었죠."

마리카 씨 눈에는 내가 우메노 씨로 보였다고 한다.

쟁반을 든 자세라든지 그릇 내려놓는 방식, 서 있는 모습까지 다 똑같아 보였다고.

이윽고 나온 돈지루에서는 세상에서 제일 맛있다고 생각한 시어머니의 돈지루와 똑같은 맛이 났다. 짜지 않고 적당히 간간 한 국물이 속에서부터 따뜻하게 데워주는 것 같았다.

"그것도 딱 오늘 같은 날. 정말이지… 기적인가 싶었어요. 우리 시엄마, 진짜 대단하다… 하고. 하하, 그래서 너무 감격한 나머지 그만 울어버렸네요. 죄송해요."

애써 웃어 보이는 마리카 씨는 강한 사람이었다.

그리고 여러모로 서툰 사람이기도 했다.

며느리를 누구보다 아끼고 걱정하면서도 솔직하게 표현하지 못하는 우메노 씨와 비슷할 정도로.

"이게 정말 기적이라고 하면… 믿으시겠어요?"

나도 모르게 마리카 씨에게 물었다.

"네?"

"사실은 제가… 우메노 씨를 알거든요. 이 돈지루 만드는 법도 우메노 씨한테 배웠고요."

(테츠시 씨, 지금 무슨 말을 하는 거예요!)

머릿속에서 우메노 씨가 다급하게 외쳤다.

나는 알고 있었다. 긴지 씨나 우메노 씨처럼 솔직하지 못한 사람들이 안고 있는 미련을 털어내기 위해서는 내가 그들의 등을 떠밀어주는 수밖에 없다는 것을.

"그러셨군요…."

"이제야 말씀드려 죄송합니다. 손님을 알아보는 데 시간이 좀 걸렸거든요. 우메노 씨는 생전에 손님… 성함이 마리카 씨 맞으시죠? 마리카 씨 얘기를 자주 하셨거든요. 어… 굉장히 꾸준하고 한결같은 며느리라고요."

우메노 씨는 마리카 씨를 두고 하나를 가르치면 그것밖에 할 줄 모르는 아이라고 평했지만 그거나 이거나 비슷한 말 아닌가.

(테츠시 씨, 잠시만요. 아까부터 대체 무슨 말을….)

"오늘 찬밥을 내드린 건 입덧 중에는 따뜻한 밥보다 찬밥이 더 먹기 쉽다고 우메노 씨한테 들은 적이 있기 때문입니다. 그런 게 아니라면 식당에서 손님한테 찬밥을 내드릴 리가 없죠."

"아… 그럼 아저씨는 한눈에 제 상태를 알아보셨다는 거네요? 대단하다…."

물론 나는 전혀 눈치채지 못했었지만 미소로 적당히 얼버무렸다.

그러고는 빙의 같은 단어를 사용하지 않도록 주의하며 최대한 자연스럽게 말을 이었다.

"가끔 그럴 때가 있거든요. 오늘은 왠지 이런 손님이 올 것 같다는 예감이 들어서 메뉴를 준비해두면 정말로 그런 손님이

온다든지 하는 일이요. 그럴 때면 저는 그냥 처음부터 그렇게 될 운명이었다고 생각합니다. 그러니까… 오늘 마리카 씨가 이 돈지루를 먹게 된 것도 사실은 우메노 씨가 마리카 씨를 이곳으로 이끌었기 때문이라는 거죠."

실제로 마리카 씨를 이곳으로 이끈 사람은 우메노 씨가 아니라 신이지만.

내가 자신만만한 어투로 단언하자 마리카 씨는 당장이라도 울 것만 같은 얼굴로 "시엄마가 저를요?" 하고 중얼거렸다.

"네. 아마 돈지루를 통해 마리카 씨에게 무언가 전하고 싶은 말이 있는 게 아닐까요? 예를 들어…."

(….)

"어, 그러니까…."

나는 어물거리며 머릿속으로 "빨리요!" "뭐라도 좋으니까 말 좀 해주세요!" 하고 우메노 씨를 재촉했다.

정말이지 무슨 놈의 고집이 이렇게 센지.

"예를 들면요?"

"그러니까 예를 들자면…."

마리카 씨의 기대에 찬 시선을 마주하고 있자니 진땀이 났다.

(…마리카.)

마침내 우메노 씨가 입을 열었다.

(너는 토키와 가문의 며느리다.)

그러니 제대로 하라는 말을 하려는 걸까.

마지막 순간까지 매정하고 엄격하게 굴려는 건가 싶어서 나도 모르게 두 눈을 질끈 감았다.

하지만.

(토키와 가문의… 자랑스러운 며느리란다. 너는 남을 배려할 줄 알고, 남의 배려에 감사할 줄도 알지.)

이어지는 말을 듣고 눈이 저절로 떠졌다.

나는 허둥지둥 마리카 씨에게 우메노 씨의 말을 전했다.

"마리카 씨는… 남을 배려할 줄 알고, 남의 배려에 감사할 줄 아는 자랑스러운 며느리라고요. 이건 우메노 씨가 실제로 제게 하신 말입니다."

"네…?"

"생각해보세요. 제가 일부러 신경 써서 찬밥과 돈지루를 내놓는다 한들 정말로 둔한 사람은 손님한테 찬밥을 주다니 지금 제정신이냐고 화를 낼 겁니다. 그 부분을 정확하게 캐치해서 대단하다고 말할 수 있는 마리카 씨야말로 대단한 사람이라고 생각합니다."

진심이었다. 남이 보기에는 며느리를 구박하는 것으로밖에 보이지 않는 우메노 씨의 행동에서 다정함과 상냥함을 읽어낸 마리카 씨는 정말로 대단하다.

아무리 엄격하게 대해도 그 행동의 이면에 숨어 있는 호의를 알아채고 군말 없이 잘 따라와준 며느리. 세상에 그런 며느리를 싫어할 시어머니가 어디 있을까. 우메노 씨를 좋아하고 따르는 마리카 씨의 마음은 상대방에게도 충분히 전해졌을 거라고 나는 자신 있게 말했다.

젖은 눈을 한 마리카 씨는 내 말이 믿기지 않는다는 듯 어리둥절한 표정이었다. 나는 머릿속에 울리는 우메노 씨의 말을 계속해서 전했다.

"아무리 힘들어도 웃음을 잃지 않는 마리카 넌 정말 대단한 아이야. 분명 좋은 엄마가 될 거다. 그러니 아무 걱정할 필요 없다. 따뜻하고 영양가 있는 음식을 잘 챙겨 먹고 건강한 아이를 낳아야 한다. …응원하마."

마지막 말을 들은 순간, 마리카 씨의 눈동자에 또다시 눈물이 차올랐다.

"제가 정말… 좋은 엄마가 될 수 있을까요?"

(될 수 있고말고.)

"될 수 있고말고요."

우메노 씨와 내가 동시에 대답했다.

마리카 씨는 빨개진 코를 훌쩍이며 작게 웃었다.

"…헤헤, 고맙습니다. 그렇다면 돈지루가 식기 전에 얼른 먹어야겠네요."

그러면서 교과서에 나올 법한 완벽한 자세로 그릇을 집어들더니 젓가락으로 건더기를 집어 먹고 따뜻한 국물을 마셨다.

눈물이 뺨을 타고 흘러내렸지만 마리카 씨도 나도 아무 말도 하지 않았다.

마리카 씨는 밥알 한 톨 남기지 않고 그릇을 깨끗하게 비웠다.

"잘 먹었습니다."

마리카 씨가 두 손을 곱게 모아 인사했다.

"진짜 오랜만에 제대로 먹은 것 같아요."

"두 사람 몫이니까요. 많이 드셔야죠."

"아하하, 노력해볼게요."

웃으면서 대답하는 마리카 씨의 표정은 처음 가게에 들어왔을 때에 비해 훨씬 더 밝았다. 얼굴에도 전체적으로 생기가 돌았다.

마리카 씨는 배가 부르니 이제는 졸리다면서 서둘러 계산을 마치고 몇 번이고 고맙다고 인사하며 집으로 돌아갔다.

조용한 가게 안에는 나와 내 안에 있는 우메노 씨만 남았다.

"잘됐네요. 마리카 씨가 우메노 씨 많이 좋아한대요."

(정말이지 남들 앞에서 대체 무슨 소리를 하는 건지⋯. 부끄러운 줄도 모르고.)

"에이, 좋으면서 괜히 그러신다. 우메노 씨도 마리카 씨한테 말해주지 그러셨어요. 많이 좋아한다고."

우메노 씨의 퉁명스러운 말투에서 숨길 수 없는 깊은 애정이 묻어나는 것을 이제는 나도 느낄 수 있었다. 그래서 괜히 히죽거리며 장난을 쳐봤다.

당연히 뚱한 표정으로 "내가 그 아이를 많이 좋아한다니요, 그런 거 아니에요"라고 부정할 줄 알았는데.

(흥.)

우메노 씨는 조금도 동요하지 않고 가볍게 콧방귀를 뀌었다.

(그런 건 굳이 말로 하지 않아도 전해지는 법이에요. 자고로 품위와 예의를 아는 사람이라면 자기 마음을 자세로, 호흡으로, 동작으로 전할 수 있어야 합니다.)

"아, 네, 그렇습니까."

내가 적당히 받아넘기자 우메노 씨는 잠시 침묵했다가 짧게 덧붙였다.

(아무튼… 고마웠어요.)

그러고 나서 우메노 씨는 감탄이 절로 나오는 우아한 서체로 돈지루 만드는 법을 종이에 적어준 다음 식사와 관련된 예의범절까지 가르쳐주었다. 마지막으로 내게 추우니까 감기 걸리지 않게 조심하라는 말을 건넨 후.

이윽고 연기처럼 사라져버렸다.

···◆···

"좋아, 다 됐다."

다음 날 아침.

나는 곰솥 앞에 우뚝 버티고 서서 솥 안에 든 국물을 조금 덜어 맛을 보았다.

아침 햇살을 받아 표면의 기름 알갱이들이 찬란하게 빛나는 갈색 국물, 돈지루다.

어젯밤과 같은 맛이 나는 것을 확인하고 나니 그제야 안심이 되었다. 처음 도전하는 요리를 대량으로 만든다는 것은 상당한 용기를 필요로 하는 일이다. 망치지 않아서 정말 다행이었다.

오늘은 어제 고열로 쓰러진 여동생 대신 내가 가게 오픈 준비를 했다.

오픈 준비라고는 해도 고기나 생선 만지는 법은 모르기 때문에 내가 할 수 있는 범위 내에서 밥을 짓고 국을 준비했을 뿐이다. 어젯밤에 푹 잤으면 상태가 많이 좋아졌을 테니 나머지는 시호에게 맡겨도 되겠지.

원래 국은 항상 평범한 된장국인데 오늘만 돈지루라는 게 형평성에 어긋나는 것 같긴 하지만 뭐 이런 게 개인 식당의 좋은 점 아니겠는가.

그때 주머니 안에 넣어둔 스마트폰이 진동했다.

화면을 보니 시호가 보낸 메시지가 도착해 있었다.

【늦잠 잤어! 10분 안에 갈게.】

이모티콘 하나 없이 글자뿐인 걸 보니 얼마나 서두르고 있을지 안 봐도 알 것 같았다. 나는 웃으며 답신을 보냈다.

【괜찮아. 밥도 했고 돈지루도 만들어놨어. 우리 집 부엌에 놔둔 거랑 같은 거. 먹어봤어?】

그렇다, 나는 어젯밤 우메노 씨에게 전수받은 레시피를 참고해서 바로 돈지루를 만들어보았다. 그리고 시호 몫으로 한 그릇 덜어서 집에 가져가 메모와 함께 두고 나왔다. 생강과 마늘, 그리고 뿌리채소가 잔뜩 들어간 돈지루는 환자에게도 좋을 것 같았으니까.

잠시 후, 시호에게서 답이 왔다.

【뼛속 깊이 스며들더라.】

이어서 도착한 메시지에는 어째서인지 새하얗게 질려서 부들부들 떨고 있는 돼지 이모티콘이 첨부되어 있었다.

【솔직히 좀 쫄았어.】

【쫄았다고?】

좋은 뜻인지 나쁜 뜻인지 알 수가 없어서 나는 인상을 쓴 채 고민에 빠졌다.

그러다가 몇 초 후 도착한 메시지를 보고 나도 모르게 입꼬리가 올라갔다.

【너무 맛있어서. 고마워.】

맛있어서. 고마워.

두 마디밖에 되지 않는 메시지를 몇 번이고 반복해서 다시 읽었다.

"에헤헤."

그러고 보니 내가 시호에게 직접 요리를 만들어준 것도, 시호가 내 요리에 대한 평을 들려준 것도 처음이었다.

드넓게 펼쳐진 겨울 하늘은 시리도록 파랗고, 그 사이로 내리쬐는 아침 햇살은 더없이 따사로웠다.

은은한 된장 냄새가 맴도는 가게 안에서 나는 콧노래를 흥얼거리며 오픈 준비를 이어갔다.

네 번째 메뉴

프렌치 오무라이스

"신령님!"

딸랑딸랑.

한밤중의 경내에 낮은 방울 소리가 울려 퍼졌다.

나는 꽁꽁 언 손으로 굵은 동아줄을 잡고 힘껏 흔들었다.

"신령님, 안녕하세요! 오늘은 날이 참 춥네요. 살아 있는 인간이 버텨내기 힘든 날씨니까 어서 나와주세요. 오늘은 지난번이랑 다른 게 좋겠다 싶어서 후쿠이의 명주를 가져왔다고요. 등급은 다이긴조!"

신을 상대한다기보다는 집에 있으면서 없는 척하는 선배를 대하듯 스스럼없는 말투로 술 얘기를 꺼냈다.

신심이 깊은 사람이라면 나의 이런 태도를 보고 경악할지도 모르겠지만, 이곳의 신은 술꾼이다. 맛있는 술을 바치기만 하면 흔쾌히 이야기를 들어준다는 사실을 나는 이미 잘 알고 있었다.

"이건 말이죠, 뭐라고 해야 하나… 아무튼 좋은 술이에요. 보세요, 병에 붙은 라벨도 검은색 바탕에 금박으로 새겨넣은 글씨가 아주 멋있죠? 맛은 프루티하면서도 너무 달지 않고, 그렇다고 너무 드라이하지도 않고, 균형감이 진짜 최고라니까요. 나도 모르는 사이에 계속 마시게 돼서 과음하지 않도록 주의해야 한다는 게 유일한 단점이랄까. 여자애들한테 마셔보라고 권하기도 좋아요."

나는 뚜껑이 열려 있는 술병을 당당하게 새전함 옆에 내려놓았다.

"제가 미리 맛도 확인해봤습니다. 진짜 맛있더라고요. 병에 직접 입을 대고 마신 건 아니니까 그 부분은 걱정 안 하셔도 됩니다. 자, 어서 드셔보세요."

그로부터 몇 초 후.

— 너 말이다….

본당이 희미하게 빛나더니 한숨 섞인 목소리가 들려왔다.

"아싸! 신령님!"

— 신 앞에서 아싸가 뭐냐, 아싸가. 네 녀석한테는 신을 두려워하고 우러러보는 마음이 없는 게냐? 버릇없는 놈 같으니라고.

신에게 바치는 공물을 제가 먼저 맛보다니 천벌이 무섭지도 않느냐고 꿍얼거리는 모습은 우리가 보통 신이라고 하면 떠올리는 위엄이나 카리스마와는 거리가 멀었다. 내가 신을 편하게 대하는 것은 바로 그런 모습 때문이라는 사실을 정작 본인은 깨닫지 못하고 있는 듯했다.

내가 가져온 술에 대한 궁금증을 이기지 못한 신이 술을 맛보는 동안 잠시 침묵이 흘렀다.

— 음, 나쁘지 않구나.

술맛이 마음에 들었는지 본당의 빛이 한층 더 밝아졌다.

그걸 보니 나도 모르게 입꼬리가 올라갔다. 이런 소탈한 모습이 참 친근하게 느껴진단 말이지.

한참을 홀짝홀짝 마시던 신은—물리적으로 술의 양이 줄어드는 것은 아니기 때문에 효과음은 어디까지나 내 상상이다—이윽고 어느 정도 만족했는지 천천히 입을 열었다.

— 그래, 무슨 일이냐.

"무슨 일이긴요. 하던 일 이어서 하려고 왔죠. 돌아가신 저희 부모님을 다시 만나기 위해 신의 업무를 도와드리기로 했잖아요."

신이 지난번 나와 한 약속을 기억하지 못하는 건가 싶어 불안해졌다.

"우메노 씨 건도 제가 제대로 마무리했잖아요. 이런 식으로 죽은 영혼에게 제 몸을 내주고 성불할 수 있도록 도우면… 그러면 저희 부모님의 영혼과 만날 수 있게 해주겠다고 약속하셨잖아요."

설마 나 혼자 착각한 건가? 신은 나와 약속 따위 한 적이 없다고 생각하는 건가?

불안한 마음에 미간을 찌푸리자,

— 네 부모의 영혼을 불러내는 것은 그리 어려운 일이 아니다만, 뭘 그렇게 서두르는 거냐.

신이 진정하라는 듯 차분하게 말했다.

"네?"

— 너는 매번 한밤중에 신사를 찾아오는 무례한 놈이긴 하지만 이제껏 공물에 손댄 적은 한 번도 없었다. 그런 네가 오늘은 공물로 바칠 술에 입을 댔다니 마음이 어지간히 번잡하다는 말이렷다. 늘 불평불만을 늘어놓으면서도 자신감과 태평함을 잃지 않았건만 지금 네게서는 그런 여유로움을 찾아볼 수가 없다. 대체 어찌 된 일이냐.

"…"

다정하게 울리는 목소리 앞에서 나는 아무 말도 할 수 없었다.

마음이 번잡하다는 신의 지적이 당혹스러웠다. 비단 오늘뿐만이 아니라 여기 올 때는 항상 화가 나 있거나 무언가 고민을 안고 있는 상태였기 때문이다. 여동생과 싸웠다거나, 여동생한테 심한 말을 들었다거나, 여동생에게 상처를 줬다거나 해서.

…응? 어째 다 시호랑 연관이 있는 것 같은데?

여동생에게 집착하는 오빠가 된 것 같아서 영 기분이 찝찝했다.

그런 내 마음의 소리를 들었는지 신이 말했다.

— 본디 다른 사람과 의견이 부딪혀서 고민하는 것은 자신의 신념과 상대의 신념이 같지 않기 때문이다. 지금까지 네 녀석이 여기 와서 오늘은 여동생과 싸웠다, 오늘은 여동생에게 심한 말을 들었다며 한탄을 늘어놓았을 때, 그 말의 저변에는 그래도 내가 옳다고 믿는 자신감이 깔려 있었다. 그래 봤자 교만함과 한 끗 차이인 신념이긴 하다만.

그런데 지금은 그 자신감이 보이지 않는다며 신이 말을 이었다.

— 너는 스스로를 믿지 못하고 있다. 자신의 행동과 신념이 잘못된 것이 아닌지 의심하고 있다. 그런 상태에서는 바라는 것이 아니라 매달리는 것밖에 하지 못한다. 다시 한번 묻겠다. 대체 무슨 일이 있었던 거냐.

목소리는 부드럽지만 말투는 단호했다. 그러니까 혼자서 끙끙대며 도와달라고 매달리기만 하는 인간은 신으로서도 어찌할 방도가 없다는 말인 듯했다.

그래도 무슨 일이 있었느냐고 물어봐준 덕분에 조금은 용기가 났다. 나는 한참을 망설인 끝에 입을 열었다.

내 신념이 흔들리게 된 원인이라면… 역시 이것밖에 없었다.

"실은… 오늘 가게에서 좀 안 좋은 일이 있었거든요."

머릿속에 오늘 점심 영업 때 화를 내며 가게 문을 박차고 나간 한 남자 손님의 모습이 떠올랐다.

"어서 오세요."

나는 평소처럼 홀에서 즐겁게 서빙을 하고 있었다.

내가 채썰기와 돈지루 만드는 법을 완벽하게 마스터한 이후, 시호는 무슨 일만 생기면 "오빠, 이것도 부탁해!" 하고 나를 찾게 되었고—이용당하고 있다고는 생각하지 않는다—홀에 나가면 단골손님들이 반갑게 알은척을 해주었다.

최근에는 음식을 그릇에 담는 방식이라든지 그릇을 테이블에 내려놓는 방식을 조금씩 바꿔보고 있는데 그 미묘한 차이를 알아본 손님들에게 칭찬을 받기도 했다. 칭찬을 받으면 기분이 좋아서 더 신경을 쓰게 되고, 접객에 정성을 쏟으면 손님들 기분도 좋아진다.

그러면 나도 심적으로 여유가 생겨서 '아, 저 손님은 곧 일어나겠다'라든지 '저 테이블에 이쑤시개를 보충해놔야겠다' 하는 것들이 저절로 눈에 들어온다. 그런 부분을 놓치지 않고 재빠르게 캐치하는 스스로가 멋있게 느껴진다.

한마디로 완벽한 선순환 구조가 만들어진 것이다.

손님들이 한차례 빠져나가고 이 틈에 얼른 이쑤시개를 보충해놔야겠다 싶어서 주방에서 빠져나온 순간, 가게 문이 열리고 손님이 들어왔다. 조건반사적으로 인사를 먼저 한 다음 고개를 들어 방금 들어온 손님을 확인한 나는 나도 모르게 얼굴이 구겨지려는 것을 가까스로 참았다.

보풀투성이인 지저분한 스웨터에 쭈글쭈글한 청바지. 둥글넙적한 얼굴은 술에 절어 퉁퉁 부었고, 탈색한 머리는 뿌리 쪽만 검은 상태로 덥수룩하게 자라 있었다.

이 남자의 이름은 켄지. 일주일에 두 번 정도 우리 가게를 찾는 단골이기는 하지만 내 입장에서는 전혀 반갑지 않은 손님이었다.

왜냐하면,

"어? 오늘 시호 씨는 홀에 안 나와요?"

이 녀석은 밥을 먹으러 오는 게 아니라 내 동생 시호를 보러 오는 것이기 때문이다.

켄지는 바지 주머니에 손을 찔러넣고 빈 테이블 쪽으로 어슬렁어슬렁 걸어가더니 털썩 자리에 앉았다.

나는 손에 든 이쑤시개통을 제자리에 돌려놓으며 억지로 미소를 지었다.

"네, 죄송합니다. 오늘은 주방이 좀 바빠서요."

기본적으로 시호는 조리 담당이지만 손님이 몰릴 때는 시호가 홀 서빙을 도와주곤 한다. 사실 지금까지는 내가 워낙 서툴렀기 때문에 시호가 홀까지 커버해야 하는 경우가 많았다.

그리고 이 남자는 홀에서 서빙하는 시호를 보고 반했는지 그때부터 뻔질나게 우리 가게를 드나들며 올 때마다 시호를 찾았다.

말을 걸거나 가벼운 농담을 던지는 정도라면 그냥 넘어갈 수 있다. 시호는 어릴 때부터—성격이야 어떻든—얼굴은 귀여운 편이었기 때문에 본인도 이런 놈들 다루는 데는 익숙했다.

하지만 이 자식은 틈만 나면 시호의 몸을 만지려 들고, 전화번호를 알려달라고 집요하게 물고 늘어지는 등 아무튼 하는 짓이 지저분했다. 시호가 홀에 잠깐 얼굴이라도 비쳤다 하면 붙들고 놔주지 않았고, 다른 일을 하고 있으면 자기 테이블로 와줄 때까지 계속 큰 소리로 불렀다.

시호는 물론 다른 손님들까지 불쾌하게 만드는 최악의 진상이었다.

나는 주방 안쪽에서 이쪽을 살피는 시호에게 나오지 말라고 눈짓한 다음 켄지에게 주문을 받고, 차를 갖다 주고, 주문한 돼지고기볶음 정식을 날라다주었다.

하지만 녀석은 따끈따끈한 밥을 앞에 두고 젓가락을 집어들 생각도 하지 않은 채 신경질적으로 다리만 계속 떨었다. 접시에 올라간 파슬리를 손으로 찢으며 노는가 싶더니 급기야 스마트폰을 꺼내 게임을 하기 시작했다.

하루 중 가장 손님이 몰리는 점심시간. 가게 안에는 대기할 공간이 없다 보니 손님들은 밖에서 추위에 떨며 자리가 나기를 기다리고 있었다.

그런데 이 자식은 시호를 만나야겠다는 시답잖은 이유로 계속 자리에 눌러앉아 있는 것이다.

나는 끓어오르는 분노를 애써 가라앉히며 초인적인 인내심을 발휘해서 5분 정도 기다렸다가 켄지에게 다가갔다.

"손님, 음식에 뭔가 문제라도 있으십니까?"

빨리 처먹고 꺼져, 그리고 제발 이 좀 닦아라. 만약 입에서 나오는 소리와 마음의 소리를 동시에 들을 수 있다면 이런 말이 들렸을 거다.

하지만.

"시호 씨."

"네?"

"시호 씨를 기다리고 있는데요. 빨리 나오라고 해주세요."

녀석은 오히려 시호가 빨리 나오지 않는 게 잘못이라는 듯 나를 노려보며 말했다.

"…죄송하지만 저희 직원과 뭔가 약속이라도 하셨나요?"

"약속? 약속 같은 소리 하고 있네. 손님이 오면 당연히 직원이 튀어나와야지."

혹시라도 시호랑 만날 약속이라도 되어 있는 건가 싶어서 물어봤더니 켄지는 콧방귀를 뀌었다.

"…시호 씨는 지금 주방에서 작업 중이라서요."

"아, 됐고요, 손님 기다리게 만들지 말라고요. 장사할 생각이 있으면 물이든 차든 직원이든 바로바로 내와야 할 거 아닙니까."

시호가 물이나 차랑 동급이라는 건가. 내 목소리는 한층 더 차가워졌다.

"저희 가게는 일반 식당이라서요. 주문은 메뉴판에 있는 것만 가능합니다. 참고로 직원은 메뉴에 포함되어 있지 않습니다."

"설마 지금 그거 재밌으라고 한 말이에요? 하나도 안 웃긴데."

켄지가 히죽거리며 능글맞게 웃었다.

"저기요, 사흘이 멀다 하고 찾아오는 단골손님한테 더 잘해 줘야 되는 거 아니에요? 딱히 음식이 엄청나게 맛있는 것도 아닌데 손님 요청에 맞춰서 여직원을 내보내는 정도는 해야죠. 시호 씨는 가슴은 작지만 얼굴이 귀여우니까⋯."

"안 먹을 거면 돌아가주세요."

말도 안 되는 헛소리를 지껄여대는 켄지에게 단호하게 내뱉었다.

"뭐? 당신⋯."

"지금 일하는 중이라고 말했잖습니까. 먹을 거면 얌전히 먹고, 안 먹을 거면 당장 꺼지라고!"

결국 참지 못하고 버럭 소리를 지르고 만 것은 시야 서편에서 시호가 새파랗게 질린 얼굴로 이쪽을 보고 있었기 때문이다. 이런 쓰레기 같은 놈을 언제까지고 상대하고 있을 수는 없는 노릇이니 빨리 마무리를 짓고 싶었다. 이 자식이 내 동생을 겁먹게 했다는 사실에 화가 나기도 났다.

내가 언성을 높이자 켄지는 기가 죽은 듯했지만 그것도 잠시였다.

"⋯뭐야."

곧바로 자리를 박차고 일어나 테이블 다리를 퍽 걷어차더니 가게 문을 박차고 나가버렸다.

"이런 가게 두 번 다시 올까 보냐. 확 망해버려라!"

온갖 악담과 욕을 퍼부어대며.

녀석이 사라진 가게 안에는 불편한 침묵이 감돌았다.

"소란을 피워 죄송합니다."

내가 연신 고개를 숙이며 손님들에게 사과하자 다들 괜찮다며 다시 대화를 나누기 시작했다. 어디까지나 작고 조심스러운 목소리이긴 했지만.

"…오빠."

켄지가 남긴 밥을 주방으로 가지고 돌아가 음식물 쓰레기통에 버리고 있는데 등 뒤에서 시호가 불렀다.

"…미안해."

뒤를 돌아보자 시호가 난감한 얼굴로 한쪽 팔을 움켜쥔 채 서 있었다. 이런 상황에서 자신이 무슨 말을 해야 할지 모르겠다는 표정이었다.

"왜 네가 사과를 하는데."

"내가 더… 잘 대처했더라면…."

더듬거리며 대답하는 시호의 말에 다시금 화가 치솟았다.

"잘 대처하는 게 어떻게 하는 건데? 그런 새끼도 손님이라고 친절하게 대해주고 뭐든 원하는 대로 다 들어주면 그게 잘하는 거야?"

"……"

뭔가 할 말이 있는 듯한 시호를 보니 더 짜증이 났다.

시호도 나도 기분이 영 찜찜한 것은 둘 다 마음 한구석에 '어쩌면 그냥 빨리 켄지에게 얼굴을 보여주고 끝내는 편이 더 낫지 않았을까'라는 생각이 있었기 때문이다.

바쁜 와중에 잠깐 시간을 내서 질 나쁜 손님을 상대하는 것은 사실 그리 힘든 일은 아니다. 하지만 나는 내 동생이 불쾌함을 참으며 억지로 남자 손님을 상대해야 하는 상황을 도저히 용납할 수가 없었다.

하지만 그런 상황을 피하려다가 다른 손님들까지 불편하게 만든 것 또한 부정할 수 없는 사실이었다.

그중에서도 나를 가장 힘들게 한 것은, 켄지가 떠난 후 가게 안에 남아 있던 손님 중 일부가 겁에 질린 표정으로 시선을 피하거나 또는 비난하는 듯한 눈초리로 나를 쳐다보았다는 사실이었다. 그들이 보기에는 식당에 와서 억지 요구를 늘어놓는 켄지도, 손님에게 언성을 높여 식사 자리를 불편하게 만든 나도, 똑같이 몰상식한 존재일 뿐이었다. 실제로 몇몇은 이런 곳에 더 머물기 싫다는 듯 서둘러 식사를 마치고 돌아갈 준비를 하고 있었다.

어째서 내 편을 들어주지 않는 거냐고 그들을 탓할 생각은 없지만, 그래도 역시 내게는 적지 않은 충격이었다.

손님을 위해 정성껏 재료를 고르고, 최선을 다해 준비하고,

조금이라도 더 맛있는 식사를 제공하기 위해 밤낮없이 노력하고 있는데. 아무리 그래 봤자 조금이라도 문제가 생기면 손님은 뒤도 돌아보지 않고 떠나버린다. 그게 너무 허무했다.

마치 시호와 내가 손님의 환심을 사기 위해 일방적으로 애쓰고 노력하는 어리석은 존재가 된 것 같았다.

손님을 위한 요리, 손님을 위한 서비스. 최근에는 숭고하다고까지 느꼈던 일들이 지금은 불성실한 연인을 붙잡기 위해 필사적으로 매달리는 볼썽사나운 행위처럼 여겨졌다.

"대체 뭘 위해서 이렇게 열심히 하는 건지 모르겠달까…."

나는—아마도—내 말을 열심히 들어주고 있을 신 앞에서 고민을 털어놓았다.

부모님의 가게를 완벽하게 이어나가야 한다는 생각은 나보다 시호가 훨씬 더 강했다. 그런 만큼 이번 일로 인해 받은 상처도 시호가 나보다 더 클 테니 그 앞에서 약한 소리를 할 수는 없었다.

나는 가슴속에 똬리를 틀고 있는 감정을 한밤중의 고요한 신사에서 솔직하게 털어놓았다.

"손님하고 안 좋은 일이 좀 있었다고 해서 너무 심각하게 구는 거 아닌가 싶기는 한데… 어느 날 갑자기 식당을 이어받아서 수많은 시행착오를 거쳐 이제 겨우 일이 좀 재밌어지려던 찰나에 이런 일이 생기니까 뭔가 제대로 한 방 맞은 느낌이에요."

부모님은, 내가 믿고 의지할 수 있는 상대는, 이제 곁에 없었다.

이미 잘 알고 있는 사실이다. 내 안에서는 진작에 정리가 다 끝난 일이었다. 오빠인 나는 시호보다 훨씬 더 빨리 이성과 평정심을 되찾았고, 이전과 다름없는 나날을 보내고 있었다. 그렇다고 생각했다.

하지만 사실은 무의식중에 무리를 하고 있었던 게 아닐까.

그로 인해 축적된 피로가 얇은 막처럼 한 겹 한 겹 쌓여가다가 오늘처럼 사소한 일을 계기로 일시에 터져나온 게 아닐까.

지금의 나는 무언가를 구체적으로 바라는 것이 아니라 단지 매달리고 있을 뿐이라고, 신은 그렇게 말했다.

맞는 말이다.

나는 부모님께 매달려서 어리광을 부리고 싶었다. 내 고민을 어떻게든 해결해주기를 바랐다.

— 흠.

삼시 침묵이 흐른 뒤, 생각에 잠긴 듯한 신의 목소리가 들렸다. 실체가 있다면 턱이라도 쓸어내리고 있을 듯한 분위기였다.

— 원래 무작정 찾아와서 도와달라는 놈한테는 뭘 어떻게 도와달라는 건지 구체적으로 생각을 정리해서 다시 오라고 하면서 돌려보내는 편이다만, 이렇게 사정을 다 들어놓고 내치는 것도 못할 짓인 듯싶구나.

술맛도 좋고.

신은 다시금 술을 홀짝이는가 싶더니 이윽고 좋다, 하고 무언가를 결심한 듯 입을 열었다.

— 인심 썼다. 이번에만 특별히 네 우는소리를 소원으로 쳐주마.

"네?"

갑작스러운 선언에 머리가 따라가지 못해서 얼빠진 대답밖에 나오지 않았다. 뭔가 지금 굉장히 실례되는 말을 들은 것 같은데?

— 그러니까 상대에게 정성을 다하는 건 아름다운 일이라고 믿고 싶다는 말 아니냐. 지금 하고 있는 일이 결코 쓸데없는 게 아니라고 말이다.

"아, 네…."

나는 어정쩡하게 맞장구를 쳤다. 내가 생각한 '엄마 아빠, 도와주세요'를 훨씬 더 고상하고 건설적으로 표현한 업그레이드 버전 같았다.

신은 알았다며 고개를 끄덕였다.

— 그렇다면 이 녀석이 딱이겠구나. 약간 좀… 짜증나는 구석이 있긴 하지만 함께 지내다 보면 기운도 나고 좋을 거다.

"네?"

방금 신이 영혼한테 짜증난다고 한 것 같은데 내가 잘못 들은 건가?

신에게 다시 물어볼 새도 없이 갑자기 주위에 안개가 피어올랐다.

이제는 내게도 익숙한 장면이었지만 지금까지와는 달리 이번에는 안개가 인간의 형상을 갖추기도 전에 이쪽으로 슬금슬금 다가오기 시작했다.

『오우! 몸을 빌려준다고요? 슈페르! 트레비앙! 진짜 고마워요!』

아직 다리가 완성되지 않아서 마치 애벌레가 기어오는 것 같아 보이는 그 영혼은 무려 금발 벽안의 외국인이었다. 나이는 잘은 모르겠지만 나보다 열 살 정도 많아 보였다. 위로도 옆으로도 아주 컸고, 배와 볼이 통통한 게 빈말로라도 잘생겼다고 하기는 어려웠지만 나름대로 귀여운 인상이었다. 이유는 모르겠지만 이 추운 날씨에 만화 캐릭터가 그려진 얇은 반팔 티셔츠를 입고 있었고, 그 팔을 나를 향해 쭉 내밀었다.

『아아! 드디어 쇼코를 만날 수 있겠군요! 세마니피크! 기다려요, 나의 천사!』

"…."

잔뜩 흥분한 외국인이 싱글벙글 웃으며 나를 향해 달려들었다. 나는 경직된 미소를 지으며 한 걸음 뒤로 물러섰다.

아까 신이 왜 짜증난다고 했는지 알 것 같았다.

『어어, 왜 도망쳐요? 거기 가만히 있습니다. 하나 둘 셋!』

"잠깐…."

몸을 내주는 데 불만은 없었다.

신도 다 생각이 있어서 이 영혼을 불러낸 것일 테고, 일이 성공하면 부모님과 만날 날도 그만큼 더 가까워질 테니까.

하지만 덩치 큰 외국인 남자가 자신을 향해 전속력으로 달려오는데 몸이 움츠러들지 않을 사람이 과연 있을까?

『합…체!』

"허억!"

뭐 아무리 피하려고 안간힘을 써봤자 결국에는 평소와 다름없이 퐁, 하는 얼빠진 효과음과 함께 내 몸에 다른 사람의 영혼을 받아들이게 되었지만.

(오우, 당신 굉장히 슬림하네요. 가벼워요. 마치 발에 날개가 달린 것 같아요!)

영혼이 내 머릿속에서 "세비앙!" 하고 흥분한 목소리로 외쳤다.

"신령님…."

도저히 한마디 하지 않을 수 없었다.

"커버하는 영혼의 범위가 너무 넓은 거 아니에요?"

그야 전 지구적으로 글로벌화가 진행되고 있는 요즘 시대에 신사를 찾는 외국인 신도가 있다고 해도 딱히 이상한 일은 아니지만, 이 영혼은 방금 천사 어쩌고 하지 않았나?

여긴 대체 뭘까. 신사인가 절인가 교회인가.

— 시끄럽다. 크리스마스를 챙기는 동시에 새해가 되면 신사에 소원을 빌러 오고 장례식에서는 스님이 경을 외는데 이런 상황에서 종교를 따지는 게 무슨 의미가 있단 말이냐.

등 뒤에서 신이 불평하듯 투덜거렸다.

···◆···

질베르 레비나스, 줄여서 질이라고 부르는 이 프랑스인 남자
는 테시오야로 돌아오는 내내 끊임없이 떠들었다.

그의 말에 따르면 그가 처음 일본에 온 것은 5년 전. 당시 프
랑스에서 방영된 일본 애니메이션을 보고 '마치 벼락 맞은 듯한
충격'을 받은 것을 계기로 일본어를 공부하게 되었다고 한다.

일본으로 건너와서 얼마 지나지 않아 '마치 여신과도 같은 운
명의 상대'를 만났고, 미친 듯이 대시한 결과 작년에 드디어 결
혼에 골인했다. 두 사람의 결혼 생활은 더없이 행복했지만, 어
느 날 질이 면허를 갓 취득한 상태로 고속도로를 달리던 중에
트럭과 충돌해 그대로 죽어버렸다.

(아쉽게도 사고를 계기로 숨겨진 능력이 깨어난다거나 이세계
에서 다시 태어난다거나 하는 일은 일어나지 않더라고요….)

"그게 무슨 소립니까?"

나는 알 수 없는 말을 늘어놓는 질에게 시큰둥하게 대꾸했지
만 질이 신이 나서 설명하려고 드는 것을 보고 서둘러 화제를
전환했다.

"아무튼 질은 아내분께 요리를 만들어주고 싶다는 거죠?"

(위! 마셰리 쇼코에게 마지막으로 질의 사랑이 가득 감긴 요
리를 먹여주고 싶어요!)

"가득 담긴…이겠죠? 오늘이 무슨 기념일인가요?"

지금까지 만났던 다른 영혼들의 경우를 떠올리며 물어보자 질이 갑자기 뺨을 붉혔다.

(매월 23일은 쇼코와 질이 맺어진 날이에요. 세상에서 가장 멋진 기념일이죠. 게다가 12월은 쇼코가 처음으로 질이 만든 요리를 칭찬해준 기념비적인 달이기도 하고요.)

"…"

어쩌지. 내게는 이 사랑이 너무 무겁다.

세상에 그런 기념일이 어디 있냐고, 설마 한 달 내내 기념하는 거냐고 묻고 싶었지만 나는 그냥 침묵을 선택했다.

끊임없이 이어지는 질의 아내를 향한 사랑 이야기를 반쯤 흘려들으며 걷다 보니 마침내 테시오야 뒷문에 도착했다.

(호오, 이것이 자퐁의 주방이군요.)

호기심 가득한 눈으로 주위를 두리번거리는 질에게 내가 물었다.

"그래서 오늘은 어떤 요리를 만들 건가요?"

질은 팔을 걷어붙이며 힘차게 대답했다.

"그건 말이죠, 바로 쇼코와 질을 만나게 해준 성지 아키아바라의 간판 메뉴, 오므라이스입니다!"

···◆···

프랑스 요리는 버터로 시작해서 버터로 끝난다.

이것은 질이 내게 한 말이다.

그 말마따나 질이 가장 먼저 내게 준비해달라고 요청한 것은 대량의 버터였다. 볶음밥에 들어가는 재료는 양파, 베이컨, 버섯뿐. 재료들을 잘게 다져서 버터를 두른 프라이팬에 넣는다. 재료를 넣은 순간, 가열된 버터가 치익 소리와 함께 농후한 향을 뿜어냈다.

소금과 후추를 뿌려 간을 한 뒤 버터의 소금기와 베이컨의 기름이 전체적으로 어우러지도록 아래에서부터 잘 섞어주면서 케첩을 넣어 마무리한다.

"뭔가… 모처럼 담백한 어른의 맛이 나도록 만들었는데 마지막에 케첩을 넣으면 전부 케첩 맛에 가려져버리지 않을까요?"

(농. 버터와 베이컨의 감칠맛이 토대를 탄탄하게 잡아줘서 예사롭지 않은 케첩 맛이 납니다. 그야말로 어른의 맛이죠.)

내가 보기에는 케첩을 넣지 않아도 충분히 맛있을 것 같았지만 질의 내답은 확고했다. 오므라이스는 인에 든 밥이 반드시 케첩 색이어야만 한다고 했다.

(오믈렛은 프랑스에도 있지만 오므라이스는 자퐁 고유의 요리예요. 자퐁 요리는 원칙적으로 자퐁식으로 만들어야 하죠.)

참고로 질이 처음으로 오므라이스를 접한 곳은 아키아바라
—질은 하히후헤호를 제대로 발음하지 못해서 아키하바라를 계속 아키아바라라고 했다—에 있는 메이드 카페라고 했다. 그곳에서 아르바이트를 하던 쇼코 씨를 만나 새콤달콤한 케첩의

맛과 사랑의 노예가 되어버렸다나 뭐라나.

"네에? 진짜로요? 그럼 아내분이 메이드였다는 말인가요?"

(위. 원래는 주방에서 일하는 요리사인데 제가 갔을 때는 사람이 부족해서 임시로 메이드를 하고 있었어요. 운명이었던 거죠.)

질은 꿈꾸는 듯한 표정으로 쇼코 씨와의 만남에 대해 이야기하면서 케첩 라이스를 능숙한 솜씨로 그릇에 옮겨 담았다.

다음은 오믈렛이다.

"아, 이건 쇼코 씨가 오면 그때부터 만들기 시작하는 게 좋지 않을까요?"

(농. 첫 번째로 만드는 건 프라이팬에 버터가 완전히 녹아든 상태가 아니라서 완벽하지 않아요. 질은 두 번째로 만드는 걸 제일 잘해요.)

그러니까 첫 번째로 만드는 건 내가 먹어도 된다고 했다.

망친 음식을 먹으라는 말을 듣고 기뻐해야 할지 화를 내야 할지 헷갈렸다. 하지만 지금 나는 완벽하지 않은 음식도 얼마든지 맛있게 먹을 수 있을 정도로 배가 고프기도 했고, 무엇보다….

(억지로 떠넘겨서 미안해요. 하지만 질은 쇼코에게 최고로 맛있는 오므라이스를 만들어주고 싶어요. 쇼코에게 주는 건 절대로 실패하면 안 돼요.)

진지한 얼굴로 눈을 반짝반짝 빛내며 말하는 질에게 압도당했다.

그가 진심으로 아내를 사랑하고 있다는 게 느껴졌다.

질의 크고 투박한 손은 섬세함을 요구하는 작업에는 적합하지 않은지 양파와 베이컨을 다지는 손놀림이 어딘지 모르게 어색했다. 하지만 순서나 양을 고민하지 않고 물 흐르듯 자연스럽게 손을 움직이는 것은 그가 지금까지 이 요리를 수도 없이 만들어왔다는 증거였다. 아마도 쇼코 씨에게 맛있다는 말을 듣고 싶어서, 쇼코 씨의 웃는 얼굴을 보고 싶어서 몇 번이고 연습에 연습을 거듭했겠지.

질은 입을 꾹 다물고 다음 단계인 계란 거품 내기에 착수했다. 계란을 아낌없이 풀어서 미친 듯이 저었다. 팔이 저릴 때까지 열심히 젓자 이윽고 계란물이 하얗고 쫀득한 크림 상태가 되었다.

"이, 이렇게까지 저어야 하나요…?"

(위. 이제 이걸 버터를 넉넉하게 두른 프라이팬에서 구우면 수플레처럼 되어서 맛있어요. 프렌치 오믈렛 스타일이죠.)

"아까는 분명 자퐁 요리는 사퐁식으로 만들어야 한다고…."

(하지만 쇼코는 이쪽이 더 맛있다고 했어요.)

쇼코 씨의 말이 곧 진리인 건가.

모든 면에서 쇼코 씨를 최우선으로 삼는 질의 일편단심은 감탄스러울 지경이었다.

질은 자신이 선언한 대로 거의 죄책감이 들 정도로 많은 양의 버터를 프라이팬에 투하한 다음 버터가 다 녹을 때쯤 계란물을 흘려 넣었다. 소금과 후추는 넣지 않았다. 버터와 계란만 넣고 저온에서 천천히 익히며 재료 본연의 맛을 이끌어냈다.

기포가 조금씩 올라오기 시작하자 질은 신중한 손놀림으로 계란을 뒤집어 케첩 라이스 위에 올렸다. 그리고 그 위에 다시 케첩을 잔뜩 뿌렸다.

(맛을 한번 봐주시겠습니까?)

"와아…."

질이 내려놓은 접시를 보고 나도 모르게 침이 꿀꺽 넘어갔다.

요즘 유행하는 부들부들한 질감의 오므라이스가 아니라 오래된 양식집 같은 데서 먹을 수 있는 통통하고 반질반질한 오믈렛이 올라간 오므라이스에 가까웠다. 얼핏 수플레 같아 보이기도 하는 노란색 오믈렛과 빨간색 케첩의 선명한 대비가 아름다웠다.

"잘 먹겠습니다."

숟가락으로 오믈렛, 밥, 케첩을 덜어 한입에 넣었다.

"…맛있어!"

예상을 뛰어넘는 깊고 농후한 맛에 눈이 휘둥그레졌다.

입안에서 가장 먼저 느껴지는 것은 부드럽고 폭신폭신한 오믈렛. 이로 깨물자 진한 버터 향이 뜨거운 내용물과 함께 퍼져나왔다.

다음으로 등장하는 것은 케첩을 넣고 볶은 밥.

애들 입맛에나 맞을 줄 알았는데 베이컨과 버터의 감칠맛이 녹아든 밥은 생각보다 훨씬 더 깊은 맛이 났다. 게다가 소금과

버터 때문에 자칫 느끼하게 느껴질 수 있는 밥에 케첩의 산미
가 더해지니 딱 좋았다. 잊을 만하면 튀어나오는 두툼한 베이컨
조각, 맛이 제대로 밴 양파와 버섯도 뚜렷한 존재감을 드러내고
있었다.

"맛있다… 이거 진짜 맛있어요! 첫 번째도 충분히 맛있는데
요? 이런 오므라이스는 처음 먹어봐요!"

내가 걸신들린 사람처럼 눈을 반짝이며 한 그릇을 순식간에
해치우자 질은 수줍게 웃었다.

그리고 두 번째 오므라이스를 만들기 위해 돌아선 바로 그때.

"실례합니다. 여기… 아직 영업 중인가요?"

가게 미닫이문을 열고 짧게 친 검은 머리가 인상적인 미인,
쇼코 씨가 들어왔다.

····◆····

(쇼코!!! 마셰리! 마비앙에메! 좀 마르지 않았어요? 실의 살을
나눠주고 싶어요! 하지만 야윈 쇼코도 멋져요!)

흥분해서 고래고래 소리치는 질을 간신히 억누르며 쇼코 씨
를 자리로 안내하고 물수건을 건넸다.

"어서 오세요. 가게 안이 어두워서 알아보기 어려우셨겠지만
아직 영업 중입니다. 다만 시간 관계상 현재 주문 가능한 메뉴
가 몇 개 없어서요…. 혹시 괜찮으시다면 오므라이스는 어떠신
가요?"

이제 거의 외우다시피 한 말을 하며 양해를 구했다.

쇼코 씨는 "오므라이스…" 하고 중얼거리며 고개를 들었다.

"어쩐지 버터 냄새가 나더라니. 그래서 들어온 거예요. 그걸로 할게요."

다행히 내 제안은 쉽게 받아들여졌다.

쇼코 씨는 가게 사람과 대화를 즐기는 타입은 아닌 듯 더는 말하지 않고 한 손으로 턱을 괸 채 멍하니 앉아 있었다.

식당에 혼자 온 손님은 대부분 이런 느낌이다. 하지만 명랑하고 수다스러운 질의 부인치고는 좀 의외라는 생각에 나는 계란물을 저으며 곁눈질로 쇼코 씨를 흘끔흘끔 살폈다.

턱선에 맞추어 자른 검은 머리에 잘 정돈된 눈썹. 눈꼬리가 살짝 치켜 올라간 고양이 같은 눈동자. 메이드 카페에서 만났다고 했으니 나이는 대충 마리카 씨와 비슷하지 않을까 싶었는데 쇼코 씨는 서른 정도 되어 보였다. 미인이지만 성격이 강해 보이는 인상이었다. 내 이상형에 가까운….

유부녀를 상대로 무슨 생각을 하는 거냐고 속으로 머리를 쥐어박고 있는데 그런 내 마음을 읽기라도 했는지 질이 말을 걸어왔다.

(우리 쇼코 예쁘죠? 아키아바라에서도 엄청나게 인기가 많았는데 질이 열심히 열심히 구애한 끝에 마침내 두 사람이 맺어지게 된 거라고요!)

내가 그러냐고 고개를 끄덕이자 질은 자신이 쇼코 씨에게 대시하던 당시의 일화를 들려주었다. 카페에 100일 연속 찾아갔다느니, 쇼코 씨를 주제로 한 시를 지어서 바쳤다느니, 애니메이션 캐릭터가 그려진 커플 티셔츠를 선물했다느니.

쇼코 씨는 '워낙 수줍음 많고 내성적인 성격이다 보니' 시종일관 무표정과 침묵으로 일관하는 조신한 태도를 보였지만—나는 질의 이러한 해석에 대해 아무 말도 하지 않았다—주위 사람들의 응원에 힘입어 결국 사귀게 되었다고 했다.

쇼코 씨의 생일에 자신이 만든 자작곡을 불러줬을 때는 마치 길가에 말라 죽은 매미 시체를 보는 듯한, 질에게만 보여주는 아주 특별한 표정으로 감동을 표현했다고 한다—나는 이번에도 침묵을 선택했다.

(쇼코는 좀처럼 자기 마음을 솔직하게 이야기해주지 않아요. 지금은 결혼반지도 안 끼고 있고 화장도 좀 진해진 것 같아서 질은 걱정이 됩니다.)

"…"

(이게 다 질이 갑자기 죽어서 쇼코를 외롭게 만들었기 때문이에요!)

질은 자책하듯 부르짖었지만 나는 눈썹을 찌푸렸다.

결혼반지를 빼고 짙은 화장을 한다는 것은 무언가 심경의 변화가 있었다는 말이었다. 그리고 내가 보기에 그러한 일련의 행동들은 쇼코 씨가 질을 잊고 싶어 한다는 의미로 받아들여졌다.

질이 들려준 결혼 전 일들을 생각해봐도 쇼코 씨는 질을 그

다지 좋아하는 것 같지 않았다.

솔직히 좀 짜증나는 건 사실이고 과한 행동도 많이 하기는 하지만… 그래도 마지막으로 아내를 다시 한번 만나기 위해 잘 알지도 못하는 종교의 신에게까지 도움을 요청한 질이 상처받지 않았으면 좋겠는데.

내가 이렇게 걱정하는 줄도 모르고 질은 흥얼흥얼 콧노래를 부르며 요리를 했다.

아까보다 더 완벽한 형태로 완성된 오믈렛을 밥 위에 올린 후, 케첩 병을 집어들어 진지한 표정으로 천천히 뿌렸다.

"오래 기다리셨습니다. 오므라이스입니다."

질이 만든 오므라이스에 양상추와 방울토마토를 곁들여 내자 쇼코 씨의 눈썹이 움찔했다.

"…에디 크디?"

"아, 메리 크리… 메리 크리스마스라고 쓴 겁니다. 이제 곧 크리스마스니까요."

나는 땀을 삐질삐질 흘리며 질의 메시지를 열심히 풀어서 설명했다. 케첩이 여기저기 흩뿌려져 있어서 무슨 저주의 주문 같아 보였다.

질의 마음은 알겠는데 정말이지 손재주가 너무 없었다.

게다가 자기 마음대로 줄여 쓰는 바람에 하마터면 나도 못 알아볼 뻔했다.

"여기 이 나루토 해협의 소용돌이 같은 건 뭐죠?"

"아… 그, 그건… 장미입니다."

(장미는 쇼코의 꽃이니까 최선을 다해서 그렸어요!)

머릿속에서 질이 자신만만하게 선언했지만, 솔직히 그건 누가 봐도 장미가 아니라 그냥 소용돌이였다.

"장미라고요? 장미를 왜…?"

미심쩍은 눈초리로 이쪽을 쳐다보는 쇼코 씨를 보니 말문이 막혔다.

질이 '장미는 쇼코의 꽃'이라고 한 걸 보니 쇼코 씨의 이름에 장미라는 뜻이 포함되어 있는 듯했다. 하지만 그건 오늘 쇼코 씨를 처음 본 나로서는 알 리가 없는 사실이었다.

"어, 그게… 그러니까… 그냥요."

애매모호하게 둘러대자 쇼코 씨는 잠시 무언가 생각하는 것 같더니 숟가락을 집어들었다.

"앗…!"

그리고는 케첩으로 그려진 장미를 숟가락으로 마구 짓이겨버렸다. 미안하지만 이런 짓은 하지 말아달라면서.

그야 처음 본 가게 사람이 괜히 친한 척하면서 음식에 수상한 메시지를 적어서 내놓으면 기분이 나쁠 만도 했다. 하지만 좀 더 어른스럽게 대응할 수도 있는 거 아닌가?

무엇보다.

"질이 애써 그린…."

내 안에 있는 질이 어깨를 축 늘어뜨리는 게 느껴져서 나도 모르게 불만이 입 밖으로 튀어나왔다.

위험해!

서둘러 입을 틀어막았지만 이미 늦었다.

"질…?"

쇼코 씨가 고개를 번쩍 쳐들었다.

"어, 아….."

"지금 질이라고 했어요?"

조금 전까지만 해도 우울한 얼굴로 가라앉아 있던 사람이 갑자기 분위기가 돌변해서 당장이라도 내게 달려들 것만 같았다.

대답을 얼버무리며 어떻게 하면 지금 이 상황을 빠져나갈 수 있을까 열심히 머리를 굴리고 있는데 쇼코 씨가 내 쪽으로 몸을 불쑥 내밀었다.

"질을 알아요? 질베르 레비나스. 좀 바보 같고 시끄러운 프랑스인 오타쿠. 당신, 질의 친구인가요? 그래서 이런 짓을 한 거예요?"

쉼 없이 쏟아지는 질문 세례에 정신이 혼미해졌다.

"어…."

적당한 대답이 생각나지 않았다.

지금까지는 영혼이 제지하는 것도 듣지 않고 '실은 생전에 고인을 만난 적이 있다'며 아무렇지도 않게 거짓말을 늘어놓았지만 이번에는 그럴 수가 없었다.

쇼코 씨가 질을 좋아하지 않는 것 같아 보였기 때문에 만약 내가 '이 오므라이스는 질이 가르쳐준 레시피대로 만든 겁니다'

라고 했을 경우, 쇼코 씨가 어떤 반응을 보일지 예상이 되지 않았다. 쇼코 씨의 반응에 질이 상처받지 않을지 걱정이 되었다.

그때.

(테츠시 씨, 부탁입니다. 쇼코에게 말해주세요. 이 오므라이스는 질이 쇼코를 생각하며 만든 거라고. 질의 영혼은 늘 쇼코의 곁에서 지켜보고 있다고요.)

머릿속에서 질이 부드러운 목소리로 속삭였다. 지금까지의 흥분한 톤과는 전혀 다른, 자애롭고 온화한 말투였다.

(쇼코는 깊은 상처를 받았어요. 외로워하고 있어요. 배도 고플 겁니다. 빨리 오므라이스를 먹으라고 해주세요.)

상처받았다고? 외로워하고 있다고? 이렇게 매서운 눈초리로 나를 죽일 듯이 노려보는 여자가?

나는 반신반의하면서도 질의 재촉을 이기지 못하고 결국 입을 열었다.

"…네, 맞습니다. 저는 질의 친구입니다. 이 오므라이스, 기억하시죠? 질이 만드는 법을 가르쳐준 겁니다. 쇼코 씨 얘기는 많이 들었습니다. 만약 당신이 혼자서 우리 가게에 오게 되면 깜짝 선물로 이 오므라이스를 만들어달라고… 질에게 부탁을 받았어요."

새빨간 거짓말이었지만 쇼코 씨는 믿는 눈치였다.

쇼코 씨가 입을 꾹 다물고 다시 자리에 앉았다.

"식기 전에 드세요."

내가 권하자 쇼코 씨는 잠시 가만히 있다가 숟가락을 들었다.

한 입. 또 한 입.

천천히 오므라이스를 입으로 가져갔다.

지금 쇼코 씨의 입 안에서는 묵직하고 농후한 풍미가 느껴지는 따끈따끈한 오믈렛이 부드럽게 녹아내리고 있을 것이다. 하지만 쇼코 씨는 실수로 싫어하는 채소를 삼켜버린 어린아이처럼 눈썹을 찡그리더니 뭔가를 억지로 참는 듯한 표정을 지었다.

"질…."

아니다.

"이 바보…."

이건 무엇을 어찌 해야 할지 모르겠다는 표정이다.

쇼코 씨는 당장이라도 울음이 터져 나올 것만 같아서 입을 다물고 있는 것이었다.

전체적으로 피부가 하얀 편인데 코끝만 새빨갰다.

고양이처럼 치켜 올라간 눈에 눈물이 차오르는가 싶더니 결국 뚝 하고 한 방울이 떨어졌다. 갑작스러운 표정 변화에 나는 당황해서 할 말을 잃었다.

"이런… 이런 것까지 일일이 다 세심하게 챙기는 주제에… 왜 중요한 순간에 돌이킬 수 없는 실수를 하는 거냐고…!"

쇼코 씨는 숟가락을 내려놓고 손등으로 거칠게 눈물을 닦았다.

카운터 위로 눈물이 뚝뚝 떨어졌다.

"흑… 흐윽…."

쇼코 씨는 짧게 숨을 끊어 쉬며 양손을 꽉 움켜쥐었다. 소리를 내지 않으려고 필사적으로 노력하는 것 같았다. 하지만 잔뜩 구겨진 얼굴을 타고 흘러내리는 눈물은 그녀가 느끼는 괴로움을 그 어떤 말보다 더 확실하게 대변하고 있었다.

(쇼코, 쇼코, 울지 말아요. 아아, 마셰리, 미안해요!)

질이 어찌할 바를 모르고 허둥댔다. 평소 강하기만 했던 아내가 우는 모습을 보고 동요한 듯했다.

(테츠시 씨, 어떡하죠? 어서 달래줘요! 허그! 안아주세요! 아니지, 이건 다른 남자의 몸이었죠? 어떡하면 좋죠? 노래를 불러줘요! 시를 낭송해줘요! 아니면 꽃을 건네줄래요?)

난리도 그런 난리가 없었다. 마음은 알겠지만 평균적인 일본인 남성에게는 즉석에서 시를 낭송하는 재주 따위 없다는 사실을 알아주면 좋겠단 말이지. 즉석에서 꽃을 만들어내는 재주도 그렇고.

"…질이 만들어주던 오므라이스 맛이랑 비슷하던가요?"

나는 고민 끝에 쇼코 씨에게 조심스럽게 말을 건넸다.

"그… 오믈렛 만드는 법도, 케첩으로 쓴 메시지도 전부 질이 알려준 대로 한 겁니다. 질의 마음이 전해질 수 있도록. 질은 진심으로 쇼코 씨가 좋아해주길 바랐거든요."

아츠시. 타마키 셰프. 마리카 씨. 소중한 존재를 잃고 깊은 슬픔에 빠진 사람들. 지금 쇼코 씨는 그들과 똑같은 얼굴을 하고 있었다.

전하고 싶은 말이 있고, 물어보고 싶은 것도 많고, 사과하고 싶은 일도 너무 많은데, 그래서 고래고래 소리라도 지르고 싶은 데 이제는 전할 수 없다는 걸 아니까 그저 이를 악물고 침묵할 수밖에 없는 그런 얼굴.

다들 사실은 뱉어내고 싶을 것이다. 마음속 깊은 곳에 단단히 박혀 있는 얼음처럼 차갑고 무거운 원망과 후회와 그리움을.

기본적으로 고민 상담은 식당에서 제공하는 서비스가 아니지만 따뜻한 밥으로 사람들의 몸과 마음을 덥혀주는 것은 식당에서 하는 일이다. 속에 차가운 얼음덩이가 박혀 있다면 그것이 녹아내리도록 돕고 싶었다.

그런 내 마음이 전해졌는지, 아니면 신이 도왔는지.

쇼코 씨는 붉게 충혈된 눈으로 오므라이스를 뚫어지게 쳐다보다가 문득 내게 물었다.

"…질한테 부탁받았다고 하셨죠? 이… 케첩으로 그린 장미도 포함해서 말인가요?"

지금까지의 강한 말투와는 달리 부모를 잃은 미아처럼 불안한 목소리였다. 어쩌면 이쪽이 쇼코 씨의 본성에 가까울지도 모르겠다는 생각이 들었다.

내가 그렇다고 대답하자 쇼코 씨는 쓴웃음을 지으며 혼자 고개를 저었다. 또다시 눈물이 툭 하고 떨어졌다.

"그럼 이게 100번째 장미인 건가…."

쇼코 씨가 낮은 목소리로 중얼거렸다.

"100번째 장미요?"

내가 되묻자 쇼코 씨는 코를 훌쩍이며 "저희 두 사람에 대해 얼마나 알고 계세요?" 하고 물었다.

"어… 두 분이 만나게 된 계기라든지… 질이 쇼코 씨에게 첫눈에 반해서 미친 듯이 대시한 끝에 결혼하게 되었다고 들었습니다."

"맞아요."

쇼코 씨는 고개를 끄덕이더니 잠시 뜸을 들였다가 나지막한 목소리로 설명해주었다.

"그때 질이 100일 연속으로 제가 일하는 카페에 찾아왔다는 얘기도 들으셨나요?"

"네."

"그게 결혼 후에도 이어졌어요. 이번에는 좀 다른 형태로."

질은 아낌없이 애정 표현을 하는 남자였다. 겉으로는 경박하기만 한 프랑스인 같아 보였지만 실세로는 모 유명 글로벌 기업의 일본 지사장을 맡고 있었고, 금전적으로 여유가 있어서인지 틈만 나면 선물을 갖다 바치려고 했다.

질의 선물 공세에 질린 쇼코 씨는 어느 날 이렇게 통보했다.

비싼 보석, 고급 레스토랑에서의 식사, 알지도 못하는 수집품 같은 건 다 필요 없으니 그냥 기념일마다 장미를 한 송이씩 선물해달라고.

"꽃 한 송이라면 자리를 차지하지도 않고, 버리는 것도 간단하고, 예쁘잖아요. 무엇보다 장미라고 하면 로맨틱한 걸 좋아하는 질이 만족할 것 같았거든요. 역시나 질은 제 말을 듣더니 눈을 반짝반짝 빛내면서 '알겠어요! 그렇게 할게요! 오노노코마치 시즌 2인 거네요!*'라고 하더군요."

"질은 일본 고전에도 빠삭했나 보네요."

"네, 전방위 오타쿠였거든요."

(맞아요, 질은 오타쿠라고요!)

그리 유명하지도 않은 오노노코마치 전설을 외국인이 알고 있다는 사실이 놀라웠다.

쇼코 씨는 과거를 회상하는 눈빛으로 말을 이었다.

장미 100송이로 10년 정도는 버틸 수 있을 줄 알았는데 질은 매일같이 뭔가 기념일을 만들어서는 장미를 선물했다고 한다. 매번 생화를 선물하기는 심심했는지 장미 모양 디저트나 액세서리를 보내올 때도 있었다. 정신을 차려보니 100번째 장미가 코앞이었다.

"처음에는 뭔가 좀 부끄럽기도 하고 바보 같기도 하고 내가 생각했던 건 이게 아닌데 싶었죠. 하지만, 매일같이 오늘은 무슨무슨 기념일이라고 별것도 아닌 일로 난리법석을 떨면서 장미를 건네는 질을 보니…."

어느샌가 쇼코 씨도 그런 분위기에 익숙해졌다.

질이 싱글벙글 웃으며 그날 하루를 축하하고 기념하는 모습

---

* 일본 헤이안 시대의 절세 미녀 오노노코마치는 자신을 사모한 남자에게 100일 동안 자신을 찾아오면 마음을 받아주겠노라고 약속했다고 한다

을 보면 마음 한구석이 간질간질했다.

아침에 눈을 뜨면 오늘은 어떤 장미를 받게 될지 가슴이 두근거렸고, 가끔 질에게 아무것도 받지 못한 날은 이상할 정도로 기분이 가라앉았다.

쇼코 씨는 시선을 떨구며 입술을 깨물었다.

"저는… 질처럼 자기 마음을 분명하게 표현하지 못하는 성격이라… 항상 수동적으로 받기만 해서… 한 번도 좋아한다거나 사랑한다는 말을 해준 적이 없어요. 질은 매일같이 제게 좋아한다고, 사랑한다고 말해줬는데."

같은 일본인으로서 충분히 이해가 가는 부분이었다. 나라도 그런 말은 술 취한 상태가 아니라면 하기 어려울 테니까.

하지만 쇼코 씨는 그 일을 진심으로 후회하고 있는 듯했다.

"한 번 정도는… 내가 먼저 말해주려고 했어요. 하지만 왠지 쑥스러워서 '다음 기념일이 오면', '50번째 장미를 받으면', '다음에 노란색 장미를 받으면'… 이런 식으로 하루하루 미루다 보니 금방 99번째 장미가 되어버렸어요…."

고양이 같은 눈동자에 눈물이 그렁그렁 차올랐다.

"…이번에야말로 꼭. 100번째 장미를 받으면 나도 제대로 말해줘야지. 그렇게 마음먹고 있었는데… 질은 그날… 돌아오지 않았어요."

(쇼코….)

머릿속에서 질이 어깨를 축 늘어뜨리는 것이 느껴졌다. 질은 커다란 몸을 잔뜩 웅크린 채 진심으로 미안해하고 있었다.

(미안. 미안해요. 질이 약속을 못 지켜서 정말 미안해요.)

그날은 추억의 장소에서 데이트를 하자는 질의 제안에 따라 두 사람이 처음 만난 메이드 카페에서 만나기로 했었다.

그날따라 일이 몰리는 바람에 질은 약속 시간에 늦었고, 면허를 딴 지 얼마 되지 않은 상태에서 급히 차를 몰다가 사고가 난 것이었다.

"바보 같지 않아요? 사람이 영 허술하달까. 하필이면 100번째 장미를 건네는 날에 그런 사고를 내다니. 바보… 멍청이… 정말이지… 구제불능이라니까….”

욕을 늘어놓는 쇼코 씨의 얼굴에는 질을 만나고 싶다고 똑똑히 적혀 있었다. 당신이 곁에 없어서 너무 슬프다고. 외로워서 견딜 수가 없다고.

쇼코 씨가 자신의 왜소한 어깨를 감싸 안으며 고개를 떨구자 옷 안에 숨어 있던 목걸이가 흘러나와 카운터에 탁 부딪혔다. 가느다란 체인 끝에 달린 것을 보고 나는 짧게 숨을 들이마셨다.

쇼코 씨에게는 조금 커 보이는… 결혼반지.

결혼반지를 끼기 싫어서 빼버린 것이 아니라 목에 걸고 있었던 것이다.

(죽었을 때, 몸에서 영혼만 빠져나와서 서둘러 약속 장소로 갔어요.)

질이 코를 훌쩍이며 고백했다.

(쇼코는 계속, 계속 기다리고 있었어요. 다른 손님들이 전부다 돌아가고 카페 문 닫을 시간이 지나서까지 조금만 더 기다리게 해달라고 점원한테 부탁해서… 질이 장미를 가져오길 언제까지고 기다렸어요.)

데졸레. 미안해요. 거듭 사과하는 질을 보며 그제야 모든 것이 이해가 갔다.

쇼코 씨가 반지를 뺀 것은 살이 빠져서 손가락 사이즈가 달라졌기 때문이었다.

질은 화장을 한 것은 지금 눈물 때문에 화장이 지워져서 드러난 다크서클을 가리기 위해서였을 것이고.

쇼코 씨는 질의 죽음으로 크나큰 충격을 받고 상실감에 빠져지내고 있는 것이 틀림없었다.

"적어도 한 번은 말할 기회를 줘야지…. 사람이 모처럼 용기내서 말하기로 결심했는데…. 이 바보! 멍청이! 나쁜 놈!"

바보라고 욕하는 쇼코 씨의 모습이 마치 사랑을 고백하고 있는 것처럼 보였다.

좋아해. 곁에 있어줘. 왜 함께 있어주지 않는 거야.

(쇼코! 쇼코! 울지 말아요. 미안, 미안해요.)

머릿속에서는 질이 꺼이꺼이 목놓아 울고 있었다.

나도 모르게 눈물이 나오려는 걸 간신히 참으며 정신을 가다듬고 입을 열었다.

"쇼코 씨."

붉게 충혈된 고양이 같은 눈동자가 나를 향했다.

나는 이쪽을 올려다보는 쇼코 씨에게 고개를 끄덕여 보이며 혀로 입술을 축였다.

"100번째 장미를 질에게 직접 받지 못해서 많이 서운하셨죠? 하지만… 그 오므라이스도, 케첩으로 그린 장미도, 전부 질이 가르쳐준 대로 만든 겁니다. 그러니까… 어려우시겠지만… 이 오므라이스는 질이 쇼코 씨에게 주는 선물이라고 생각해주시면 안 될까요?"

이런 말을 하는 것은 늘 긴장된다.

내가 쓸데없는 말을 하는 게 아닐까. 오히려 상대방을 더 불쾌하게 만드는 건 아닐까. 의도치 않게 상처를 입히면 어떡하지.

그래도 역시 나는 쇼코 씨의 눈물을 멈추게 하고 싶었고, 그러기 위해서 어떻게 하면 좋을지 정답을 알지 못했기에 그저 진심이 전해지기만을 바라며 말을 이었다.

"쇼코 씨는 전하지 못했다고 하지만… 질은 쇼코 씨의 마음을 알고 있었을 겁니다. 상대방의 마음을 전혀 모르는 상태에서 장미를 100번이나 선물한다는 건 쉽지 않은 일이니까요."

"…"

쇼코 씨는 다시금 멍한 표정을 지었다.

믿을 수 없다. 하지만… 믿고 싶다. 그런 주저와 망설임이 느껴지는 표정이었다.

(맞아요, 쇼코! 질은 잘 알고 있었어요!)

고개를 번쩍 쳐들고 역설하는 질에게 용기를 얻어 나도 힘주어 말했다.

"그야 쇼코 씨가 매번 뜨거운 반응을 보이지는 못했을지도 모릅니다. 하지만… 마음이라는 건 아주 작은 표정이라든지 태도를 통해 전해지기도 하니까요. 자기가 준비한 깜짝 선물을 진심으로 기대해주고 좋아해준다면… 그것만으로도 충분한 보답이 되기도 하거든요."

그것은 나 자신에게 들려주는 말이기도 했다.

손님을 위해 정성껏 최선을 다해서. 아무리 열심히 노력해도 오늘 점심때 같은 일이 일어나기도 한다. 하지만 그때 얼굴을 찌푸리며 떠난 사람들과 비슷한 수의 손님들이, 아니 그보다 훨씬 더 많은 수의 손님들이 시호와 나를 안쓰러운 시선으로 지켜보며 응원해주었다. 빈 잔에 차를 따라주자 평소보다 더 밝게 웃어준 손님도 있었다. 입 밖으로 소리 내어 힘내라고 말해준 것은 아니지만 지금까지 손님과 나 사이에 쌓아온 무언가가 있기에 가능한, 따뜻함이 묻어나는 태도였다. 내가 진정 중요하게 여겨야 하는 것은 떠나간 손님이 아니라 남아 있는 손님이었던 것이다.

(맞아요! 게다가 쇼코는 이게 100번째 장미라는 사실을 정확하게 기억하고 있었잖아요. 질은 그것만으로도 쇼코가 질을 얼마나 사랑하는지 알 수 있어요!)

질이 내 머릿속에서 목청껏 부르짖는 말을 쇼코 씨에게 전하자 쇼코 씨는 고개를 툭 떨구더니 떨리는 목소리로 중얼거렸다.

"정말 그럴까요…?"

질과 나는 동시에 고개를 끄덕였다.

"그렇다니까요."

"정말… 그렇게 생각해도… 되는, 걸까요…?"

목소리에서 눈물이 배어났다.

위. 당연하지. 질이 몇 번이고 고개를 끄덕이며 부드러운 목소리로 답했다.

질의 대답이 전해졌는지는 모르겠지만 이윽고 쇼코 씨는 울음을 멈추고 고개를 들어 숟가락을 집었다.

"…애써 그려준 장미를 뭉개버려서 죄송해요."

"아닙니다."

작게 사과하는 쇼코 씨에게 나도 조용히 대답했다.

쇼코 씨는 "잘 먹겠습니다"라고 하면서 숟가락으로 오므라이스를 뜨려다가 문득 동작을 멈췄다.

"저… 케첩 있나요?"

"네?"

갑작스러운 요청에 조금 의아했지만 부족한가 싶어서 케첩통을 내밀었다.

"여기 있습니다. 업소용이라 죄송합니다."

"괜찮아요. 저도 이게 더 편하거든요."

쇼코 씨는 작은 손으로 커다란 케첩통을 받아들고 쑥스러운 듯 미소를 지었다.

"…100번째 장미를 받았으니까."

그렇게 말하며 쇼코 씨가 손을 움직이자… 오므라이스 위에 커다란 하트 마크가 모습을 드러냈다.

가지런한 필기체로 글자도 적혀 있었다.

— Je T'aime.

프랑스어를 전혀 모르는 나조차도 알고 있는 유명한 사랑의 말.

"나도 참 바보 같죠? 이거, 엄청 연습한 거예요."

쓴웃음을 짓는 쇼코 씨의 얼굴 위로 투명한 눈물이 흘러내렸다.

쇼코 씨는 눈물을 닦을 생각도 하지 않고 작은 소리로 "질…" 하고 중얼거렸다. 아마도 마음속으로 오므라이스 위에 적힌 사랑의 고백을 하면서.

"아아, 케첩을 너무 많이 뿌려버렸네."

그러고는 어깨를 으쓱해 보이더니 오므라이스를 먹기 시작했다. 정말 맛있다고 감탄하면서. '에니 그니' 부분을 특히 더 시간을 들여 깨끗이 먹어치운 다음 천천히 숟가락을 내려놓았다.

"…잘 먹었습니다."

쇼코 씨의 얼굴은 처음 가게에 왔을 때에 비하면 한결 홀가분해 보였다. 강한 인상을 주는 치켜 올라간 눈꼬리도 조금 부드러워져서 앳된 소녀처럼 보였다.

"저야말로 잘 먹었습니다."

나는 아까부터 "쇼코! 모나무르!"라고 부르짖는 질과 갑자기 귀여운 소녀가 되어버린 쇼코 씨 사이에 껴서 그런 두 사람을 보고만 있어도 배가 부른 느낌이었다.

하지만 그런 사정을 알 리 없는 쇼코 씨가 의아한 표정을 짓는 것을 보고 서둘러 화제를 돌렸다.

"배불리 드셨나요?"

"네, 배가 터질 것 같아요. 덕분에 이 오므라이스처럼 버터리하고 하이 칼로리한 사람이 바로 질이었다는 사실을 기억해냈어요. 감사합니다."

쇼코 씨는 이 한 그릇만으로도 살이 제대로 찔 것 같다고 웃으며 질과의 이런저런 추억을 들려주었다.

그러고는 긴장이 완전히 풀린 듯 편안한 얼굴로 주변 사람들에게 우리 가게를 열심히 홍보해주겠다고 약속하고는 마지막으로 다시 한번 잘 먹었다는 인사를 남기고 돌아갔다.

(테츠시 씨! 테츠시 씨! 진짜 고마워요! 감사합니다! 메르시! 아아, 쇼코!!!)

오열하며 부르짖는 질과 나를 뒤로한 채.

"알겠어요. 잘 알았으니까 제발 그렇게 울부짖지 좀 마세요. 제가 울음을 참느라 얼마나 고생했는지 아세요?"

(하지만! 쇼코가! 사랑한다고! 우아아아, 내가 더 사랑해요, 쇼코!!!)

질은 내가 알아듣지도 못하는 프랑스어를 폭풍처럼 쏟아냈다.

그렇게 절규하고, 노래하고, 눈물을 쏟다가 한참이 지나서야 겨우 눈물을 그쳤다.

(정말, 진심으로 감사합니다.)

질이 코를 훌쩍이며 고개를 숙였다. 남이 보기에는 혼자서 허공을 향해 절하는 이상한 사람으로밖에 보이지 않겠지만.

질은 몇 번이고 감사 인사를 반복하고, 또 그 사이사이에 끊임없이 쇼코 씨를 향한 사랑을 고백하면서 만면의 미소를 띤 채… 사라졌다.

"하아…."

나는 갑자기 휑하게 느껴지는 가게 안을 둘러보며 작게 한숨을 내쉬었다.

질의 드라마틱한 희로애락과 열렬한 애정 표현은 내게 깊은 피로감을 남겼다.

하지만.

"…그러게."

신이 한 말이 맞았다.

나는 질 덕분에 기운을 차릴 수 있었다.

손님의 노예라서가 아니라 그저 손님이 기뻐하는 모습을 보고 싶어서 열심히 하는 것뿐이다. 내 노력에 대해 매번 좋은 반응이 돌아오는 것은 아니지만, 소소하게나마 웃어주고 고맙다고 말해주는 손님은 늘 있었다. 그리고 나는 그런 손님들의 반응을 보면 기뻤다.

그걸로 충분하지 않은가.

후련한 기분으로 문 닫을 준비를 하고 있는데 가게 미닫이문이 다시 드르륵 열렸다.

"저기요!"

쇼코 씨였다.

"어? 뭐 놓고 가셨나요?"

설거지를 중단하고 앞치마에 손을 닦으며 홀로 나가자 쇼코 씨가 심각한 얼굴로 스마트폰을 불쑥 들이밀었다.

"이거, 여기 맞죠?"

"네?"

어두운 가게 안에서 밝게 빛나는 액정 화면 속에 음식 사진이 보였다.

"테시오야를 홍보하는 글을 올리려고 SNS에 들어갔더니… 지금 이 사진이 무서운 속도로 퍼지고 있는 것 같아요."

쇼코 씨가 굳은 목소리로 설명해주는 사이에도 게시물 아래에 표시된 조회 수가 빠르게 늘어나고 있었다.

게시물을 확인한 순간, 얼굴에서 핏기가 가시는 것이 느껴졌다.

사진에 찍힌 음식은 돼지고기볶음이었다.

기름이 좔좔 흐르는 먹음직스러워 보이는 돼지고기와 먹기 좋은 크기로 잘린 양배추. 그 옆으로 뭔가 가느다랗고 구부러진 못 같은 형태의 갈색 물체가 보였다.

사진에 첨부된 글은 다음과 같았다.

【돼지고기볶음. 함께 나온 반찬은 바퀴벌레의 다리 한 짝. 망할 놈의 가게. 두 번 다시 안 간다.】

글에서 가게 이름을 직접적으로 언급하지는 않았지만 사진 한구석에 '테시오야'라고 적힌 메뉴판이 찍혀 있어서 사진 속 장소가 우리 가게라는 사실은 쉽게 알 수 있었다. 실제로 리트윗된 게시물에 우리 가게 이름이 적혀 있기도 했다.

"이게 무슨⋯."

"있을 수 없는 일이죠. 저도 주방에서 일해봐서 아는데 그릇에 이런 게 이런 형태로 섞여 들어갈 리가 없잖아요."

눈을 매섭게 치켜뜬 쇼코 씨는 나를 규탄하러 온 것이 아니라 단순히 이 사태를 내게 알려주러 온 것인 듯했다.

"저희 가게도 비슷한 일을 당한 적이 있어요."

쇼코 씨가 무거운 목소리로 말했다.

"아무래도 악의적인 소산 같아요."

다섯 번째 메뉴

테시오야의 명물 가라아게

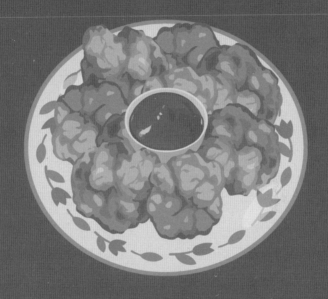

가라아게(唐揚げ): 밑간을 한 고기에 전분을 얇게 입혀서 튀겨낸 일본 요리

수요일 밤.

점심 피크 때만큼은 아니더라도 평소라면 야근 후 집으로 돌아가는 회사원이라든지 동아리 활동을 마친 대학생들이 삼삼오오 찾아오는 시간대다.

하지만.

"…손님이 없네."

벌써 세 번이나 싱크대를 닦은 시호가 기운 없이 중얼거렸다.

시호의 목소리는 아무도 없는 가게 안에 생각보다 더 크게 울려 퍼졌다. 똑, 하고 수도꼭지에서 떨어진 물방울이 적막감을 가중시켰다.

"…장사하다 보면 이런 날도 있는 거지."

"아니야. 원래 수요일은 야근을 시키지 않는 회사가 많아서 저녁 6시쯤부터 손님이 몰리는 날이잖아."

조미료통을 채우던 내가 애써 아무렇지 않은 척하며 대답하자 시호는 바로 내 말을 부정했다. 그러고는 "이런 적은 처음이야…"라며 고개를 떨구었다.

침묵이 내려앉았다.

나는 가득 채운 간장통을 의미도 없이 만지작거리며 시호에게서 시선을 돌렸다.

우리 가게를 저격한 SNS 게시물이 올라온 지 이틀이 지났다.

화를 내야 할지 웃어넘겨야 할지 고민하는 사이에 문제의 게시물은 생각보다 훨씬 더 큰 파급력을 보이며 빠르게 확산되었다.

바로 다음 날부터 점심 손님이 눈에 띄게 줄었고, 저녁 손님은 단골 세 명뿐이었다.

그리고 오늘 점심에 온 손님은 다 합쳐도 손에 꼽을 정도였고, 저녁이 된 지금은 사람 그림자도 비치지 않았다.

손님들이 의식적으로 네시오야를 피하고 있다.

이 주변에는 식당, 프랜차이즈 레스토랑, 카페가 몰려 있으니 손님 입장에서는 굳이 그중에서 이상한 소문이 도는 가게를 선택할 이유가 없었다. 내가 손님이었어도 그랬을 것이다.

머리로는 이해하지만 속상한 마음이 드는 것은 어쩔 수 없었다. 시호의 마음도 나와 비슷할 것이다.

특히 시호는 단골들의 반응이 신경 쓰이는 듯했다.

어떻게 된 일이냐고 걱정스러운 시선으로 쳐다보면 상처를 받았고, 그렇다고 해서 대략적인 상황을 짐작한 손님에게 위로의 말을 들으면 그건 그것대로 불편한 것 같았다.

이제 겨우 부모님의 죽음으로 인한 충격을 딛고 일어나 예전의 활기찬 모습을 조금씩 되찾아가고 있었건만, 요 이틀 사이에 시호는 다시금 말수가 현저히 줄어들었다.

"전화번호, 가르쳐주는 게 좋았으려나…."

급기야 이런 말까지 하는 지경에 이르렀다.

"연락처를 주고받았으면 이런 짓을 당했을 때 바로 항의할 수도 있었을 테고… 아니지, 만약 그랬다면 애초에 이런 짓은 하지도 않았을 텐데…."

"그런 말 마."

풀 죽은 목소리로 중얼거리는 시호의 말을 가로막았다.

"그런 개자식한테 가르쳐줘도 되는 개인정보 따위는 없어."

개자식. 다시 말해 켄지.

우리가 켄지에 대해 아는 거라고는 이름뿐이었지만 이번 SNS 게시물의 발신지는 그 녀석임이 분명했다.

사건의 경위도 그렇고 무엇보다 사진에 찍힌 테이블, 그 테이블 위에 놓인 텅텅 빈 이쑤시개통이 가장 큰 증거였다. 그날 그 자리에서 돼지고기볶음 정식을 시킨 손님은 그 녀석뿐이었으니까.

"보복이랍시고 그런 짓을 할 줄이야…."

생각만 해도 이가 갈렸다.

그날 켄지는 확 망해버리라고 악담을 퍼부으며 가게를 떠났다. 식당에서 손님에게 제공하는 음식에 이물질이 섞여 들어간다는 것이 얼마나 심각하고 중대한 사건인지 잘 알면서 이런 짓을 저지른 것이리라.

맹세컨대 그날 켄지가 먹은 돼지고기볶음에 벌레 다리 같은 건 절대 들어가지 않았다.

위생에 관해서는 시호가 다소 과하다 싶을 정도로 철저하게 관리하고 있다. 어찌나 살균을 열심히 하는지 우리 가게 주방에서는 그 어떤 생명체도 살아남을 수 없겠다는 생각이 들 정도다. 조리 과정을 생각해도 그런 위치에 이물질이 섞여 들어갈 리가 없었다.

그릇에 옮겨담을 때, 테이블에 내려놓을 때, 아무리 바쁘더라도 반드시 두 번 세 번씩 확인한다.

그러니 사진에 찍힌 정체불명의 물체는 켄지가 이쑤시개를 조각내어 음식 사이에 슬쩍 집어넣었거나 그게 아니라면 나중에 사진을 조작한 것이 틀림없었다.

"쓰레기 같은 놈…."

규모는 작지만 제대로 된 요리를 먹을 수 있는 청결하고 편안한 분위기의 가게. 테시오야를 찾는 손님들이 그렇게 느낄 수 있도록 시호와 나는 매일매일 최선을 다해 노력하고 있었다. 그 녀석은 우리의 피나는 노력을 시답잖은 이유로, 별생각도 없이 무참히 짓밟아버린 것이다.

욕이 튀어나오려는 걸 꾹 참고 있는데 옆에서 시호가 혼잣말처럼 중얼거렸다.

"내 탓이야…"

"응?"

"엄마랑 아빠가 물려주신 소중한 가게를… 내가 개자식 하나를 제대로 다루지 못하는 바람에… 다 망쳐버렸어."

일부러 개자식 같은 험한 표현을 사용하며 센 척해 보이지만, 시호는 금방이라도 울 것 같은 얼굴을 하고 있었다.

"그게 무슨 소리야. 군이 책임을 따지자면 그 자식한테 직접적으로 싸움을 건 사람은 나니까 내 탓이지."

"아니야, 내 탓이야."

시호는 물러서지 않았다.

커다란 눈동자에 눈물을 글썽이며 입을 꾹 다물고 있었다.

시호가 일단 고집을 부리기 시작하면 당해낼 수가 없다. 원래부터 이상할 정도로 책임감이 강한 데다가 특히나 지금은 평소보다 더 자신을 몰아세우고 있었다. 내가 무슨 말을 해도 들으려 하지 않았다.

"…흑."

꽉 다문 입술에 힘이 잔뜩 들어갔다. 눈물을 참고 있다는 증거였다. 부모님의 장례식이 끝난 후 두 번 다시 안 울겠다고 혼자서 맹세라도 했는지 시호는 필사적으로 눈을 부릅뜬 채 울지 않으려고 발버둥치고 있었다.

하지만 눈썹에는 힘이 잔뜩 들어가 있었고 입꼬리도 파르르 떨렸다. 워낙 피부가 하얀 편이라 눈물을 참으려고 하면 코끝이 새빨개져서 한눈에 알 수 있었다.

내가 세상에서 가장 감당하기 어려워하는 표정이었다.

"시호….."

나는 한숨을 푹 내쉬며 입고 있던 앞치마를 벗었다.

시호는 잠자코 내 쪽으로 고개를 돌렸다. 대답을 하지 않는 것은 지금 입을 열면 바로 울음이 터져 나올 것 같아서겠지.

나는 겉으로 소리만 내지 않을 뿐 마음속으로 서럽게 울고 있을 시호를 보며 말했다.

"오늘은 이만 문 닫자. 어차피 아무도 안 올 거야."

"….."

"가게 문 닫고 같이 신사에 가자."

시호가 대답하기까지 조금 시간이 걸렸다.

"갑자기 그게 무슨 소리야?"

"일단 따라와봐."

눈썹을 찌푸리는 시호에게 코트와 목도리를 건넸다.

그러고는 계속 무슨 일이냐고 묻는 시호의 팔을 잡고 가게를 나와서 신사가 있는 쪽으로 걷기 시작했다.

…◆…

낡은 기둥, 차가운 돌바닥. 쥐 죽은 듯 고요히 늘어선 나무들.

이제는 완전히 익숙해진 한밤중의 경내.

나는 여기까지 오는 도중에 내 손을 뿌리친 시호가 제대로 따라오고 있는지 확인한 후, 본당 지붕 아래 방울 달린 끈을 흔들었다.

"신령님! 신령님! 계세요?"

딸랑딸랑.

오늘도 역시 배부른 듯한 묵직한 소리가 났다.

방울을 힘껏 흔들고 있는데 시호가 뒤에서 내 팔을 획 낚아챘다.

"오빠! 지금 뭐 하는 거야!"

"뭐 하긴. 방울 흔들고 있지. 신사에 오면 신에게 인사하는 의미에서 방울을 흔들어야 한다는 건 상식이잖아."

"한밤중에 시끄럽게 방울을 흔드는 건 상식이 아니라 비상식이지! 주변에 사는 분들이나 신사에 계신 분들은 물론 신께도 실례라고!"

시호가 작은 소리로 구박했다. 다행히 여기까지 오는 동안 눈물은 어느 정도 잦아든 모양이었다. 아니면 내 행동에 놀라서 눈물이 쏙 들어간 것일 수도 있고.

"괜찮아. 신을 부를 때는 늘 이런 식으로 하니까."

"뭐? 그게 무슨 소리야? 오빠, 어디 아파?"

시호의 얼굴에는 '이 녀석, 드디어 미친 건가'라고 쓰여 있었다. 나는 피식 웃으며 계속해서 방울을 흔들었다.

"신령님! 괜히 뜸 들이지 말고 어서 나오세요! 절체절명의 위기라고요, 도와주세요! 오늘은 술을 못 갖고 왔지만 다음에 완전 좋은 걸로 갖다 드릴게요! 네?"

딸랑딸랑.

"오빠, 그만 좀⋯."

"그냥 막연히 도와달라는 게 아니라 명확한 소원이 있단 말이에요. 부모님을 만나고 싶어요. 지금 당장 두 분을 만나서 기운을 얻고 싶다고요. 네? 제발 부탁드려요."

딸랑딸랑.

나는 나대로 필사적이었다.

나 역시 이번 일로 시호에게 지지 않을 만큼 스스로를 탓하고 있었으니까.

질 나쁜 손님을 능숙하게 다루지 못하고 싸움을 건 것은 명백히 내 잘못이다. 이번 사건의 주범이자 부모님과 여동생의 보물인 테시오야를 위기로 몰아넣은 사람은 바로 나였다.

시호에게는 자책하지 말라고 하면서 누구보다도 나 자신이 심한 죄책감에 시달리고 있었다. 그런 내가 너무 한심했다. 누가 나한테 정신 차리라고 뺨이라도 때려줬으면 싶었다. 그렇지 않으면 이대로 주저앉아버릴 것만 같았다.

"신령님! 어디 계세요?"

예전에 신은 내게 '부모님을 만나기에는 부족하다'라고 했다. 부족한 것이 술이든 돈이든 선행이든 나는 얼마든지 바칠 각오가 되어 있었다.

그러니까 아무튼 지금 당장.

나는 부모님을 만나야만 했다.

"신령님! 신령님!"

"오빠…."

등 뒤에서 시호가 난감한 목소리로 중얼거렸다. 오빠가 미쳐
도 단단히 미쳤다고 생각하는 것 같았다.

바로 그때.

본당이 희미하게 빛나는가 싶더니 내게는 이제 익숙한, 성별
미상의 신비한 목소리가 주위에 울려 퍼졌다.

— 정말이지 변함없이 시끄럽구나.

"신령님!"

나도 모르게 안도의 한숨을 내쉬었다. 옆에서 시호가 꺅! 하
고 비명을 지르며 내 팔에 매달렸다.

"뭐, 뭐야? 뭔데?"

— 이번에는 여동생과 함께 왔느냐. 술은 없다고? 흐음.

나는 경계심에 찬 눈으로 주위를 둘러보는 시호를 진정시키
며 신의 목소리가 들려오는 본당 쪽을 향해 입을 열었다.

"매번 밤늦게 찾아와서 죄송합니다. 하지만 오늘은 정말로 너
무 급해서요. 공물로 바친 술이 부족한 것인지, 아니면 아직 충
분히 도움이 되어드리지 못한 것인지는 모르겠지만… 나중에 다
갚을 테니까 일단 부모님을 먼저 만나게 해주시면 안 될까요?"

"그게 무슨….."

옆에서는 시호가 영문을 모르겠다는 듯 눈을 깜빡이고 있었다.

나는 시호에게 지금까지 있었던 일을 요약해서 설명해주었다.

신사에 와서 누가 나한테 요리 좀 가르쳐줬으면 좋겠다고 소원을 빌자 죽은 사람의 영혼이 내 몸에 빙의했고, 그래서 지금까지 그 영혼들이 성불하도록 도우면서 동시에 나의 요리 실력을 갈고닦았으며, 이런 식으로 신의 일을 돕다 보면 언젠가 부모님의 영혼과 만날 수 있을지도 모른다고.

"그럴 수가….."

시호는 도저히 믿기지 않는다는 표정이었지만 최근 갑자기 요리 실력이 좋아졌을 뿐만 아니라 식당 운영에 대한 자세도 달라진 나를 보고 뭔가 수상하다고 여기던 차에 지금 내가 한 설명을 듣고 의문이 풀린 것 같기도 했다. 무엇보다 실제로 눈앞에서 본당이 빛나고 신비한 목소리가 들려오고 있으니 이보다 더 확실한 증거는 없었다. 결국 시호는 당혹스러워하면서도 내 말을 믿어주었다.

나는 시호에게 고개를 끄덕여 보이고 다시 본당을 향해 몸을 틀었다.

"제발 부탁입니다. 여동생도 계속 부모님을 만나고 싶어 했어요. 그러니 부디 저희 소원을 들어주세요. 부족한 건 앞으로 얼마든지 갚아나갈 테니까…!"

이렇게 필사적으로 무언가를 바랐던 적이 있던가.

내가 거의 부르짖듯 외치자 신은 조용히 한숨을 내쉬었다.

— 이 녀석아.

"네."

— 나를 무슨 술과 돈에 눈이 먼 수전노처럼 묘사하는 건 그만두거라.

"네?"

어이가 없다는 듯 말하는 신의 의중을 알 수가 없어서 나도 모르게 눈썹을 찌푸렸다.

그리고 곧바로 이어지는 말을 듣고 눈이 동그래졌다.

— 내가 부족하다고 한 건 소원의 숫자다. 내가 하는 일은 소원의 실을 마주 엮는 것이니 말이다. 부르고 싶은 영혼은 둘인데 영혼을 받아들일 몸은 하나면 수가 안 맞지 않느냐.

"네? 어… 어?"

그러니까 두 명의 영혼을 부르고 싶다면 두 명의 소원이 필요하다는 말인가.

그러고 보니 신이 내게 술이나 돈을 더 바치라고 독촉한 적은 없었다. 하지만 그러면 그렇다고 진작에 알려주면 좋았을 것을.

내 생각을 읽기라도 했는지 신이 투덜거렸다.

— 영혼을 자기 몸에 받아들이는 것은 원래 무녀가 하는 일

이다. 수가 맞지 않는다고 아무나 데려와서 머릿수를 채우라고 하는 것은 원칙에 어긋나는 일이란 말이다. 무엇보다 내 역할은 이미 존재하는 소원의 실을 엮는 것이지 새로이 실을 짜내는 것이 아니다.

잘은 모르겠지만 신들의 세계에도 그 나름의 규칙이 있다는 말인 듯했다.

아니, 그보다 지금 중요한 건….

"그 말은… 그러니까…."

나는 침을 꿀꺽 삼켰다.

부르고 싶은 영혼은 둘. 필요한 소원, 그러니까 영혼을 받아들일 몸도 둘.

이 상태에서 시호도 나처럼 부모님을 만나고 싶다고 소원을 빌었다면….

"오빠…, 저기…!"

시호가 내 소매를 잡아끌었다. 나는 황급히 뒤를 돌아보았다.

시호가 떨리는 손가락으로 가리킨 곳에는 희뿌연 안개가 자욱하게 깔려 있었고, 그것이 허공에서 서서히 뭉쳐 두 사람의 형체를 만들어가고 있었다.

한 명은 어깨가 딱 벌어지고 땅딸막한 체구에 턱수염을 기른 온화한 인상의 남자.

다른 한 명은 웃어서 생긴 잔주름이 눈가에 깊이 새겨진 자그마한 체구의 여자.

우리… 부모님이었다.

"아빠…! 엄마…!"

희미하게 빛나는 실루엣을 보고 시호가 외쳤다. 도저히 믿기지 않는다는 듯 몇 번이고 목청껏 외치며 몸을 부들부들 떨었다.

"거짓말! 정말이야? 거짓말이지…?"

『얘도 참. 정말인지 거짓말인지 하나만 하렴.』

『거짓말이 아니라 정말 아빠야.』

엄마가 어처구니가 없다는 듯 웃자 아버지가 장난스럽게 어깨를 으쓱해 보였다.

너무나도 익숙한 두 사람의 반응에 시호가 얼굴을 팍 일그러뜨렸다.

"어… 엄마… 엄마! 엄마!"

눈물을 펑펑 쏟으며 엄마에게 달려가는 시호를 보고 아버지가 서운한 표정을 지었다.

"시호, 아빠는…?"

아무튼 지금 그보다 중요한 건.

"조심해! 함부로 건드리면…."

"응?"

퐁.

내가 미처 말릴 새도 없이 시호는 두 팔을 내민 자세 그대로 엄마와 합체해버렸다.

"어? 어어? 어어어?"

갑자기 머릿속에서 엄마 목소리가 들려와서 놀랐는지 시호는 자신의 양쪽 귀를 손으로 막고 주위를 두리번거렸다.

『어이쿠, 당신이 먼저 시호한테 빙의해버렸네.』

"오빠! 이… 이게 대체…!"

(아무래도 이게 좋지 않겠어요? 성별이 같은 사람끼리 합치는 게 여러모로 편할 테니까.)

신기하게도 시호의 몸에 들어간 엄마의 목소리는 집중해서 귀를 기울이면 나한테도 들렸다. 엄마와 내가 부모 자식 간이라서 그런 건지 시호와 내가 남매지간이라서 그런 건지는 모르겠지만.

"저… 신령님. 이번에는 저희가 부모님께 요리를 배우려는 것도 아니고, 부모님이 미련을 느끼는 대상도 저희일 테니 딱히 빙의할 필요는 없는 거 아닌가요?"

내가 신에게 합체한 영혼을 다시 분리할 수 있느냐고 묻자 전혀 예상 밖의 대답이 돌아왔다.

— 응? 그게 무슨 말이냐? 이 두 사람의 소원은 '다시 한번 가게로 돌아가서 손님들에게 요리를 대접하고 싶다'라는 것이었다만.

"네?"

나도 모르게 얼빠진 소리가 나왔다.

손님들에게 요리를 대접하고 싶다? 아들딸을 만나고 싶다가 아니라?

"그게 무슨….."

두 분 다 워낙 털털한 성격이긴 하지만 이건 자식에 대한 애정이 너무 부족한 거 아닌가?

시호가 부모님 앞에서 눈물을 쏟는 모습을 보고 울컥했던 나는 뭔지 모를 배신감에 입을 꾹 다물고 아버지를 쳐다보았다.

『사정이 그러니 네 몸을 좀 빌려야겠다, 테츠시.』

아버지는 내 기분 따위는 아랑곳하지 않고 쾌활하게 말했다.

"빌려주는 건… 상관 없지만….."

그래, 우리 부모님은 이런 분들이셨다.

우리를 보러 왔을 거라는 예상이 빗나가 허탈한 기분이었지만 어딘지 모르게 익숙한 그 느낌이 싫지만은 않아서 나는 애매한 표정으로 아버지를 마주 보고 섰다.

『그럼 간다!』

순식간에 내 코앞까지 돌진해온 아버지를 보고 이렇게 가까이에서 서로를 보는 건 오랜만이라는 생각이 들었다.

퐁.

그렇게 나와 아버지도 합체를 마쳤다.

…◆…

우리 넷은 신사에서 테시오야로 돌아오는 길을 시간을 들여 아주 천천히 걸었다.

보통 이렇게 모여 있으면 엄마와 시호가 끊임없이 말을 하고 남자 둘은 듣기만 하는 편인데 오늘은 좀 달랐다. 나는 지금까지 어떤 영혼이 내게 빙의해서 어떤 경험을 했는지, 그리고 지금 우리가 어떤 일을 겪고 있는지에 대해 부모님께 말씀드렸다.

켄지 일에 관해서는 나도 시호도 속죄하는 심정으로 말씀드렸는데 의외로 두 분은 '어머', '그것 참 봉변을 당했구나' 하고 마치 남 일처럼 담담한 반응을 보여서 허탈했다. 동시에 어깨에서 큰 짐을 덜어낸 것처럼 기분이 홀가분해지기도 했다. 역시 부모님은 부모님이랄까.

오히려 부모님이 관심을 보인 건 내 몸에 빙의했던 다른 영혼들 쪽이었다. 내가 그들의 이력과 자초지종을 설명하자 두 분은 감탄스럽다는 표정으로 연신 고개를 끄덕였다.

(정말? 대충 예상은 했지만 역시 테츠시의 머릿속에서는 그런 대화를 나누고 있었던 거구나.)

(뱃심 상인 신시 씨가 빙의했을 때 네가 기름을 다루는 모습은 정말 대단하더구나.)

"보, 보고 계셨어요?"

(보기만 한 게 아니라 '조심해!', '우리도 빙의시켜줘!'라고 목이 터져라 외치기도 했는데 말이다.)

아버지가 내 머릿속에서 투덜거렸다. 나는 놀라기도 하고 부끄럽기도 해서 필요 이상으로 말을 더듬었다.

"그, 그런 거면 더 빨리 와줬으면 좋았을 텐데…. 아, 맞다, 매번 신사에는 나 혼자 갔었으니까…."

(그래. 어쩔 수 없으니 일단 엄마만이라도 테츠시한테 빙의할까 했는데 아빠가 자기도 같이 가겠다고 고집을 부리는 바람에….)

(아니, 반대지. 내가 가겠다고 했는데 당신이 고집을 부렸잖아.)

보아하니 엄마도 아버지도 서로 양보를 안 해서 우리가 만나기까지 이렇게 시간이 걸린 듯했다.

"뭔가…."

당신은 항상, 아니 당신이야말로, 하고 부부싸움을 시작하려드는 두 사람의 목소리를 들으며 시호가 중얼거렸다.

"변함없네."

죽어서도. 영혼이 되어 돌아와서도. 변함없이 우리 부모님은 쾌활하고, 고집스럽고, 핀트가 어긋나 있었다. 시호는 그 사실에 어이없어하면서도 어딘지 모르게 안심한 듯한 표정이었다.

"그러게."

옥신각신하는 부모님의 목소리를 들으며 나는 시호에게 고개를 끄덕여 보였다.

두 분이 별것도 아닌 일로 다투고, 그 모습을 보며 시호와 둘이서 쓴웃음을 짓고 있으려니 마치 예전의 일상이 돌아온 것만 같은 기분이 들었다.

넷이 함께 가게로 향하는 길을 걷는 게 얼마만이더라.

한 발 한 발 음미하듯 천천히 걸어 가게에 도착했다. 엄마와 아버지는 우리한테 잠깐 멈추라고 하더니 감회에 젖은 표정으로 간판을 올려다보았다.

(…다녀왔습니다.)

두 사람이 동시에 말했다.

그리고 건물 뒤쪽으로 돌아서 뒷문을 열고 어두운 가게 안으로 들어가 한참 동안 아무 말도 없이 주방을 둘러보더니 이윽고 작게 한숨을 내쉬었다.

(…고맙다.)

엄마가 낮은 목소리로 말했다.

(가게를 이렇게 예쁘게 지켜줘서 정말 고맙다.)

"…아니야, 내가 뭘…."

(고맙구나, 시호. 힘들었지?)

시호가 고개를 저으며 부정하려고 하자 아버지가 중간에 시호의 말을 가로막았다. 그러면서 내 손을 들어 시호의 머리를 다정하게 쓰다듬었다. 시호는 그대로 입을 다물고 더 이상 자신을 부정하는 말을 하지 않았다. 그저 조금 수줍은 표정을 지을 뿐이었다.

역시 부모님은 당해낼 수가 없다.

어두운 가게 안에 고요한 침묵이 내려앉은 그때.

(자, 그럼!)

분위기를 바꾸려는 듯 엄마가 목소리를 높였다.

(시작해볼까요?)

(아아!)

기운차게 대답하며 소매를 걷는 아버지를 보고 나는 고개를 갸웃거렸다.

여기까지 오는 동안은 지금까지 있었던 일을 부모님께 설명하느라 바빠서 정작 두 분이 누구에게 무슨 음식을 대접하려고 하는 것인지에 대해서는 듣지 못했다.

"시작하다니…? 누구한테 뭘 만들어주려는 건데요?"

내가 어리둥절한 표정으로 묻자 엄마가 시호의 얼굴로 나를 향해 능숙하게 윙크를 날렸다.

(그야 우리 가게의 새로운 단골 손님에게.)

(치킨난반과 쌍벽을 이루는 테시오야의 대표 메뉴, 가라아게 정식을 맛보여 드려야지.)

···◆···

상온에 꺼내둔 닭다리살에서 불필요한 지방과 혈관을 제거하고 힘줄을 잘라내는 것은 아버지 담당.

한입 크기로 자른 닭다리살에 소금과 후추를 뿌리고 마늘, 생강, 간장, 레몬즙으로 양념을 하는 것은 엄마 담당이다.

사전에 누가 뭘 하자고 정해 놓고 시작한 것도 아닌데 물 흐르듯 자연스럽게 작업이 이루어졌다. 정말이지 호흡이 척척 맞았다.

(테츠시, 여기를 보면 고기 섬유질 방향이 이렇게 나 있지? 그

러니까 칼은 이 방향으로 푹 찔러넣어서 슥슥 끊어나가는 거야. 알겠냐?)

"솔직히 듣기만 해서는 무슨 말인지 잘 모르겠지만 손 움직이는 걸 보면 어떻게 하라는 건지는 알겠어요."

(시호, 너 양념을 다 섞어서 한 번에 바른 적이 있었지? 맛에 영향을 주니까 순서는 반드시 지켜야 해. 냄새를 잡기 위해서라도 마늘과 생강은 처음에 넣어야지. 알겠니?)

"응."

지금 테시오야의 주방은 가족 요리교실 같은 느낌이었다.

시호와 나는 진지한 표정으로 부모님께 가라아게 만드는 법을 배우고 있었다.

밑간을 한 고기를 잠시 재워둔 사이에 차를 마시며 오랜만에 가족끼리 오붓한 시간을 보냈다.

지금까지 내게 빙의했던 영혼들이 자기가 초대한 손님에게 빙의 사실에 대해 밝히는 것이 불가능했던 것처럼, 부모님도 사후 세계에 대해서는 우리에게 말할 수 없는 것 같았다. 하지만 우리의 추억에 대해 이야기하고, 사소한 잡담을 하고, 전언을 부탁하는 등 말할 거리는 얼마든지 있었다.

이윽고 고기에 간이 적당히 배었다 싶은 타이밍에 고기를 꺼내 계란을 입히고 밀가루와 튀김가루를 뿌린 후 튀기기 작업에 돌입했다.

우선은 저온에서. 라드를 섞은 튀김유에 닭고기를 넣는다. 치익 소리를 내며 닭다리살에서 기포가 솟아오른다.

그대로 잠시 대기. 고기가 떠올라 표면이 기름 밖으로 살짝 드러날 정도가 되면 기름 안에서 한 바퀴 굴려준다. 가게 안은 고기 굽는 냄새와 고소한 기름 냄새, 그리고 듣는 이의 식욕을 자극하는, 자글자글 기름 끓는 소리로 가득 차 있었다.

(뭔가, 옛날 생각이 나네요.)

(그러게.)

냄비를 들여다보며 두 분이 말했다.

무슨 뜻이냐고 묻자 엄마가 잔잔한 미소를 지으며 대답했다.

(식당을 처음 시작했을 때는 거의 매일 가게 문 닫은 후에 여기서 요리 연구를 하곤 했거든. 한밤중에 집을 빠져나와 아무도 없는 가게에 와서 아빠랑 단둘이.)

(우리 가게의 대표 메뉴는 가라아게랑 치킨난반이지 않냐. 그래서 매일같이 닭고기만 신나게 튀겨댔지.)

(수많은 닭들을 희생시켜가면서.)

그때 테스트해본 양념은 어땠고, 채택되지 못하고 사라진 레시피에는 어떤 게 있었고…. 두 분의 이야기는 죄다 테시오야와 요리에 관한 것뿐이었다.

"엄마도 아버지도 정말로 좋아했나 보네요, 이 가게를."

우리보다 훨씬 더 신경을 많이 쓸 정도로. 나는 다소 불만스러운 투로 입을 삐죽였다. 시호가 곁눈질로 나를 흘끔거렸다.

(응? 그야 너희보다는 아니지만 너희만큼은 신경이 쓰인달

까…. 네 엄마랑 나는 이 가게가 곧 너희라고 생각하고 있으니 말이다.)

"…네?"

수수께끼 같은 대답에 나는 미간을 찌푸렸다.

그러자 내 손으로 무를 꺼내 갈기 시작한 아버지가 머릿속에서 느긋하게 말을 꺼냈다.

(설마 몰랐냐?)

"뭘요?"

(이 가게 이름의 유래에 대해서 말이다.)

테시오야의 유래. 테시오야는 내 자식에게 먹인다는 생각으로 정성껏 요리한다는 의미를 담아 붙인 이름이라고 알고 있다*.

그러고 보니 이건 부모님께 직접 들은 게 아니라 언젠가 메뉴판 뒤에 작게 적혀 있는 설명을 본 것이었다.

그게 틀린 설명은 아닐 텐데, 하고 고개를 갸웃거리고 있으려니 옆에서 시호가 보고 있기 답답하다는 듯 끼어들었다.

"테시오야의 '테'는 테츠시에서 따온 거잖아. '시'는 시호에서 따온 거고."

테츠시, 시호, 부모**. 가족 넷을 합쳐서 테시오야.

이 가게는 우리 가족 그 자체라고 설명하는 시호를 보며 나는 입이 딱 벌어졌다.

(대표 메뉴도 너희한테 맞춰서 정한 거야. 가라아게는 시호가

---

* 일본어 관용구 '테시오니 카케루手塩に掛ける'에는 정성껏 돌보아 기른다는 의미가 있으며, '야屋'는 가게 이름에 붙는 접미사다

** 부모라는 뜻의 일본어 단어 '親'는 '오야'라고 발음한다

좋아하는 메뉴잖니. 치킨난반은 테츠시 네가 좋아하는 메뉴고.)

(너도 시호도 튀긴 닭이 제일 맛있다면서 매일같이 질리지도 않고 열심히 먹었잖냐. 너희가 하도 맛있게 먹으니 가게까지 열게 된 거다.)

"아…."

아무 말도 할 수가 없었다.

부모님이 이 가게를 소중히 꾸려온 이유.

시호가 고집스러울 정도로 이 가게를 완벽하게 재현해나가는 것에 매달렸던 이유.

그제야 모든 것이 이해가 갔다. 동시에 눈물이 날 것만 같았다.

"그게… 뭐예요."

전혀 몰랐다. 어느 날 갑자기 회사를 그만두고 식당을 열어서 시호와 셋이 사이좋게 꾸려나가다가 어느 날 갑자기 돌아가신 부모님.

나 혼자만 열외라고 생각했었다.

"열심히 고민해서 지은 건지 그냥 적당히 갖다 붙인 건지… 도무지 알 수가 없네…."

퉁명스럽게 중얼거리자 아버지가 히죽 웃었다.

(테츠시, 귀가 빨개졌구나. 다 보인다.)

"그런 거 아니에요!"

무를 갈던 손으로 귓불을 거칠게 문지르자 아버지가 손을 먼저 씻으라고 핀잔을 주었다.

시호 안에 있는 엄마가 문득 고개를 들었다.

(이 가게는 우리 가족인 동시에 엄마 아빠한테는 너희나 다름없단다. 그러니 여기 오는 손님은 너희의 소중한 친구들인 셈이지. 부모 된 입장에서 그 사람들한테 우리 아이를 잘 부탁한다고 한마디 하고 싶잖니.)

"네?"

(어머, 드디어 왔나 보네.)

시선을 따라가는 것과 동시에 가게 입구의 미닫이문이 드르륵 열렸다.

가게 안으로 들어온 사람을 보고 나는 깜짝 놀랐다.

빳빳한 새 양복을 입은 건실해 보이는 청년.

"실례합니다. 오늘 영업하시나요?"

"아츠시…."

아츠시는 혼자가 아니었다. 조심스럽게 가게 안을 들여다보는 아츠시 뒤로 익숙한 얼굴들이 보였다.

고급스러운 수입 코트를 걸친 댄디한 분위기의 신사. 살짝 부풀어오른 배를 쓰다듬고 있는 아가씨. 고양이처럼 치켜 올라간 눈매가 인상적인 여자.

타마키 셰프, 마리카 씨, 그리고 쇼코 씨였다.

"여… 여러분이 어떻게 다 같이…."

원래 서로 알던 사이였나? 놀라서 눈만 깜박이는 내게 타마키 셰프가 어깨를 으쓱해 보였다.

"아무래도 신경이 쓰여서 와봤더니 비슷한 생각을 한 선객이 이미 가게 앞에 세 명이나 모여 있더군요. 영업 종료 팻말이 걸려 있지만 안에 불은 켜져 있는 것 같고 말소리도 들려서 들어가 볼지 말지 우리끼리 의논하던 참이었습니다. 괜찮다면 잠깐 실례해도 될까요?"

조심스러운 목소리에 정신이 번쩍 들었다.

"아, 네! 어서 들어오세요! 추운데 밖에 서 계시게 해서 죄송합니다!"

내가 허둥대며 대답하자 네 사람은 "감사합니다", "으, 추워" 하고 저마다 한마디씩 하며 가게 안으로 들어왔다. 기다리는 동안 일종의 연대감이 생겼는지 자연스럽게 들어온 순서대로 카운터석에 나란히 앉았다. 사교성 좋은 마리카 씨는 타마키 셰프를 보고 대뜸 "혹시 TV에 나오지 않으셨어요?" 하고 말을 붙였고, 셰프도 친절하게 받아주어서 분위기는 금방 화기애애해졌다.

시호가 따뜻한 물수건을 내밀자 모두가 추위에 언 손을 물수건으로 녹이며 표정을 누그러뜨렸다.

가장 먼저 입을 연 사람은 쇼코 씨였다.

"많이… 힘드시죠? 그 후로 계속 추이를 살펴보고 있는데 범인은 소란이 좀 잦아든다 싶으면 바로 새 게시물을 올려서 어떻게든 불씨를 꺼트리지 않으려고 안간힘을 쓰는 것 같더라고요."

"네…."

나는 쇼코 씨가 다른 손님들 앞에서 이 이야기를 꺼냈다는 사실에 내심 당황했지만 결국 천천히 고개를 끄덕였다.

아츠시도, 타마키 셰프도, 마리카 씨도 굳은 표정으로 이쪽을 쳐다보고 있었다. 모두가 이번 사건에 대해 알고 있는 듯했다. 다들 그 일이 신경 쓰여서, 아마도 우리를 걱정해서 여기까지 와준 것이리라.

"걱정 끼쳐드려 죄송합니다. 하지만 그… SNS에 올라온 사진은 결코 사실이 아닙니다."

"물론 잘 알고 있습니다."

변명처럼 들리지는 않을까 우려하며 신중히 말을 꺼내자 타마키 셰프가 걱정 말라는 듯 고개를 끄덕였다.

"여기 오는 손님들은 다들 잘 알고 있습니다. 이 가게에서 그런 일이 일어날 리 없다는 것 정도는요."

"타마키 셰프님…."

망설임이라고는 조금도 느껴지지 않는 힘 있는 말투에 가슴이 따뜻해졌다. 누군가에게 전폭적인 신뢰와 응원을 받는다는 게 이렇게나 든든한 일일 줄이야.

이어서 마리카 씨와 아츠시도 입을 열었다.

"맞아요. 여기는 저희 시어머니가 꼬투리 잡을 구석이 하나도 없을 정도로 항상 깨끗하잖아요. 가게에 한 번이라도 와본 사람이라면 어떻게 이런 데서 바퀴벌레 다리 같은 게 나올 수 있겠냐고 의아하게 생각할걸요. 전 보자마자 자작극이라는 걸 알았어요."

"저도 신경이 쓰여서 문제의 사진을 확대해서 살펴봤는데 자세히 보면 바퀴벌레 다리 주변만 양배추 색이 미묘하게 다르더라고요. 아마도 사진을 조작하거나 합성한 게 아닌가 싶어요."

잇따른 엄호 사격에 나는 할 말을 잃었다.

이 사람들은 내 친구도 가족도 아니고 그저 손님일 뿐인데. 아츠시야 회사가 이 근처라서 그렇다고 치더라도 다른 세 명은 이 가게에 딱 한 번밖에 온 적이 없는 사람들인데.

그런데도 마치 내 일처럼 이렇게 팔을 걷어붙이고 나서주다니.

내가 아무 말도 못 하고 서 있자 카운터 너머로 몸을 내밀고 있던 아츠시와 마리카 씨가 자세를 고쳐 앉으며 쑥스러운 듯 얼굴을 붉혔다.

"아… 죄송해요, 괜히 혼자 흥분해서. 그나저나 저 기억하세요? 그때 돈지루 먹고 갔는데."

"물론 기억합니다."

"헤헤, 기억하시는구나. 아니, 덕분에 그날 이후 뭔가 여러모로 마음이 많이 편해졌거든요. 그래서인지 실제로는 한 번밖에 안 와봤지만 마음만은 이미 여기 단골이 되어버렸달까…. 그러던 중에 우연히 그 SNS 게시물을 보고 도저히 가만히 있을 수가 없더라고요."

마리카 씨의 말을 듣고 아츠시가 고개를 끄덕였다.

"저도 마찬가지예요. 처음 왔을 때부터 좋은 가게라고 생각했거든요. 여기가 그런 일을 당하고 있다는 말을 들으니 뭐라도 해야겠다 싶더라고요. 그래서 오늘은 부족하나마 손님을 대표해서 가게 응원하러 왔습니다."

옆에 앉은 타마키 셰프와 쇼코 씨도 묵묵히 고개를 끄덕였다. 그것만으로도 두 사람이 마리카 씨나 아츠시와 같은 마음이라는 게 느껴졌다.

"아…."

목소리가 떨렸다.

목구멍에 걸린 말을 애써 밖으로 내보내려고 하자 목이 갈라져서 이상한 소리가 날 것 같았다.

오늘 나는 어딘가 이상했다. 손님들에게 응원한다는 말을 들었을 뿐인데 눈시울이 붉어지면서 이런 일 따위는 백 번이든 천 번이든 견뎌낼 수 있을 것 같은 기분이 들었다.

"감사… 합니다…."

싱크대를 짚은 채 고개를 숙이며 인사하사 옆에 있던 시호가 허둥지둥 따라서 고개를 숙였다.

시호는 한 번도 본 적 없는 사람들이었지만 그래도 테시오야의 손님들이 응원하러 와줘서 감동받은 듯했다. 고맙다고 인사하는 시호의 목소리가 희미하게 떨렸다.

(…좋은 분들이네.)

(감사한 일이야.)

가만히 지켜보던 부모님이 한마디씩 했다.

아버지가 내게 말했다.

(테츠시, 너 열심히 했구나.)

아버지에게 칭찬을 받은 건 정말 오랜만이었다.

뭐라고 대답하면 좋을지 망설여졌다. 왜냐하면 지금 내 앞에
앉아 있는 사람들이 이렇게까지 우리 가게를 좋아하게 된 건
다 신이 도와준 덕분이기 때문이다.

신이 이들을 테시오야로 이끌었고, 미련을 남기고 죽은 영혼
들과 그들이 만든 따뜻한 음식이 이들의 마음을 녹였다. 나는
그저 몸을 빌려주고 일이 흘러가는 상황을 지켜보았을 뿐이다.

말없이 고개를 젓자 아버지가 피식 웃었다.

(겸손하게 굴 필요 없다. 여기 계신 분들 모두 네가 열심히 요
리해서 대접한 손님들 아니냐. 힘들어하는 사람을 격려하고, 영
혼의 마음을 대변해주기도 하고. 누가 뭐래도 넌 네 힘으로 이분
들의 마음을 얻은 거다.)

아빠가 다 봐서 안다.

다정하게 덧붙이는 말을 듣고 나는 황급히 입술을 깨물었다.

오늘은 정말 이상한 날이다. 별것도 아닌 말들이 자꾸만 눈물
샘을 자극했다.

"저…."

옆에서 시호가 엄마와 뭔가 상의하는 듯싶더니 손님들에게
물었다.

"괜찮으시다면… 식사하고 가지 않으시겠어요?"

"네?"

갑작스러운 제안에 네 사람 모두 어리둥절한 표정을 지었다. 서로 눈치를 살피더니 한 사람씩 쭈뼛거리며 대답했다.

"…가능한가요? 오늘 영업은 끝난 것 같은데."

"사실 아까부터 진한 마늘 냄새가 풍겨오는 게 엄청 신경 쓰이기는 했거든요…."

조심스럽게 배가 고프다는 점을 어필하는 마리카 씨에게 시호가 고개를 힘껏 끄덕여 보였다.

"물론 가능합니다. 보시다시피 손님이 전혀 없어서 영업 종료 팻말을 걸어두긴 했는데 저희 나름대로 기운을 내기 위해 아까부터 열심히 가라아게를 튀기고 있었거든요."

(잘한다, 시호! 말도 안 되는 설명이지만 그걸로 밀고 나가자!)

시호 안에서 엄마가 잔뜩 흥분한 목소리로 외쳤다. 본인이 바라던 대로 손님들, 그러니까 아들딸의 소중한 친구들에게 요리를 대접할 수 있게 되어서 신이 난 듯했다.

"사실… 이번 일로 많이 힘들었는데 여러분이 이렇게 찾아와 주셔서 정말로 큰 힘이 되었어요. 가라아게 정식이라면 돈은 안 주셔도 되니까 드셔보시겠어요? 소소하지만 여러분께 감사하는 의미에서 꼭 대접하고 싶습니다."

시호가 작정하고 올려다보는 눈을 하며 부탁하면 그 효과는 가히 절대적이라 할 수 있다.

내 예상대로 제일 먼저 아츠시가 넘어갔다.

"저희가 온 게 무슨 큰일이라고…. 하지만 모처럼 튀기셨다고 하니 먹고 가도 될까요? 마침 배도 고프고…. 아, 물론 돈은 내겠습니다!"

아츠시가 잔뜩 긴장해서 횡설수설하자 다른 세 사람도 차례차례 대답했다.

"…가라아게에 맥주라. 좋네요. 정식이 아니라 단품으로 시켜도 될까요?"

"와아, 마침 딱 기름진 음식이 당기던 참이었거든요. 가라아게 완전 좋아요!"

"가게에 왔으면 음식을 시켜 먹고 돈을 내고 가는 게 손님으로서 할 수 있는 최고의 응원이겠죠?"

다들 시호의 제안에 대찬성이라는 뜻을 밝혔다.

시호의 얼굴이 환해졌다.

"알겠습니다! 가라아게 정식 세 개랑 단품 하나 맞으시죠?"

"그리고 맥주도요!"

마리카 씨를 제외한 나머지 세 명이 한목소리로 외쳤다.

저온에서 한번 튀긴 닭다리살을 고온의 기름에 넣어 한 번 더 튀긴다.

타닥타닥.

기름 튀는 소리가 아까보다 더 활기차게 들렸다.

옅은 황토색이었던 튀김옷이 고기에서 배어 나온 기름을 두른 채 조명을 받아 반짝반짝 빛나며 조금씩 짙은 갈색으로 변해갔다.

내 안에 있는 아버지가 냄비에서 고기를 건져 올려 탁, 하고 기름을 털어내자 시호 안에 있는 엄마가 재빨리 접시를 내밀었다.

두꺼운 흰색 접시에는 채 썬 양배추와 빨간 방울토마토가 담겨 있었다. 반달 모양으로 자른 레몬 조각 옆에 갓 튀긴 가라아게를 가득 올리면 테시오야의 명물, 가라아게 완성이다. 거기에 따끈따끈한 쌀밥과 다양한 재료가 들어간 된장국, 그리고 몇 가지 기본 반찬을 더해 카운터로 가져갔다.

모락모락 김이 오르는 가라아게를 보고 네 사람이 동시에 탄성을 내질렀다.

기본적으로 모든 튀김은 소금을 뿌려 먹는다는 아츠시에게는 소금통과 레몬을 추가로 하나 더.

매운 설 좋아한나는 타마키 세프에게는 고춧가루기 들어 있는 양념통을.

제대로 든든히 먹고 싶다는 마리카 씨에게는 치킨난반용 타르타르 소스를, 반대로 기름기를 부담스러워하는 쇼코 씨에게는 무즙과 차조기잎, 폰즈 소스를 제공했다.

(무즙은 임신한 마리카 씨가 필요로 할 줄 알았는데 아니었네.)

아버지는 자신의 예상이 빗나간 것을 안타까워했지만 나는 그런 부분까지 미리 예상하고 준비해두었다는 사실이 그저 대단해 보였다.

네 사람은 모두 자신의 취향에 맞춰 제공된 메뉴를 보고 싱글벙글 웃으며 일제히 "잘 먹겠습니다" 하고 외쳤다. 그러고는 가장 먼저 가라아게를 입으로 가져갔다.

뜨거운 음식을 잘 먹지 못하는지 입 안에서 튀김을 열심히 굴리며 식히느라 정신이 없는 아츠시.

튀김에서 흘러나오는 육즙을 한 방울이라도 놓칠세라 입을 꾹 다물고 음미하는 타마키 셰프.

마리카 씨는 바삭바삭한 튀김옷이 묵직한 타르타르 소스에 젖어드는 과정을 흥미롭게 지켜보았고, 쇼코 씨는 두 눈을 감은 채 차가운 무즙과 뜨거운 튀김의 조화를 즐기고 있었다.

바삭한 튀김옷과 부드러운 닭고기의 식감. 맵싸한 마늘의 풍미와 달착지근한 간장 냄새. 입천장을 델 정도로 뜨거운 육즙과 그 안에 숨어 있는 지방의 감칠맛.

지금 이들은 입 안에서 이 모든 것을 동시에 맛보고 있을 터였다.

누구는 레몬을 조금 더 뿌리고, 누구는 시원한 맥주를 쭉 들이키며. 각자가 저마다의 방식으로 자기 몫의 가라아게를 만끽하고 있었다.

지금까지의 나라면 유혹을 참지 못하고 맛을 봐야 한다는 핑계를 대며 가라아게에 손을 뻗었을 것이다.

하지만 이번에는 이상하게도 그럴 마음이 들지 않았다.

가라아게라면 지금까지 질리도록 먹어왔기 때문이다.

게다가 모두가 행복한 얼굴로 정신없이 가라아게를 먹어치우는 광경을 보고 있자니 안 먹어도 배가 불렀다.

아아, 행복하다.

지금 이 순간이 더없이 행복하게 느껴졌다.

따뜻한 요리로 손님을 배불리 대접할 수 있다는 것도. 모두가 웃으며 그 요리를 맛있게 먹어주는 것도.

멍하니 쳐다보고 있는데 갑자기 몸이 기울었다. 아니, 아버지가 내 몸으로 인사를 하고 있는 것이었다.

(…감사합니다.)

옆에서 시호, 아니, 엄마도 고개를 살짝 숙였다.

두 분은 손님들에게 조용히 감사 인사를 하고 있었다.

(감사합니다. 이렇게 맛있게 먹어주셔서. 앞으로도 테시오야를… 이 아이들을 잘 부탁드립니다.)

아무쪼록 잘 부탁드립니다.

두 분의 목소리에서 지금까지 한 번도 들어본 적 없는 간절한 바람이 느껴져서 나는 또다시 눈시울이 뜨거워졌다.

옆에서 시호도 고개를 숙인 채 눈물을 글썽이고 있었다.

나는 울지 않으려고 입술을 꽉 깨물며 마음속으로 부모님께 말했다.

알아요.

저도 이제 알겠어요.

두 분이 얼마나 이 가게를 아끼고 사랑했는지.

얼마나 우리를 걱정했는지.

그러니까… 맡겨주세요.

테시오야도, 시호도, 내가 꼭 지킬 테니까.

가만히 주먹을 움켜쥐는 것을 느꼈는지 아버지가 내 손을 움직여 두 주먹을 콩 하고 맞부딪혔다. 양쪽 다 내 손이라서 좀 이상한 느낌이었지만 이것은 분명 남자들 간의 약속이었다.

"역시 맛있군."

"좋겠다, 나도 맥주 마시고 싶은데!"

"임신한 사람은 안 됩니다."

술기운이 돌면서 완전히 분위기가 풀어진 네 사람은 편하게 대화를 나누었다.

자기소개부터 시작해서 요리에 대한 평가, 여기 오게 된 계기 등등. 이런저런 이야기를 나누다가 돌고 돌아 마지막에는 결국 이번 사건에 대한 이야기로 돌아왔다.

그 사이에 시호도 긴장이 많이 풀렸는지 때때로 맞장구를 치며 대화에 참여했다.

타마키 셰프의 능숙한 유도와 쇼코 씨의 똑 부러진 진행하에 어느샌가 우리 둘은 모두에게 이번 사건의 자초지종을 털어놓게 되었다.

"말도 안 돼! 방귀 뀐 놈이 성낸다더니 딱 그거네. 외골수에 사회성 제로인 오타쿠도 그런 짓은 안 한다고요."

"단정은 할 수 없지만 만약 범인이 정말로 그 남자라면… 요리사로서 도저히 용서가 안 되네요."

쇼코 씨와 타마키 셰프가 씁쓸한 어조로 말하며 미간을 찌푸렸다. 나보다 어린 마리카 씨와 아츠시는 더 적나라하게 분노를 표출했다.

"역시 그럴 줄 알았어요. 그 미친놈은 대체 무슨 생각인 거죠?"

"이건 그냥 범죄잖아요."

정식으로 고소하자며 언성을 높이는 아츠시를 보며 시호가 미소를 지었다.

"그러게요. 하지만… 이제 괜찮아요."

"시호?"

이상할 정도로 담담한 시호의 말투에 나는 고개를 갸웃거렸다. 그러자 시호가 웃는 얼굴로 딱 잘라 말했다.

"여러분이 이렇게 대신 화를 내주시니까 뭔가 마음이 후련해졌어요."

그 말은 결코 허세가 아니었다.

시호는 등을 쭉 펴고 서서 두 눈을 반짝이며 기세등등한 표정을 지었다. 완전히 평소의 시호로 돌아와 있었다.

"저희 가게에서 그런 일이 일어나지 않았다는 건 누가 뭐라해도 사실이니까요. 그리고 감사하게도 단골손님들은 저희를 믿어주시니까. 지금 저희가 해야 할 일은 소모적인 진흙탕 싸움을 시작하는 게 아니라 저희를 믿어주는 손님들에게 맛있는 요

다섯 번째 메뉴: 테시오야의 명물 가라아게

리를 대접하는 거라고 생각하거든요."

시호가 쑥스러운 듯 얼굴을 붉히며 이런 말을 할 수 있는 건 다 지금 이 분위기 덕분일 것이다. 엄마도 아버지도 아무 말도 하지 않았지만 조용히 미소짓는 모습이 보이는 것 같았다.

그리고 시호는 원래 모습을 되찾는 과정에서 아무래도 험한 말투까지 고스란히 되살아난 모양이었다.

"덕분에 기운이 났어요. 만약 그놈이 우리 가게에 또 오면 면상에 대고 '이 개자식아!'라고 욕해주려고요."

싱긋 웃으며 말하는 시호를 보고 손님들의 표정이 동시에 굳었다.

"그… 그거야말로 진흙탕 싸움이 될 것 같은데…."

타마키 셰프가 굳은 미소를 지으며 중얼거리자 아츠시와 쇼코 씨도 부자연스럽게 웃으며 한마디씩 했다.

"불씨에 기름을 통째로 들이붓는 거 아닌지…."

"상대가 관종*이라면 오히려 역효과일지도…."

"아, 죄송합니다! 제가 말이 좀…."

시호가 화들짝 놀라 사과하는 가운데 아츠시가 문득 고개를 들어 쇼코 씨를 돌아보았다.

"관종이라는 말을 아실 정도면… 혹시 인터넷상에서 활동 많이 하세요?"

"아… 예전에 그쪽 분야에서 일한 적도 있고, 얼마 전까지 전

---

* 관심 종자의 줄임말로, 관심을 받고 싶어 하는 욕구가 지나치게 높은 병적인 상태를 가리키는 신조어

업주부라 시간이 많아서….”

“정말요? 저도 한때 집에 틀어박혀서 인터넷만 하던 시기가
있었거든요.”

짧은 대화였지만 둘 사이에는 뭔가 통하는 게 있는 것 같았다.

잠시 무언가를 고민하던 두 사람은 다시 고개를 들어 눈빛을
교환하더니 서로에게 고개를 끄덕여 보였다.

“저….”

이윽고 아츠시가 입을 열었다.

“잘될 거라고 장담할 수는 없지만 이번 일, 저희가 도와드려
도 될까요?”

“네?”

“이미 충분히 논란이 되고 있는 데다가 그 사람이 앞으로도
계속 게시물을 올리면 피해가 더 커질지도 모르고, 가게 측에
서 아무리 어른스럽게 대응하려고 해도 상대가 그렇게 내버려
두지 않을 수도 있잖아요.”

아츠시가 우리를 똑바로 쳐다보며 또박또박 말하자 쇼코 씨
가 뒤를 이었다.

“적어도 상황이 더 나빠지는 일은 없도록 해야죠. 저희한테
맡겨보시겠어요?”

“네?”

갑작스러운 전개에 머리가 혼란스러웠다.

우리 남매가 당황해하는 사이 나머지 두 사람도 일이 돌아가

는 상황을 대충 파악한 듯했다.

"저도 힘닿는 데까지 돕겠습니다." 타마키 셰프가 말했다.

"저희 남편은 아는 변호사가 많으니까 혹시 실패해서 문제가 좀 커지더라도 걱정하실 필요 없어요."

마리카 씨가 눈을 반짝이며 덧붙였다. 표정은 순진한 아이 같았지만 말하는 내용은 천진난만함과는 거리가 멀었다.

"네?"

과연 지금 이 상황은 배불리 먹은 가라아게 때문일까, 맥주 때문일까, 아니면 신의 뜻일까.

의욕에 넘쳐서 그 자리에서 의기투합한 네 사람은 즉석에서 연락처를 교환했다.

그러고는 마음껏 먹고 마시며 떠들썩하게 이야기를 주고받았다.

"그럼 나중에 다시 연락드릴게요!"

"잘 먹었습니다!"

마지막에는 어째서인지 타마키 셰프가 한턱내는 걸로 정리가 되어서 모두가 먹은 것을 다 합쳐서 계산하고 돌아갔다.

"어… 이래도 되나…?"

"뭐… 모두의 성의라고 생각하고 감사히 받으면 되지 않을까?"

갑자기 조용해진 가게 안에 시호와 내 목소리가 낮게 울려 퍼졌다.

머릿속에서 부모님도 압도당한 듯 한숨을 내쉬었다.

(테츠시 너….)

(뭔가 엄청난 사람들을 단골로 만들었구나….)

엄청나다는 게 구체적으로 어떤 의미인지는 묻지 않는 편이 좋을 듯싶었다.

깨끗하게 비워진 그릇을 보며 엄마가 엷게 미소 지었다.

(정말이지… 이제는 걱정 안 해도 되겠네.)

"…엄마?"

갑자기 차분해진 목소리가 왠지 신경이 쓰여서 엄마가 들어가 있는 시호를 쳐다보았다.

시호도 뭔가 불안한 표정으로 내 쪽을 돌아보았다.

그리고 우리는 동시에 깨달았다.

시간이 된 것이다.

"엄마…."

(고맙구나, 우리 딸. 너희의 소중한 손님들을 직접 만나 요리도 대접했으니 엄마는 이제 더 바랄 게 없단다.)

확고한 의지가 느껴지는 목소리.

아버지도 내 안에서 "그래" 하고 고개를 끄덕였다.

(안심했다. 가게도 너희도 이제 괜찮은 것 같구나.)

"아버지…."

할 말이 떠오르지 않았다.

이 상황에서 무슨 말을 할 수 있을까.

아니라고, 두 분이 없으면 우리는 아무것도 못 한다고?

가지 말라고?

그런 말을 할 수 있을 리가 없지 않은가.

바로 조금 전에 아버지와 남자 대 남자로 주먹을 맞대며 약속했으니까.

나한테 맡기라고.

앞으로 무슨 일이 있더라도 테시오야와 시호는 내가 책임지겠다고 말해야만 했다.

"…싫어."

하지만 응석받이인 데다가 자기 감정에 충실한 시호는 눈물이 그렁그렁한 눈으로 고개를 흔들었다.

겨우 되찾은 평소의 당찬 표정은 온데간데없이 당장이라도 울음을 터뜨릴 것만 같았다.

"이대로 헤어지기 싫다고. 엄마, 아빠, 가지 마."

시호는 새빨개진 얼굴로 눈물을 뚝뚝 흘리며 자신의 솔직한 심정을 숨김없이 드러냈다. 애써 아무렇지 않은 척하는 내 몫까지 합쳐서.

"겨우… 겨우 다시 만났는데…. 조금만, 조금만 더 있다 가. 또 우리만 두고 사라지지 말라고!"

한 번만 다시 볼 수 있다면. 우리의 소원은 그것뿐이었다. 잠깐이라도 좋으니 만나고 싶었고, 단 한마디라도 좋으니 목소리를 듣고 싶었다. 하지만 그 소원이 이루어지자 점점 더 욕심이 났다.

이건 약속이 다르지 않느냐고 해도 할 말이 없었다. 신도 그렇게 몇 번씩 소원을 들어주지는 않을 것이다.

알지만, 머리로는 알고 있지만, 그래도 바라게 되는 마음은 어쩔 수가 없었다.

(…미안하다.)

아버지가 내 손을 들어 홀쩍이는 시호의 머리를 다정하게 쓰다듬었다.

시호의 양팔이 자기 어깨를 감싸 안았다.

(미안하구나. 갑자기 너희만 두고 가서… 엄마가 정말 미안해.)

떨리는 목소리를 듣고 아… 엄마가 시호를 안아주고 있는 거구나, 하고 깨달았다.

(하지만… 괜찮아. 너희한테는 어떻게 들릴지 모르겠지만 엄마 아빠가 보기에 너희는 이제 충분히 괜찮은 것 같거든.)

"괜찮지 않아…. 하나도 안 괜찮다고…!"

(괜찮아.)

어린아이를 달래듯 엄마가 반복해서 말했다.

(시호 너는 이 가게를 충분히 잘 꾸려나가고 있어. 엄마가 보고 놀랄 정도로 말이야. 이상한 손님이 오면 같이 화내주는 단골들도 있고. 아주 100점 만점이야.)

"흑… 진짜?"

아마도 그건 시호가 가장 듣고 싶었던 말이었을 것이다.

하지만 막상 그 말을 들으니 어떻게 반응해야 좋을지 모르겠다는 듯 막막한 표정을 지었다.

(그래, 괜찮다니까. 너한테는 든든한 오빠도 있잖니.)

"든든한… 오빠 같은 거 없는데…."

(얘도 참. 울면서도 할 말은 다 한다니까. 오빠한테 그게 무슨 소리니.)

엄마가 어이없다는 듯 웃으며 콩, 하고 머리를 쥐어박자 시호가 바닥을 쳐다보며 중얼거렸다.

"…나도 알아. 이렇게 멋진 손님들을 단골로 만든 사람은… 오빠니까."

모처럼 나를 인정하는 말을 하면서도 표정은 부루퉁하고 입술은 삐죽 튀어나와 있었다. 그런 시호를 보며 두 분이 쓴웃음 짓는 게 느껴졌다.

(여보, 어떻게 할래요?)

(음, 그건 뭐 아무래도 시호가 스스로 깨닫는 게 좋겠지.)

부모님은 둘이서 뭔가 의미를 알 수 없는 대화를 나누더니 금방 결론을 낸 듯했다.

내가 무슨 얘기냐고 물어보려고 하자 엄마가 시호의 고개를 들어 나를 쳐다보았다.

(테츠시, 시호랑 가게를 잘 부탁한다.)

"…네."

코끝이 시큰거렸다. 더 말하면 목소리가 떨릴 것 같았다.

아버지는 내 입술이 파르르 떨리는 것을 느꼈겠지만 아무 말도 하지 않았다. 나는 잠자코 두 주먹을 꽉 쥐었다.

(아아, 가기 싫다. 그래도 하고 싶었던 건 다 했으니 다행이야. 정말로 좋은 밤이었어.)

엄마가 아쉬움 가득한 눈으로 가게 안을 찬찬히 둘러보았다.

(테츠시, 시호, 두 사람 다 고생했다. 고맙구나.)

아버지가 천장을 올려다보며 만족스러운 한숨을 내쉬었다.

이제 괜찮을 거야.

잘 부탁한다.

두 분은 마지막으로 한마디씩을 남기고… 몸속에서 파도가 한 차례 이는가 싶더니 다음 순간에는 흔적도 없이 사라져버렸다.

…◆…

딸랑딸랑.

구름 한 점 없는 새파란 겨울 하늘 아래 묵직한 방울 소리가 울려 퍼졌다.

시호와 나는 동시에 줄을 놓고 절차에 따라 두 번 절하고 두 번 박수친 후 본당을 향해 고개를 숙였다.

"신령님, 오늘은 낮에 와봤습니다. 술도 잔뜩 가져왔고요. 하지만 낮에는 신사에서 일하는 분들이 계셔서 그쪽에 맡기고 왔어요. 나중에 드셔보세요."

"…신령님, 저희 오빠가 여러모로 실례가 많아서 죄송합니다. 일전에는 정말 감사했습니다."

낮인데도 경내에는 우리 말고 아무도 없었다. 신사 입구 주변을 빗자루로 쓸고 있던 신관도 우리가 바친 술을 들고 어디론가 사라져버렸다. 덕분에 우리는 주위를 신경 쓰지 않고 신께 말을 걸 수 있었다.

대답은 들려오지 않았다.

"신령님!"

늘 그랬듯이 신이 대답할 때까지 방울을 울리려고 하자 시호가 내 팔을 붙잡았다.

"오빠, 뭐 하는 거야. 돈 갚으라고 집까지 찾아온 빚쟁이도 아니고."

나보다 훨씬 더 신심이 두터운 시호의 핀잔을 듣고 나는 입을 삐죽거렸다.

"모처럼 보고하러 왔는데 안 나오시니까 그렇지."

부모님의 영혼과 재회해 우리 가게의 새로운 단골 네 명에게 식사를 대접한 지 일주일이 지났다.

우리를 괴롭히던 사건은 어이없을 정도로 싱겁게 끝나버렸다.

따로 사이트까지 만들어서 있는 말 없는 말 다 지어내며 테시오야를 욕하던 계정이 어느 날 갑자기 역으로 공격을 당하기 시작한 것이다.

흐름이 바뀌는 계기가 된 것은 우리 가게 음식에서 바퀴벌레 다리가 나왔다고 주장한 문제의 사진이 아무리 봐도 이상하다는 내용의 댓글이었다.

어째서인지 이 댓글은 원 게시물을 능가하는 속도로 빠르게 확산되었고, 마침 TV에 출연한 유명인이 이물질 혼입 자작극에 대해 언급한 타이밍과도 겹쳐서 세간의 큰 관심을 끌었다.

그 결과 '바퀴벌레 게시물은 자작극'이라는 쪽으로 형세가 완전히 뒤집혔고, 문제의 계정에는 엄청난 비난이 쏟아졌다.

그동안 메신저상에서는 '셰프, 너무 세게 나가는 거 아니에요?', '괜찮아, 아줌마들은 기본적으로 잘생긴 남자한테 약하니까' 같은 메시지들이 바쁘게 오갔지만 구체적인 경위에 대해서는 알 길이 없었다.

다만 아츠시와 쇼코 씨가 중심이 되어 무언가 움직임을 일으켰다는 것만은 확실했다.

"역시 뿌린 대로 거두는 건가…."

문득 예전에 신이 한 말이 생각났다.

옆에서 시호가 나를 힐끗 쳐다보았지만 나는 아무 말 없이 어깨만 으쓱해 보였다.

소원을 비는 자에게는 그에 상응하는 소원을. 저주하는 자에게는 그에 상응하는 저주를.

고의로 사람들의 악의를 부추긴 켄지는 돌고 돌아 자기 자신 역시 그 악의의 희생양이 되었다. 세상일이라는 게 다 그런 것이다.

그렇다면 우리가 해야 할 일은 상대의 불행을 고소해하거나 동정하는 게 아니라 이런 일이 생겨도 변함없이 우리 가게를 찾아주는 손님들에게 최고의 요리를 제공하는 것이리라.

성의에는 성의로 보답해야 하는 법이니까.

"…안 나오시네."

한참을 기다려도 대답이 없었다. 우리는 신을 부르는 것을 포기하고 한 발 뒤로 물러섰다.

워낙 찾아오는 사람이 없는 신사이다 보니 신도 방심해서 낮잠이라도 자고 있는 게 아닐까.

그게 아니라면 어쩌면 우리 앞에는 이제 두 번 다시 나타나지 않을지도 모르겠다는 생각이 들었다.

어느 쪽이든 받아들일 준비가 되어 있었다. 신이 나타나든 나타나지 않든 나는 앞으로도 계속 술을 들고 이곳을 찾아올 것이다.

"갈까?"

"응. 어차피 대답도 없고. 저녁 영업 준비도 해야 하니까."

부루퉁하게 대답하자 시호가 작게 웃었다.

"의욕이 넘치네. 역시 든든한 오빠라니까."

"시끄러워."

나는 퉁명스럽게 대꾸하며 주머니에 손을 찔러 넣고 발걸음을 돌렸다.

시호는 본당을 향해 공손하게 고개 숙여 인사한 다음 종종걸음으로 내 뒤를 따라와 옆에 나란히 섰다.

"오빠."

"어?"

"우리 잘해보자."

시호는 나와 시선을 마주치지 않고 똑바로 정면을 쳐다보며 말했다. 나는 "응" 하고 짧게 대답했다.

그러자 시호가 들릴락 말락 한 목소리로 속삭이듯 중얼거렸다.

"…고마워."

나는 입꼬리를 살짝 올리며 다시 한번 "응" 하고 대답했다.

낮에도 찬 기운이 감도는 돌바닥이 우리의 체온을 빼앗아가는 느낌이었지만 신사 입구에 세워진 주황색 기둥문 너머로는 화창한 겨울 하늘이 펼쳐져 있었다.

"또 올게요."

마지막으로 뒤를 돌아보며 인사하고 신사 밖으로 발을 내디딘 순간.

딸랑.

바람 한 점 없는데 등 뒤에서 투명한 방울 소리가 울린 듯한 기분이 들었다.

추가 메뉴

따끈따끈 오뎅

새해가 밝았다. 창문을 통해 들어오는 햇빛마저 왠지 새롭게 느껴지는 테시오야의 주방.

그리고 내리쬐는 햇살 아래 반짝반짝 빛나는 곰솥.

"우와…."

나, 코사카 시호는 곰솥 뚜껑을 열어 안을 들여다보며 낮은 목소리로 중얼거렸다.

"…예상대로야. 그래, 이럴 거라고 예상은 했지만…."

이마에 식은땀이 배어나왔다. 도저히 눈을 뗄 수가 없었다.

보온성을 높이기 위해 신문지와 수건으로 감싼 곰솥 안에 든 내용물은, 옅은 황갈색으로 예쁘게 물든 대량의 오뎅이었다.

투명한 육수. 푹 익은 무. 통통하게 부풀어오른 어묵들.

약불에서 끓인 후 때때로 육수를 끼얹어가며 식지 않게 유지한 오뎅은 보기만 해도 침이 넘어갈 정도로 먹음직스러워 보였다.

문제는 양이었다.

아마도 약 10인분… 아니, 20인분은 족히 될 것이다.

오뎅은 붇는다. 그건 곰솥에 내용물을 넣기 전부터 이미 알고 있던 사실이었다.

하지만 뚜껑을 밀어 올릴 듯한 기세로 팽창한 오뎅의 비주얼은 생각보다 훨씬 더 강한 임팩트를 안겨주었다.

"이제 어쩔 거냐고. 망할 놈의 오빠 같으니라고…."

나는 절망적인 심정으로 주방 벽에 걸린 달력을 노려보며 지금 이 모든 일의 원흉인 오빠를 원망했다.

오늘은 1월 4일이다.

새해 연휴와 주말 사이에 긴 하루. 이 주변 회사에 다니는 직장인이 주요 고객인 테시오야 입장에서는 손님을 기대하기 어려운 금요일이었다.

나는 대량의 오뎅 재고 앞에서 한숨을 내쉬며 어젯밤에 있었던 일을 떠올렸다.

"시호! 이것 좀 봐! 이 모서리 돌려깎기 진짜 예술이지 않냐?"

부모님 없이 맞이하는 첫 새해. 우리 남매는 설음식을 간단히 챙겨 먹고, 성묘를 다녀오고, 각자 외출도 하며 조용한 연휴를 보냈다.

하지만 밤낮없이 회사에 묶여 살던 오빠와, 그런 오빠가 보기에도 워커홀릭임이 분명한 내가 그저 쉬면서 보내기에는 연휴가 너무나도 길었고, 결국 누가 먼저랄 것도 없이 함께 테시오 야로 가서 다음 날 개점 준비를 시작했다. 그게 어젯밤 일이다.

작년 말에 청소한 바닥, 그래 봤자 불과 나흘 전에 청소한 바닥을 다시 깨끗이 쓸고 닦고 소독하고, 식기류를 광이 나도록 닦았다. 그리고 본격적으로 영업을 재개하는 다음 주부터—연휴와 주말 사이에 낀 하루는 어차피 손님이 거의 안 올 테니—손님들에게 어떤 메뉴를 내는 것이 좋을지에 대해 시호와 이야기를 나누었다.

날이 많이 추워졌으니 따뜻한 국물 요리가 좋겠다든지, 튀김류는 피하는 게 좋겠다든지, 그런 식으로 서로의 의견을 이야기한 것까지는 좋았다.

신을 만난 후, 오빠는 변했다.

예전에는 사정상 어쩔 수 없이 식당 일을 도와주고는 있지만 억지로 한다는 게 눈에 보였는데, 그랬던 오빠가 이제는 진심으로 손님을 생각하게 되었다. 고심해서 재료를 고르고, 메뉴를 개발하고, 손님을 만족시키기 위해 최선을 다하게 된 것이다.

워낙에 성격이 단순한지라 손님에게 들은 칭찬 한마디, 부모님이 남기고 간 응원 한마디가 큰 동기 부여가 되었을 것이다.

설령 이것이 일시적인 현상일지라 하더라도 유일한 가족인 오빠가 가게 운영에 의욕을 보이는 것은 나로서는 환영할 만한 일이었다.

그러다 보니 우리 오빠가 별거 아닌 일에도 금방 우쭐해져서 천지 분간 못하고 나대는 사람이라는 사실을 잠시 잊고 있었다.

과거 자신에게 빙의한 영혼들의 도움을 받아 채썰기, 튀기기, 육수 내기 등의 기술을 마스터한 오빠는 '작은 수고가 큰 차이를 만든다'는 사실에 감명을 받았는지 다음 과제로 무 돌려깎기에 도전했다. 돌려깎기란 조리 과정에서 재료끼리 부딪혀 모양이 망가지거나 국물이 탁해지는 일을 막기 위해 미리 재료 모서리를 깎아두는 것을 말한다.

오빠가 무 돌려깎기에 열을 올리게 된 계기가 바로 아까 말한 메뉴 선정 회의였다.

무조림은 어떻겠냐는 오빠의 말에 내가 무조림이라면 들어가는 재료도 간단하고 제철 메뉴이기도 하니 딱 좋겠다고 하자 우쭐해진 오빠가 그럼 바로 만들어보겠다고 나선 것이다.

오빠가 자발적으로 요리를 한다는 건 얼마 전까지만 해도 상상도 할 수 없는 일이었다. 오빠의 이러한 변화와 성장에 감격한 나는 만약 실패하더라노 무 하나 버린 셈 치면 된다는 판단 하에—물론 이런 생각을 했다는 건 비밀이다—열심히 해보라고 응원했다.

오빠가 혼자서 해보겠다고 고집을 부렸기 때문에 나는 손님 테이블에 앉아 메뉴판을 새로 쓰기 시작했다.

그리고 자신의 돌려깎기 실력을 의기양양하게 뽐내는 오빠의 말에 적당히 대꾸하며 내 일을 계속했다. 그 결과….

"시호, 이것 좀 봐. 이 완벽한 돌려깎기의 결과물을!"

"응, 잘했네… 어?!"

고개를 들자 산더미처럼 쌓인 무가 시야를 가로막았다. 내가 생각했던 양의 다섯 배는 더 되어 보였다.

"뭐… 뭐야, 이 대량의 무는!"

"응? 아, 좀 많은가? 역시 뒤로 갈수록 실력이 늘어서 말이야."

"좀 많은 정도가 아니잖아! 보통은 이 지경이 되기 전에 알아차린다고! 대체 시야가 얼마나 좁은 거야!"

연말연시에는 채소를 구하기가 어렵다. 여기 있는 무는 무즙, 생선조림, 된장국 등 저마다의 용도가 정해져 있었는데 그걸 죄다 이렇게 깎아버리다니!

돌려깎기한 무 더미를 바라보며 버럭 소리를 지르자 오빠도 발끈해서 잘했다고 할 줄 알았는데 왜 화를 내느냐며 따졌다.

"그냥 다 무조림으로 만들면 되잖아."

"손님이 뭘 주문하든 상관없이 무조건 무조림만 먹이겠다고?"

"남으면… 냉동하면 되잖아."

"아, 그러게, 냉동하면 무의 섬유질이 끊어져서 맛이 배기 쉬워지니까…가 아니라! 우리 가게 냉동실이 지금 포화 상태라는 건 오빠도 알잖아!"

연말연시에는 시장이 열리지 않는다는 점을 고려해서 미리 대량의 식재료를 사두었기 때문이다.

내 지적에 오빠는 갑자기 얼굴이 환해지더니 냉장고를 뒤지기 시작했다.

"뭐 해?"

"좋은 아이디어가 생각났어. 요는 무를 사용해서 메인 메뉴를 만들면 되는 거잖아."

"뭐?"

뭔가 불길한 예감에 눈썹이 저절로 찌푸려졌다.

오빠가 잔뜩 신이 나서 냉장고에서 꺼낸 것은 사들인 기억이 없는 대량의 어묵이었다.

"이게 대체 뭐야?"

"아니, 어제 옆 동네 상점가를 지나는데 새해맞이 세일 중이더라고. 유명한 어묵집에서 오뎅 세트를 묶어서 파는 걸 보니까 갑자기 오뎅이 먹고 싶어져서 좀 사왔지."

오빠는 조리대 위에 어묵을 늘어놓으며 태평하게 설명했다. 경제력을 갖춘 사회인으로 살아본 경험 때문인지, 재료를 봐도 이게 몇 인분인지 가늠이 안 되는 요리 초보라서인지, 아니면 그냥 뭐 하나에 꽂히면 다른 건 눈에 들어오지 않는 성격이라서 그런지 아무튼 오빠가 사온 어묵의 양은 '적당량'의 범주를 한참 넘어서 있었다.

"이것 좀 봐, 이 새알 모양 어묵, 맛있어 보이지 않아? 우엉말이는 아저씨 손님들이 좋아할 것 같고. 오뎅은 재료를 넣고 끓이기만 하면 되니까 나라도 만들 수 있지 않을까? 무조림이랑 크게 다를 것도 없잖아. 그래, 오뎅, 이게 정답이네."

말이 끝나기가 무섭게 오빠는 손에 쥐고 있던 부엌칼로 개별

포장된 어묵들을 하나씩 빠르게 개봉해나갔다.

"자, 잠깐만⋯."

포장을 열어서 재료가 공기에 닿으면 이제 정말 돌이킬 수가 없다.

내가 서둘러 자리에서 일어나 주방으로 달려가는 사이에 오빠는 아무렇지도 않게 곰솥에 어묵을 던져 넣으려고 했다. 아무 손질도 하지 않은 채.

"기다려!!!"

나는 새파랗게 질린 얼굴로 오빠의 팔에 매달려 어묵이 솥 안으로 들어가는 것을 막았다.

바보다. 우리 오빠는 진짜 바보다.

기계치일수록 제품의 사용설명서를 읽지 않는 것처럼 요리를 못하는 사람일수록 요리책도 보지 않고 무작정 요리를 하려고 든다. 오빠한테 맡겨두었다가는 무뿐만 아니라 어묵까지 위험해질 것 같았다.

나는 주방을 둘러보았다.

도마 위에 쌓인 무의 산. 그리고 무참하게 포장이 벗겨진 대량의 어묵.

요리사로서 식재료는 단 한 조각도 헛되이 낭비할 수 없었다.

나는 각오를 굳히고 긴 한숨을 내쉬며 낮은 목소리로 말했다.

"⋯오빠, 오빠는 더 이상 건드리지 마."

"뭐?"

"이 아이들은 내가 어떻게든 살려볼 테니까. 지금의 오빠한테는 오뎅을 만들 자격도 능력도 없다고! 나머지는 내가 할 테니까 오빠는 좀 나가 있어!"

마치 무능한 남편을 앞에 둔 이혼 조정 중인 아내 같은 말투였다. 사실 심정적으로는 크게 다르지 않았다. 나는 이 식재료들을 오빠의 마수에서 지켜야 한다는 기묘한 사명감에 불타고 있었다.

갑자기 급발진한 나를 보고 "어? 어?"하고 어리둥절해하는 오빠의 등을 밀어 주방에서 쫓아냈다. 그러고는 오빠에게 코트와 목도리를 떠안기며 집에 가라고 한 뒤, 나 혼자 가게에 남아 대량의 오뎅 제작에 착수했다.

"와아… 맛있게 완성됐다. 하지만 역시 많네…."

몇 번을 다시 쳐다봐도 오뎅의 양은 변함없었다.

나는 아직도 희미하게 온기가 느껴지는 수건과 신문지를 솥에서 걷어내며 "하아…"하고 양손에 얼굴을 묻었다.

한숨을 들을 상대는 여기 없었다. 어제 일로 심통이 나서 가게에는 코빼기도 내밀지 않기로 작정이라도 한 모양이었다. 오늘은 손님이 없을 것이 거의 확실하니 마음 편히 이 주변을 어슬렁거리며 돌아다니고 있겠지.

최근에는 매일 둘이 함께 개점 준비를 해서 그런지 나밖에 없는 가게 안이 영 횅하게 느껴졌다.

추가 메뉴: 따끈따끈 오뎅

"뭐 하는 건지⋯."

하룻밤이 지나는 사이에 곰솥이 조금씩 식어간 것처럼 내 머리도 식어서 어느 정도 이성을 되찾았다.

생각해보면 그렇게까지 고집을 부려서 오뎅을 만들 필요는 없었다. 아니, 오뎅으로 만드는 것 외에 무와 어묵을 구제할 다른 방법이 있었는지는 솔직히 지금도 의문이지만, 아무튼 모처럼 요리에 의욕을 보이는 오빠 앞에서 굳이 자격이니 능력이니 하는 말을 꺼내 그 의욕을 꺾을 필요는 없지 않았을까.

나는 항상 생각보다 말이 먼저 나가는 성격이라서 나중에 후회하게 되는 경우가 많다.

말간 오뎅 국물을 들여다보며 다시 한번 작게 한숨을 내쉬었다.

남매라는 관계는 어렵다.

'처음에는 오빠가 테시오야 운영에 이렇게까지 깊이 관여하게 될 줄은 몰랐으니까⋯.'

부모님의 사십구재를 지낸 날이 떠올랐다.

당시 나는 벼랑 끝에 몰린 기분이었다. 너무 슬프고, 외롭고, 불안해서. 부모님이 곁에 없다는 사실을 믿을 수가 없어서 식당 재오픈에 필사적으로 매달렸다.

테시오야는 내게 부모님이나 다름없는 존재였고, 우리 가족의 삶 그 자체였으니까. 가게를 다시 열면 우리의 일상도 돌아올 거라고, 진심으로 그렇게 믿었다.

오빠한테 도와달라고 부탁한 건 말하자면 비명 같은 거였다.

구체적으로 도움을 필요로 하는 일이 있었던 것은 아니다. 오히려 나는 혼자서 모든 것을 해내야만 한다고 생각했다. 그 사실이 너무 힘들고 버거워서 나도 모르게 새어 나온 한숨 같은 거였다.

아마도 오빠는 난처한 표정을 짓겠지. 서툰 위로의 말을 건넬지도 모른다. 내가 예상한 반응은 딱 그 정도였다. 당시의 나에게는 어설픈 위로라도 없는 것보다는 나았으니까.

하지만 예상과는 달리 오빠는 그때까지 열심히 하던 일을 미련 없이 내던지고 내 옆에서 함께 일하는 길을 택했다. 내가 상상도 하지 않았던 엄청난 도움이었다.

'하긴 생각해보면 오빠는 옛날부터 그랬지….'

주방 한구석에 있는 간이 의자를 끌어와 곰솥 앞에 턱을 괴고 앉았다. 어릴 적 오빠와 둘이서 크고 작은 장난을 쳤던 것이 생각났다.

예를 들어 내가 폭죽 100개에 동시에 불을 붙여보자고 하면서 소심하게 가장 작은 크기의 폭죽을 가져오면 "그걸로 되겠어?"라며 전부 특대형 폭죽으로 갈아치운 사람이 오빠였다. 아빠 얼굴에 낙서를 하자고 했을 때도 오빠는 내가 꺼낸 평범한 수성 펜을 굵은 유성 매직으로 교체했다.

아이디어를 내는 사람은 주로 나였지만, 그런 나를 유치하다고 비웃으면서도 막상 시작하면 나보다 훨씬 본격적으로 모두

추가 메뉴: 따끈따끈 오뎅

의 예상을 뛰어넘는 엄청난 짓을 저지르는 사람이 바로 오빠였다. 아무렇지도 않은 얼굴로, 마치 당연하다는 듯이.

오빠가 자기가 다니던 회사에 휴직계를 냈다는 말을 듣고 나는 할 말을 잃었다. 아무리 직원을 짐승처럼 부려 먹는 악덕 기업이라고는 해도 정규직 회사원과 자영업자를 놓고 보면 전자가 훨씬 더 안정적인 직업이라는 건 의심할 여지가 없는 사실이었으니까. 게다가 줄곧 테시오야와 어느 정도 거리를 두고 살아온 오빠가 직접 팔을 걷어붙이고 나설 거라고는 정말이지 전혀 예상하지 못했다.

하지만 오빠 입장에서는 그것이 가장 자연스럽고 당연한 선택이었는지도 모르겠다. 여동생이 도움을 요청했다. 그래서 도와주기로 했다. 지금까지 하던 일도, 쌓아온 경력도 다 내팽개치고.

"…천하의 호구 같으니라고."

나는 턱을 괸 상태로 중얼거렸다.

본인은 스스로를 지극히 상식적인 인간이라고 생각하는 것 같지만, 오빠는 사실 어딘가 나사가 하나 빠진 것처럼 어리숙하고 바보처럼 착해 빠진 사람이었다.

그런 오빠에게 좀 더 솔직하게 감사의 마음을 전하면 좋겠지만, 우리는 함께 웃은 적보다 다투고 싸운 적이 더 많은 남매지간 아니던가. 입만 열면 상대를 구박하고 공격하는 것이 일상인 우리에게 "오라버니!", "오오, 누이!" 같은 대화는 어울리지 않왔다.

'게다가….'

나는 이어서 떠오르는 생각에 고개를 세차게 흔들었다.

배가 고프면 아무래도 부정적인 생각이 많아진다.

나는 억지로 생각을 멈추고 눈앞에 있는 오뎅을 시식 겸 조금 먹어보기로 했다. 이제 곧 가게 문 열 시간이었지만 과거 5년간의 경험을 토대로 오픈 시간에 딱 맞춰서 찾아오는 손님은 아마도 없으리라는 판단하에.

곰솥 앞에 팔짱을 끼고 서서 무엇을 먹을지 신중히 고른 다음 작은 뚝배기에 옮겨 담았다.

정성스럽게 칼집을 낸 곤약, 살짝 단단할 정도로 삶은 계란, 투명하게 푹 익은 무, 통통하게 부풀어오른 새알 어묵, 오뎅 국물을 흡수해 묵직해진 우엉말이, 축 늘어진 둥글납작한 어묵도 한 조각. 마지막으로 오뎅 국물을 넉넉히 부은 다음 끓어 넘치지 않도록 주의하며 불에 올렸다.

이윽고 국물이 보글보글 끓기 시작하면서 달달한 냄새가 사방으로 퍼져나갔다. 바로 불을 끄고 아무도 없는 주방에서 오뎅을 앞에 두고 앉아 두 손을 모았다.

"잘 먹겠습니다."

제일 먼저 집은 것은 무였다. 김이 나는 무를 젓가락으로 작게 잘라 입에 넣었다.

"앗, 뜨거워!"

엷게 물든 무가 입 안에서 부드럽게 녹으면서 뜨거운 국물이 배어 나왔다. 열기를 내보내기 위해 후후 열심히 숨을 뱉었다.

음, 맛있다.

곤약도 속까지 제대로 맛이 배어들어 있었다. 이로 씹으니 곤약 안에 뭉쳐 있는 열기가 느껴졌다. 어묵도 우엉말이도 한 입 삼킬 때마다 속이 뜨끈해졌다. 오뎅은 역시 먹는 사람을 행복하게 만들어주는 요리라는 생각이 들었다.

계란은 그냥 먹으려니 좀 심심한 느낌이 들어서 샛노란 겨자 소스를 노른자 위에 조금 올려 오뎅 국물과 함께 한입에 삼켰다.

"음!"

코를 찌르는 날카로운 매운맛에 나는 발을 동동 굴렀다.

오뎅 국물에 촉촉이 젖은 계란의 고소한 맛과 겨자 소스의 희미한 짠맛, 약간의 단맛, 무엇보다 강렬한 매운맛이 절묘하게 어우러졌다.

눈 깜짝할 사이에 오뎅 한 그릇을 다 먹어치우고 국물까지 깨끗하게 비운 바로 그 순간.

드르륵.

가게 문이 열리고 손님이 들어왔다. 예상치 못한 상황이었다.

"안녕하세요."

"오늘 영업 하시나요?"

손님은 두 명이었다.

"아, 네! 어서 오세…"

식당에 손님 둘이 함께 오는 것은 드문 일이 아니다. 하지만 두 사람이 누구인지 알아본 나는 눈이 동그래졌다.

엷은 황갈색 안경테를 쓴 남자와, 왠지 누님이라고 불러야 할 것만 같은 카리스마가 느껴지는 여자.

지금까지 한 번도 함께 온 적이 없는 우리 가게 단골, 임연수 어 씨와 양념 씨였다.

"어서 오세요. 새해 복 많이 받으시고요. 편한 자리에 앉으세요."

내가 차와 메뉴판을 가져다주며 말하자 두 사람은 잠시 시선을 교환한 뒤 누가 먼저랄 것도 없이 카운터석에 나란히 앉았다. 이것 역시 지금까지 한 번도 없었던 일이다.

평소와 달리 거리가 가까운 단골들의 모습이 낯설게 느껴졌다.

두 사람은 대화를 즐기는 성격이 아니라는 사실을 알기에 평소 내 쪽에서 불필요하게 말을 거는 일은 거의 없지만, 오늘은 신상한 탓인지 나도 모르게 질문이 튀어나왔다.

"두 분은… 원래 아는 사이셨나요?"

두 사람은 내 말에 조금 놀란 듯 눈을 깜박이더니 서로를 쳐다보며 피식 웃었다. 양념 씨가 대답했다.

"네, 같은 회사 다니거든요."

"아, 그러셨군요."

"지금은 부서가 달라서 밥도 따로 먹지만, 예전에는 같은 부서여서 함께 점심 먹으러 다니고 그랬어요."

추가 메뉴: 따끈따끈 오뎅

임연수어 씨가 바로 이 회사라며 들어 보인 핸드폰 스트랩에는 아츠시 씨가 다니는 회사 이름이 적혀 있었다. 얼마 전 이 회사가 역 근처에 들어서고부터 우리 가게를 찾는 손님도 늘었기 때문에 두 사람이 여기 직원이라는 사실은 하나도 이상한 일이 아니었지만 임연수어 씨는 회사가 생기기 훨씬 전부터 우리 가게 단골이었고 양념 씨도 회사 로고가 박힌 물건이나 명찰 같은 것은 가지고 다니지 않았기 때문에 전혀 눈치채지 못했다.

이야기를 들어보니 임연수어 씨—본명은 혼다 씨라고 한다—는 회사를 이 동네로 옮겨온 주역으로 회사 유치를 위해 몇 년 전부터 이 근처에서 일해왔고, 양념 씨—이쪽은 이치하시 씨라고 한다—는 회사에서 제일 잘나가는 마케팅부 부장이라고 했다. 어쩐지 분위기가 세련되었다 싶더라니.

뒤늦게 알게 된 두 사람의 정체에 속으로 흥분하면서도 겉으로는 아무렇지 않은 척 주문을 받았다.

"오늘은 뭘로 하시겠어요? 참고로 오늘의 정식에 딸려 나오는 생선은 임연수어 소금구이입니다."

담백한 요리를 시켜서 그 위에 양념 가루를 잔뜩 뿌려 먹는 이치하시 씨와 달리 혼다 씨는 기본적으로 생선 요리밖에 주문하지 않는다. 내가 생선 요리 메뉴판을 내밀며 말하자 예상과 달리 혼다 씨는 고개를 가로저었다.

"임연수어도 좋지만 오늘은 뭔가 좀 따뜻하면서도 가벼운 음식을 먹고 싶네요."

"따뜻하면서도 가벼운 음식이요?"

"네, 실은 저희가 술을 좀 마셔서요." 이치하시 씨가 말했다.

"네?"

회사원이 대낮부터 술을? 내가 깜짝 놀라서 그래도 되는 거냐고 묻자 두 사람은 신사에 다녀오는 길이라고 했다.

"오늘은 연휴랑 주말 사이에 낀 날이라 많이들 연차를 썼잖아요? 우리처럼 성실한 아저씨 아줌마나 일중독인 사람들은 평소처럼 출근했지만 다른 부서에 사람이 아무도 없으니 뭘 할수가 없더라고요. 어차피 할 일도 없는데 신사에 가서 올해의 운세나 뽑아볼까 해서 나왔죠."

"아시는지 모르겠지만 역 반대편에 작은 신사가 하나 있거든요. 이 주변에 신사라고는 거기밖에 없어서 가봤더니 새해 연휴가 끝났는데도 아직 참배객들에게 술을 나눠주고 있더라고요. 사람도 없으니 많이 마시라고 하길래 사양하지 않고 주는 대로 다 받아마시다 보니… 아하하."

"제가 신사에 도착했을 때 혼다 씨는 이미 잔뜩 취해 있었어요. 정말이지 깜짝 놀랐지 뭐예요. 그 후에 저도 많이 마셨지만요."

신사에서 우연히 만난 두 사람은 오랜만에 밥이라도 같이 먹자며 단골 식당인 테시오야를 찾아온 것이었다. 현재 각자가 속한 부서의 점심시간이 달라서 두 사람이 점심을 함께 먹는 것은 거의 몇 년 만이라고 했다.

추가 메뉴: 따끈따끈 오뎅

'그랬구나….'

평소와 달리 두 사람이 말을 많이 하는 것은 술기운 때문일까.

나는 어쩌면 신이 관여한 것이 아닐까 하는 생각을 하며 카운터 너머로 몸을 내밀었다.

"저… 따뜻하고 가벼운 거라면… 오뎅은 어떠세요?"

메뉴판에 아직 올리지 않은 음식을 손님에게 추천하는 것은 처음이었다.

내 말을 들은 혼다 씨는 "오, 좋은데요? 저 어묵 좋아하거든요"라며 반색했고, 이치하시 씨도 "속이 뜨끈해지겠네요"라며 눈을 반짝였다.

"그걸로 주세요."

두 사람은 동시에 한목소리로 오뎅을 주문했다.

생선을 좋아하는 혼다 씨의 뚝배기에는 어묵을, 담백한 맛을 좋아하는 이치하시 씨의 뚝배기에는 무를 많이 넣어서 불에 올린 다음, 곁들일 음식 준비에 돌입했다.

오뎅에 곁들이기에는 술과 간장을 넣고 지은 밥이 제일 무난하지만 지금부터 밥을 새로 하기에는 시간이 부족했다. 그렇다고 그냥 흰밥을 내기는 좀 심심한 것 같아서 어떻게 할까 고민하다가 주먹밥을 만들기로 했다. 하나는 잘게 썬 잎채소와 가다랑어포를 넣어서 만들고, 또 하나는 겉에 간장을 발라 살짝 구웠다. 오뎅은 튀김류에 비해 임팩트가 약한 메뉴이기 때문에 곁들이는 음식에도 재미를 더할 필요가 있다.

석쇠 위에 놓인 주먹밥에서 풍겨오는 달짝지근한 간장 냄새에 두 사람이 침을 꿀꺽 삼키는 것을 보고 나는 속으로 쾌재를 불렀다.

반찬은 장아찌.

차조기잎을 넣고 발효시킨 가지장아찌의 선명한 자홍색과 적당한 산미가 요리 전체에 활력을 불어넣는 동시에 상큼한 악센트가 되어줄 터였다.

마지막으로 이치하시 씨의 쟁반에는 양념통을 더해서 카운터에 내려놓자 두 사람은 아이처럼 손뼉을 치며 기뻐했다.

술기운이 올라 살짝 붉어진 얼굴로 젓가락을 들고 각자 좋아하는 재료부터 먹기 시작했다.

혼다 씨는 우엉말이, 이치하시 씨는 양념 가루를 잔뜩 뿌린 무를 선택했다.

"음!"

입에 넣은 순간, 아까의 나처럼 만족스러운 탄성이 새어 나왔다. 그러면서 두 사람이 동시에 "앗, 뜨거워" 하고 입을 달싹이는 것을 보고 하마터면 그 자리에서 소리 내어 웃을 뻔했다.

"맛있네", "맛있네요" 하고 기분 좋게 미소 짓는 두 사람을 보니 내 입꼬리도 자연스럽게 올라갔다.

손님들이 맛있게 먹는 모습을 보면 역시 식당을 하길 잘했다는 생각이 든다.

배고픈 사람들에게 따뜻한 음식을 제공하는 일. 내가 만든 요리를 한입 가득 입에 넣고 우물우물 씹는 모습을 보고 있노라면 재료 준비에 들어가는 시간과 노력이라든지 온갖 고민이며 상념 같은 건 다 잊게 된다.

따스한 햇살 아래 희미하게 김이 오르는 오뎅을 열심히 먹는 두 사람.

그 모습을 멍하니 지켜보고 있는데 문득 고개를 든 이치하시 씨와 시선이 마주쳤다.

"저기요."

"아, 네."

차를 더 달라는 건가 싶어서 컵을 받으려고 하는데 이치하시 씨가 양념통을 만지작거리며 말했다.

"연말에 많이 힘드셨죠?"

생각지도 못했던 말에 말문이 막혔다.

연말.

손님한테 힘들었겠다는 말을 들을 만한 일은 하나밖에 없었다. 진상 손님이 일으킨 SNS 바퀴벌레 사건.

"아…."

"저희도 와보고 싶었는데 연말에는 워낙 일이 바빠서요. 결국 해를 넘겨서야 오게 되었네요. 죄송합니다."

혼다 씨의 말은 나를 더욱 당황스럽게 만들었다.

"어, 아… 그게… 두 분도 알고 계셨나 보네요…."

뭐라고 대답해야 좋을지 모르겠어서 우물쭈물 대답하자 두 사람이 불만스럽다는 듯 투덜거렸다.

"그야 당연히 알고 있었죠! 저희가 언제부터 이 가게 단골이었는데요."

"저희가 못 와서 대신 아츠시를 보낸 겁니다만."

설마 치킨난반을 좋아하는 그 청년을 말하는 건가?

"아츠시 씨랑도 아는 사이셨어요?"

두 사람이 동시에 고개를 끄덕였다. 혼다 씨는 아츠시 씨를 채용하기로 결정한 면접관 중 한 명이었고, 이치하시 씨는 현재 아츠시 씨의 상사라고 했다. 부서가 다르기도 하고 점심을 같이 먹는 그룹도 달라서 셋이 함께 점심을 먹은 적은 없지만, 퇴근 후에 시간이 맞으면 가끔 함께 술을 마시곤 하는 모양이었다.

"처음에 아츠시한테 문제의 SNS 게시물에 대해 알려준 사람이 바로 접니다."

"그때 혼다 씨가 분노에 찬 느낌표를 한 얼 개쯤 붙여서 우리한테 토스했었죠? 그거 보고 깜짝 놀라서 아츠시랑 일하다 말고 서로 쳐다봤잖아요."

이치하시 씨는 게시물을 보고 안절부절못하는 아츠시 씨에게 서둘러 일을 마무리하고 가게에 가보라고 지시했다.

— 오늘은 부족하나마 손님을 대표해서 가게 응원하러 왔습니다.

— 그건 뭐 아무래도 시호가 스스로 깨닫는 게 좋겠지.

"아…."

목소리가 떨렸다.

아츠시 씨와 아빠가 한 말이 머릿속에 떠올랐고, 그제야 나는 깨달았다.

오빠뿐만이 아니다.

내게도 이미 예전부터 아주 멋진 단골손님들이 있었다는 사실을.

"…웃."

단지 그뿐인데 겨자 소스를 잘못 삼키기라도 한 것처럼 코끝이 찡했다.

눈물이 나오려는 걸 참기 위해 눈에 잔뜩 힘을 주고 있는데 이치하시 씨가 말을 이었다.

"아츠시가 그날부터 한동안 업무 중에도 인터넷 게시판에 달라붙어서 눈을 떼지를 못하더라고요. 일은 해야겠는데 게시판 쪽도 계속 신경이 쓰이는지 안절부절못하길래 '일은 나중에 만회하면 되니까 뭘 하려면 제대로 해라' 하고 등을 떠밀어줬죠."

"아하하, 화끈하네. 아마 나였어도 그랬겠지만." 혼다 씨가 맞장구를 쳤다.

"그렇다니까. 하루 중 유일한 즐거움이 테시오야에서 먹는 점심인데 여기가 망하기라도 하면 큰일이잖아."

일이 너무 바빠서 가게에 직접 와보지는 못했지만 두 사람은 아츠시 씨를 통해 식당 소식을 전해 듣고 있었다는 것, 마찬가지로 같은 회사 동료인 스튜 씨는 출장 중에도 일부러 혼다 씨에게 연락해 현재 상황이 어떻게 굴러가고 있는지 물어봤다는 것, 문제의 게시물이 조작이었음이 밝혀지고 테시오야의 누명이 벗겨졌을 때는 모두의 환호와 갈채로 채팅창이 떠들썩했다는 것 등등. 이 모든 이야기를 이치하시 씨와 혼다 씨는 장난이 성공한 아이들처럼 신이 나서 내게 말해주었다.

…큰일이다.

아무리 참으려고 해도 자꾸만 눈물이 차올랐다. 허를 찔린 기분이었다.

나는 마음속으로 신령님께 속삭였다. 지금 이건 당신이 계획한 일이냐고.

솔직히 인정하자.

나는 오빠를 질투했다.

테시오야를 진심으로 응원하는 단골이 있다는 사실은 물론 고맙고 다행스러운 일이었지만, 가게를 돕기 위해 단단히 뭉친 네 사람을 보니 이렇게 든든한 아군을 데려온 사람이 내가 아니라 오빠라는 사실이 너무나도 분했다.

부모님과 함께 5년 넘게 테시오야를 운영해온 사람은 오빠가 아니라 나인데.

늘 먼저 달려나가는 사람은 나였다. 하지만 오빠는 내키지 않는다는 듯 시큰둥한 표정을 하면서도 항상 아무렇지도 않게 금방 나를 앞질렀다.

추가 메뉴: 따끈따끈 오멩

도저히 당해낼 수 없는 존재.

그런 오빠가 든든하고 자랑스러웠지만, 동시에 참을 수 없이 분했다.

'그럴 필요 없었는데….'

샘을 낼 필요 따위 없었다. 나는, 그리고 테시오야는, 내가 생각했던 것보다 훨씬 더 많은 손님들에게 사랑받고 있었다.

5년 전부터 부모님과 내가 뿌린 씨앗과 오빠가 가져온 모종. 어느 쪽이 수가 더 많았다거나 성장이 더 빨랐던 것이 아니라 그 둘이 합쳐져서 지금의 테시오야를 만들고 지탱해온 것이다. 왜 지금까지 알아차리지 못했을까.

"감사… 합니다."

감사 인사가 자연스럽게 입 밖으로 흘러나왔다. 손님들에게 고개 숙여 인사하던 부모님의 마음을 알 것 같았다.

먹어주셔서 감사합니다. 믿어주셔서 감사합니다. 우리 가게를 응원해주시고 지켜주셔서 정말로 감사합니다.

정식집을 운영하는 것만큼 행복한 일이 또 있을까.

"감사는 저희가 해야죠. 항상 맛있는 요리를 만들어주셔서 감사합니다."

"맛도 좋고 서비스도 좋고. 진심으로 응원하고 있으니까 앞으로도 잘 부탁드려요."

촉촉해진 눈을 들키지 않으려고 고개를 숙이고 있는데 두 사람이 쾌활한 목소리로 대답했다. 그 말에 또다시 눈물이 왈칵

솟구쳤다.

내 상태를 눈치챘는지 이치하시 씨가 분위기를 전환하려는 듯 화제를 돌렸다.

"그건 그렇고… 아츠시가 저희 얘길 한마디도 안 하던가요? 공적을 혼자 독차지하려고 했다니 괘씸하네요."

"그야 히어로는 한 명이어야 히로인의 시선을 사로잡을 수 있는 법이니까."

"아하, 그런 거였군."

어딘지 모르게 즐거워 보이는 두 사람의 대화를 들으며 고개를 들자 히죽히죽 웃으며 이쪽을 보고 있던 이치하시 씨와 눈이 마주쳤다.

"청춘이네요."

"네?"

무슨 말인지 모르겠어서 바로 되물었지만 이치하시 씨는 대답해줄 마음이 없는 듯했다. 대신 뭔가 좋은 생각이 났는지 갑자기 얼굴이 환해졌다.

이치하시 씨는 손에 들고 있던 양념통을 카운터에 내려놓고 가방을 뒤적거리더니 핸드폰을 꺼냈다. 그러고는 잠깐 연락할 데가 있다며 내게 양해를 구한 후 누군가에게 전화를 걸었다.

"여보세요? 난데… 응. 그래, 열었어. 너희도 올래? 아니, 빨리 와라. …응? 아니… 아아, 그래, 후후, 알았어. 있잖아, 오늘은 오뎅이 있어. 빨리 와서 같이 오뎅 먹자."

추가 메뉴: 따끈따끈 오뎅

전화 상대방을 우리 가게로 부르는 것 같았다.

통화를 마친 이치하시 씨는 어째서인지 나를 향해 V자를 그려 보이며 활짝 웃었다.

"약 10분 후에 저희 회사 젊은 직원들이 다섯 명 정도 올 거예요."

"네?"

"아츠시도 포함해서요, 후후. 오면 오뎅 많이 담아 주세요."

채소 가게에서 당근 하나를 덤으로 얹어주는 듯한 말투로 이치하시 씨가 말했다.

"어… 감사합니다…?"

어째서 아츠시 씨만 따로 떼어 언급하는 건지는 알 수 없었지만 일단 고맙다고 인사한 후 다섯 명분의 음식을 준비하기 시작했다. 아무래도 오뎅을 주문할 확률이 높아 보이니 주먹밥을 미리 준비해두는 게 좋을 것 같았다.

바로 그때.

"다녀왔습니다. 미안, 좀 늦었지?"

오빠가 뒷문을 열고 들어왔다. 역시 어제 싸운 게 아직 마음에 걸리는지 겸연쩍은 얼굴로 머리를 긁적이고 있었다.

"저기, 어제 만든 오뎅 말이야…."

"괜찮아. 오뎅이라면 이제부터 주문이 많이 들어올 것 같으니까. 그보다 여기 손님 오셨어."

"어? 응? 아, 어서 오세요!"

산더미처럼 쌓인 오뎅을 어떻게 처리하면 좋을지 자기 나름
대로 고민한 듯한 오빠가 뭔가 말하려고 했지만, 나는 주먹밥
에 넣을 잎채소를 다지면서 오빠의 말을 가로막았다. 그제야 손
님이 있다는 사실을 깨달은 오빠가 허둥지둥 인사했다.

"그걸 다 팔 수 있을 것 같다고?"

오빠가 손을 씻고 앞치마를 두르면서 작은 소리로 내게 물
었다.

"응, 여기 계신 두 분의 회사 동료가 다섯 명쯤 더 올 예정이
거든. 다들 오뎅을 주문할 것 같아."

"진짜?"

내가 소곤소곤 대답하자 오빠는 깜짝 놀란 듯했다.

"신령님… 일 처리 완전 빠르네…" 하고 중얼거리는 걸 보니
아무래도 신사에 가서 무슨 소원이라도 빌고 온 모양이었다.

나는 손에 쥐고 있던 부엌칼을 잠시 내려놓고 뒤로 돌았다.

"오빠."

고개를 살짝 갸우뚱하며 오빠에게 한 발짝 다가갔다.

"뭐… 뭔데."

"점심 영업 끝나면 같이 신사에 가자."

"응?"

"약속했다?"

움찔하며 물러서는 오빠에게 얼굴을 들이밀며 재차 강조한
다음 원래 하던 작업으로 돌아왔다.

추가 메뉴: 따끈따끈 오뎅

통통통… 장아찌를 써는데 입꼬리가 자꾸만 올라갔다.

즐겁다. 기분이 홀가분하고 유쾌했다.

뒤에서 이 모든 것을 조종했을 신에게 고맙다는 말을 전하러 가야 했다. 맛있는 술도 한 병 챙겨 들고.

고맙다는 말을.

그 한마디가 마음 한구석을 툭 건드렸다. 나는 문득 고개를 들어 옆에서 뚝배기를 꺼내고 있는 오빠를 물끄러미 쳐다보았다.

"…있잖아, 오빠."

"어, 어?"

경계하듯 몸을 움츠리는 오빠에게 싱긋 미소를 지어 보였다.

"여러모로 고마워."

"어… 어?"

영문을 모르겠다는 듯 눈만 끔뻑이는 오빠를 보니 절로 웃음이 났다.

쿡쿡거리며 웃는 나를 보고 그제야 농담이나 비아냥이 아니라는 사실을 깨달았는지 오빠가 긴장을 풀고 멍한 표정을 지었다.

"사람이 이렇게 갑자기 순해지다니…. 역시 신령님."

이 오빠는 대체 신사에서 무슨 소원을 빌고 온 걸까.

나중에 제대로 물어봐야겠다는 생각을 하며 나는 천천히 주먹밥을 만들기 시작했다.

옮긴이 남소현

연세대학교와 이화여자대학교 통역번역대학원에서 공부하였고, 일본 문학 번역가로 활동하고 있다. 번역작으로 《형사의 약속》, 《여섯 명의 거짓말쟁이 대학생》, 《설원》, 《기묘한 괴담 하우스》, 《그래도 해야지 어떡해》, 《형사 변호인》, 《녹색의 나의 집》, 《죄의 경계》 등이 있다.

그리움을 요리하는 심야식당

초판 2024년 10월 15일 3쇄
저자 나카무라 사츠키
옮긴이 남소현
일러스트 반지수
디자인 전여원
ISBN 979-11-93324-14-1   03830

출판사 북플라자
주소 서울시 강남구 논현동 118-13 5층
홈페이지 www.bookplaza.co.kr

영화 판권, 오탈자 제보 등 기타 문의사항은 book.plaza@hanmail.net으로 보내주세요.
잘못된 책은 구입하신 서점에서 교환해 드립니다.